김탁환의

원고지

김탁환의

원고지

2000~2010 창작일기

황소자리

추억에는 언제나 경련을 일으키는 세부사항이 있다.

| 아니 에르노 |

여는 글

앵두의 시간

'일기日記' 하면 붉은 앵두가 주렁주렁 매달린 나무 그늘이 떠오른다.

여덟 살 내 곁에 나란히 앉은 막내 외숙은 날아오는 꿩에 대해서 지나가는 기차에 대해서 어제 마셔버린 소주에 대해서 이야기한 후, 홍이 난 김에 얼토당토 않는 주장을 폈다. "앙상한 가지에 꽃과 열매를 맺는 신神이 누군 줄 아니? 그 신의 이름은 바로 '기억'이란다." 이 이야기들을 그림일기에 옮겼던가. 옮겼든 빼먹었든, 일기에 남길 만한 날이라면 그 정도는 붉고 그 정도는 홍미진진해야 한다고 믿어왔다.

'쓴다'의 주어로 살기 시작하면서 일기를 쓸 일은 없으리라 직감했다. 내가 만드는 이야기가 종횡무진 변화무쌍 신출귀몰을 갈망할수록 작가의 삶은 심심해진다. 복잡한 이야기에 깃털 하나라도 더는 심정으로, 나는야 이야기의 노예라는 농담까지 곁들이며, 단순하게 어제를 보내고 오늘을 맞고 내일을 기다렸다.

이야기 하나를 매듭지은 새벽에 발견했다, 멈춘 후에도 뭔가 쓰는 나를! 그것은 그냥 '그것'이었다. 소설도 아니고 비평도 아니며 수필이나 시와는 더더욱 거리가 멀었다. 쓰지 않을 때, 쓸 수 없을 때, 쓰기 싫을 때, 문득 쓰는 침묵!

하루면 미리 정한 소설 분량을 채웠을 것이고, 한 달이면 제주를 걸어 돌았을 것이고, 일년이면 도스토예프스키든 카잔차키스든 거장의 전작 완독에 도전했을 것이다. 그러나 내게는 졸음이 밀려들기 직전 15분 남짓만 허락되었다. 시작하기엔 짧고 램프를 끄기엔 아쉽다네! 15분이 때론 한 시간이 되고 내달려 밤을 지새운 적도 있지만, 그날 나는 아무것도 쓰지 않았고 식어가는 벙어리 숯을 조금 오래 쓰다듬었을 뿐이다.

외숙의 침묵에 기대어 열 몇 살의 나는 『크눌프』와 『토니오 크뢰거』와 『페스트』와 『설국』과 『가난한 사람들』과 유치환과 박경리와 김춘수와 김승옥과 이제하와 이청준과 김현과 이문열과 최승자와 양귀자를 맘껏 읽었다. 읽고 외숙처럼 '문학적으로' 침묵했다.

고백하건대, 외숙과 나란히 앉은 날은 봄날 붉은 앵두가 주렁주렁 맺힐 때뿐이다. 앵두가 열리기 전이나 앵두가 떨어진 뒤, 나는 이 숲을 거들떠보지 않았다. 외숙은 내가 있든 없든 이 그늘을 아꼈다. 외숙의 침묵은 그 어떤 문장보다 아팠다. 어둠이 찾아든 뒤에도 앙상한 나무를 지키는 외숙의 흐리게 떨리는 등을 보며, 나는 그가 지금 글을 쓰는 중이라고 단정했다.

첫 산문을 마쳤을 때, 국어국문과에 합격했을 때, 비평가가 되었을 때, 처녀 장편을 탈고했을 때, 외숙은 기뻐했다. 그리고 15년 동안 소설을 출간하면서, 나는 내 못난 이야기에 빠져 잠시 앵두나무를 잊었다. 모처럼 외숙에게서 전화가 왔다. "내년 봄엔 같이 앵두나 딸래?" 나는 즉답을 피했다. 숲은 주인이 바뀌었고 앵두나무 그늘을 찾지 못할 만큼 외숙이 아프다는 풍문을 미리 접한 탓이다.

이 책의 문장들이 앵두를 닮을 수 있을까. 봄날 나뭇가지에 매달려 한껏 붉음을 뽐내는 앵두가 아니라 계곡에 떨어져 썩은, 빛깔도 모양도 맛도 앵두다움을 잃은 앵두.

『김탁환의 원고지』는 2000년부터 2010년까지 침묵으로 쓴 창작일기다. 아! 외숙의 앉은뱅이 책상에도, 신림동 하숙집 내 철제 책상에도 빈 원고지 다발이 놓였다. 내게 원고지란 글을 쓰고 싶은 첫마음[初發心]과 동의어다. 작품에서는 되풀이를 끔찍하게 싫어하는 나지만, 일기에서는 원고지에 얼굴을 묻던 그 밤으로 돌아가고 돌아가고 또 돌아갔다. 일기 앞에 '창작創作'

이란 두 글자를 감히 덧붙인 이유는, 21세기의 첫 10년 동안, 오직 내가 쓰고 있는 이 작품으로부터만 자극받길 원했기 때문이다. 어리석고 부끄럽고 때론 이기적이었지만 그땐 과잉만이 진실이었다. 그럴 수밖에 없었다.

소설을 끝내면 참고도서만 남는 줄 알았다. 호랑이처럼 홀로 떠도는 작가에게 창작일기란 날마다 몰래 치른 백병전의 흉터이자 스스로에게 선사하는 쑥스러운 선물이리라.

외숙을 포함하여 독자들이 이 문장들을 만지며 빙긋 웃기를 바란다면 욕심이겠지만. …… 욕심일망정 앵두의 기억에 기대어 지금은 마구 우기고 싶다. 부디!

2011년 10월 한글날

우도 올레를 마치고

김탁환

김탁환 金琸桓

1968년 경상남도 진해 출생

1987년 3월~1995년 2월 서울대학교 국어국문학과 학사, 석사, 박사 수료

1995~2009년 해군사관학교, 건양대, 한남대, KAIST 교수 역임

쉐이크연구소(www.THELABshake.com) 소장

콘텐츠 제작사 '(주)원탁' 공동대표

창작/기획

1996년 1월 장편소설 『열두 마리 고래의 사랑이야기』(살림) 출간

1996년 10월 문학평론집 『소설 중독』(살림), 『진정성 너머의 세계』(살림) 출간

1998년 9월~10월 장편소설 『불멸』(전4권, 미래지성) 출간

1999년 7월 장편소설 『누가 내 애인을 사랑했을까』(푸른숲) 출간

1999년 12월 장편소설 『허균, 최후의 19일』(전2권, 푸른숲) 출간

2000년 12월~2001년 4월 장편소설 『압록강』(전7권, 열음사) 출간

2001년 12월 장편소설 『독도평전』(휴머니스트) 출간

2002년 장편소설 『나, 황진이』(푸른역사) 출간

2002년 10월 문학평론집 『한국소설창작방법연구』(문경) 출간

2002년 11월 장편소설 『서러워라, 잊혀진다는 것은』(동방미디어) 출간
2003년 7월 장편소설 『방각본 살인사건』(전2권, 황금가지) 출간
2003년 7월~11월 오페라 「이순신」 대본 집필(러시아 페테르부르크 공연: 2003년 11월 14일~16일, 서울 KBS홀 공연: 2005년 12월 3일~4일)
2004년 6월~12월 장편소설 『불멸의 이순신』(전8권, 황금가지) 출간(『불멸』 전면 개작)
2005년 1월 장편소설 『부여현감 귀신 체포기』(전2권, 이가서) 출간
2005년 6월 장편소설 『열녀문의 비밀』(전2권, 황금가지) 출간
2005년 8월 연구서 『한국고전소설의 세계』(공저, 돌베게) 출간
2006년 1월~6월 장편소설 『애이불비-백제인의 사랑』 대전일보 연재
2006년 4월 단편소설집 『진해벚꽃』(민음인) 출간
2006년 9월 장편소설 『파리의 조선궁녀, 리심』(전3권, 민음사) 출간
2007년 1월~4월 중편소설 『노서아 가비』 한국문학 연재
2007년 4월~2008년 1월 중편소설 『여인의 초상』 과학동아 연재
2008년 5월~6월 중편소설 『당신은 식인종』 판타스틱 연재
2008년 7월 장편소설 『혜초』(전2권, 민음사) 출간
2008년 12월 서평집 『김탁환의 독서열전-뒤적뒤적끼적끼적』(민음사) 출간
2009년 1월 『홍길동전』(허균 저, 김탁환 풀어 씀, 백범영 그림) 출간(민음사 세계문학전집 200번)
2009년 2월 『허균, 최후의 19일』 민음사판 재출간
2009년 4월 살림지식총서 '로봇의 시대가 왔다' 시리즈 전5권 기획 출간
2009년 5월 『천년습작-김탁환의 따듯한 글쓰기 특강』(살림) 출간
2009년 7월 장편소설 『노서아 가비』(살림) 출간
2009년 1월~9월 장편소설 『눈먼 시계공』 동아일보 연재
2009년 11월 장편소설 『99-드라큘라 사진관으로의 초대』(살림) 출간(강영호와 공저)

2009년 12월~2010년 4월 장편소설 『잔혹하고 애틋한 사랑의 여왕』 인터넷 교보문고 연재(강영호와 공저)

2010년 5월 장편소설 『눈먼 시계공』(전2권, 민음사) 출간(정재승과 공저)

2010년 11월 장편소설 『밀림무정』(전2권, 다산책방) 출간

2011년 8월 『김탁환의 쉐이크』 (다산책방) 출간

드라마 원작

2000년 KBS 50부작 드라마 「천둥소리」 원작(『허균, 최후의 19일』)

2004년~2005년 KBS 104부작 드라마 「불멸의 이순신」 동명소설 원작

2005년 KBS TV 문학관 「서러워라, 잊혀진다는 것은」 동명소설 원작

2006년 KBS 24부작 드라마 「황진이」 원작(『나, 황진이』)

영화 원작

2011년 청년필름/위더스필름 공동제작, 쇼박스 제공 「조선명탐정: 각시투구꽃의 비밀」 원작(『열녀문의 비밀』)

2011년 오션필름 제작, 시네마서비스 제공 「가비」 원작(『노서아 가비』, 개봉예정)

경력

1995년~1998년 문화계간지 「상상」 편집위원

2009년~2011년 문화계간지 「1/n」 주간

2010년~현재 (사)한국범보전기금 홍보대사

차례

쓰다

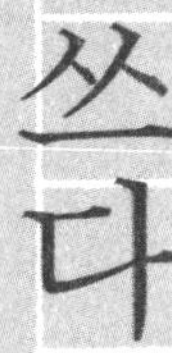

처음에는 전략을 선명하게 하는 쪽으로 가닥을 잡다가, 이제는 그 전략마저 지워버려야 한다는 결론에 도달했다. 의도하지 않고 가기. 그것은 끝나지 않을지도 모른다는, 그 끝없는 이야기 속에서 소설가가 지쳐 떨어질지도 모른다는 두려움을 넘어서는 것이다. 끝나지 않으면 어때, 갈 데까지 가보는 거지.

2000년 10월 16일의 기록

2000년 10월 3일 _____ 퇴고를 시작하면 내 능력 이상의 것을 꿈꾸게 된다. 이 정도면 만족하지 않겠느냐고 미리 예상을 하고 들어가지만 막상 문장 하나하나와 씨름을 하다보면 어느새 나는 내가 오를 산봉우리 너머까지 나아가고 있는 것이다. 그래서 퇴고는 힘들다. 온몸의 기가 빠져나가는 작업이다. 그러나 분명한 사실은 고치면 고칠수록, 불가능을 꿈꾸면 꿈꿀수록, 완벽한 문장 완전한 소설에 이르지는 못하더라도, 소설이 훨씬 좋아진다는 사실이다.

『불멸』을 퇴고하면서 고생했던 순간들이 『압록강』을 퇴고하기 시작한 지금 또다시 선명하게 떠오른다. 퇴고란 결국 자학의 과정이란 생각도 든다. 소설가들이 창작과정에서 병을 얻게 된다면, 그것은 초고를 쓸 때가 아니라 그 초고를 다듬을 때이다. 그러니까 지금 몸이 아프다는 것은 내가 제대로 무엇인가를 고치고 있다는 반증이라고나 할까?

『압록강』 1권 초고를 고쳐나가면서 적어도 세 번 정도는 더 봐야겠다는 생각이 들었다. 결국 문제는 시간과 집중력이다. 그리고 완전한 탈고를 원하는 출판사 편집자와의 샅바싸움이다.

2000년 10월 5일 ____ 선명하게 대립시키지 않기. 살아 있는 모든 것들에게 나름대로의 의미를 부여하기.

나는 『압록강』을 통해 의적소설의 한계를 넘어서고 싶다. 법을 어기는 도적떼와 법을 지키는 정부라는 국가 내적 대립과 함께 청나라와 조선의 전쟁이라는 국가 대 국가 간의 대립이 동시에 일어나는 상황에서, 도적떼와 정부가 협력하기도 하고 또 끝내는 반목하는 모습을 담으려는 것이다.

이런 목표를 이루기 위해서는 도적떼도 도적떼 나름대로의 명분과 이익이 있어야 하고 정부도 정부 나름대로의 명분과 이익이 있어야 한다. 하다못해 이들과 싸우는 청나라도 나름대로의 명분과 이익이 있어야 하는 것이다. 이 셋을 함께 그려내는 어려움. 내가 맨 먼저 도전해서 넘어서야 하는 대목이다.

의적소설의 한계를 넘어서고 나면 무엇이 남는가? 그 너머까지 담아낼 수 있어야 진정한 극복이라 할 수 있으리라. 마무리 부근에서 유토피아론을 집어넣는 것은 어떨까? 율도국의 새로운 변주! 계속 생각할 문제이다.

2000년 10월 6일 ____ 자신의 삶을 사랑하는 것은 당연하다. 그러나 자신의 죽음까지 사랑할 수 있을까? 자신에게 닥친 모든 불행을 욥처럼 신의 사랑으로 받아들이는 것도 대단하긴 하지만, 그래도 욥은 죽음에까지 이르지는 않았다.

책을 낸다는 것은 어떤 죽음을 경험하는 것과 같다. 현실에서 죽음은 곧 영원한 소멸이지만 책을 내면서 작가가 겪는 죽음은 일정 기간 동안만 지속된다.

이 죽음 앞에서 작가는 늘 아쉽다. 그것은 이승에 대한 마지막 후회같은 것이다. 이제 두 번 다시 이 책에 실린 문장들을 매만질 수 없다는 섭섭함이여! 그러니까 책이 나오기 전까지 최대한 문장을 틀어쥐고 시간을 끌 일이다. 그것은 곧 죽음을 유예하는 가장 쉬운 방법이기도 하다.

2000년 10월 7일 _____ 존 바에즈의 음악을 듣고 있으면 가슴이 뜨거워진다. 30년도 훨씬 지난 그녀의 음성은 묘하게 사람을 자극한다.

제니스 조플린처럼 광기에 휩싸여 있지 않으면서도(너무나도 침착하게 가사 하나하나를 정확하게 발음하며 단정히 서서 기타를 뜯고 있으면서도) 그녀의 목소리는 나를 광기로 이끈다. 활활 타는 불 속으로 들어가라 한다. 그 불은 어디에 있나?

그녀가 밥 딜런과 함께 노래를 부를 때는 또 다른 분위기를 만들어낸다. 밥 딜런은 읊조리고 그녀는 그 읊조림을 숭고하게 만드는 것 같다. 그래서 둘의 노래는 숭고한 읊조림, 읊조린 숭고함이다. 어떤 경지이다.

2000년 10월 10일 _____ 『데미안』은 청소년기에 한 번 읽고 넘어갈 그런 책이 아니다. 42세에 이르러서야 발표한 만큼 이 책에는 헤세의 깊은 사유가 녹아 있다. 빛나는 명구들이 길거리에 쓸려다니는 나뭇잎처럼 많다. 그런데 마흔을 넘긴 후에 열몇 살 아이를 주인공으로 무엇인가를 쓴다는 것이 어떤 의미일까? 단순한 추억놀음이 아니라면 그것은 자신의 영혼이 처음 시작된 곳으로의 회귀인가? 어린 나이를 쓴다는 것은 그만큼 위험부담이 큰 일이다. 헤세는 거의 유일하게 성공하고 있다.

가령 '많은 사람들은 끝까지 인간이 되지 못하고 개구리, 도마뱀, 개미 따위로 존재한다. 많은 사람은 상부만 인간이고 하부는 물고기이다. 그러나 모든 인간은 인간을 지향한 자연의 시도다.'라든가 '나는 사악함과 불행을 통하여 나의 아버지보다 더 위대하고 선인이나 경건한 사람들보다도 위대하다.'는 선언은 '인간존재'에 대한 정확한 지적이 아닐 수 없다.

'우리가 어떤 인간을 증오할 때 우리는 그의 모습 속에서 우리들 내부에 들어 있는 무엇을 찾아내고 증오하는 것입니다. 우리들 내부에 없는 것은 우리를 흥분시키지 않습니다.' 과연 그렇다.

2000년 10월 16일 _____ 『황야의 이리』와 『유리알 유희』 그리고 이인웅 선생이 지은 『헤르만 헤세와 동양의 지혜』란 책을 샀다. 세련된 책은 아니지만 헤세에 대한 사랑을 유감없이 느낄 수 있는 따뜻한 책이다. 글을 읽고 지은이를 사랑하게 되는 과정은 아름답다.

내게는 『데미안』이 헤세가 기독교로부터 어떻게 멀어지게 되었는가를 설명하는 고백서로 읽힌다. 『돈키호테』가 텍스트(기사도 이야기, 곧 성경의 은유)대로 '살아보는' 것이 불가능하다는 사실을 증명하는 실패담이라면, 『데미안』은 텍스트(성경)를 '다르게' 이해하고 파괴하는 과정을 통해 기존의 기독교적 윤리와 제도를 비난한다. 텍스트처럼 살기와 텍스트를 다르게 읽기의 차이. 전자가 삶 자체를 끊임없이 텍스트로 환원시켜 비교하는 확인의 과정이라면, 후자는 텍스트의 구조라든가 논리 자체에 대한 강한 비난이다. 『데미안』에 나오는 카인, 예수와 함께 십자가에 못박힌 두 도둑에 대한 데미안의 설명은 확실히 기존의 교회에서 가르치는 것과 정반대의 결론에 도달하고 있다. 선을 위해 악을 배제하는 종교가 아니라 선과 악이 대등한 관계로 함께 뒤엉켜 있는(마치 동양의 음양처럼) 관계(아브락사스)를 헤세는 꿈꾸었던 것이다.

그러므로 『데미안』에서 자주 언급되는 그 새를 가두고 있는 알은 곧 기독교다. 헤세는 앙드레 지드만큼이나 배덕자이고 깡패였던 것이다. 『데미안』은 그 알을 깨는 데서 멈춘다. 알을 깨고 저 먼 곳의 아브락사스를 바라보기. 그러나 과연 어떻게 저 아브락사스로 갈 수 있는지는 구체적으로 설명하지 못한다. 그것은 아마 헤세도 모르고 있기 때문일 것이다. 아니면 우리 모두는 각자의 방식으로 아브락사스에 접근해야 한다는 주장일지도 모르겠다. 다만 헤세는 알을 깬 이후부터 아브락사스에 다가가는 그 공간(완전히 낯선 세계)을 황야로 보았고 따라서 『황야의 이리』란 작품이 나온 것이 아닐까 추측할 따름이다. 헤세를 향한 비판들 중에서 가장 흔한 것이 그의 등장인물들이 지니고 있는 '이상한 열망'의 추상성이다. 그러나 과연 누가 알을 깨고 나와서 아브락사스에 이르는 길의 구체성을 미리 설명해줄 수 있을까? 그것은 헤세의 정신이 추상에 머무르고 있어서가 아니라 그 도정 자체가 텍스트의 확인이 아닌 확장이기 때문이리라.

『황야의 이리』와 『유리알 유희』는 그러므로 세심하게 읽어야 하는 작품들이다. 『데미안』에서 새로운 깨달음을 얻었듯이 두 작품도 낯선 세계를 보여주겠지. 허나 언제쯤이면 이들 작품을 다시 통독하게 될까?

『압록강』 3권까지 1차 퇴고를 마쳤다.

처음에는 전략을 선명하게 하는 쪽으로 가닥을 잡다가, 이제는 그 전략마저 지워버려야 한다는 결론에 도달했다. 의도하지 않고 가기. 그것은 끝나지 않을지도 모른다는, 그 끝없는 이야기 속에서 소설가가 지쳐 떨어질지도 모른다는 두려움을 넘어서는 것이다. 끝나지 않으면 어때, 갈 데까지 가보는 거지.

중요한 건 이야기의 구조가 아니라 그 이야기를 살아내고 있는 등장인물들이다. 사람에게 천착할 것. 소설기술자가 될 수는 없다.

2000년 10월 20일 ____ 예상치 못한 일로 인해 퇴고 작업에 차질이 생기고 있다. 섬세하게 문장들을 읽어야 하는데, 그게 잘 되지 않는다. 등산을 다녀와서 마음을 다시 먹고 마지막 4권 퇴고에 매진해야겠다. 어쩌면

『허균, 최후의 19일』은 내가 이미 지나와버린 곳이다. 그것 때문에 앞으로 내가 나아갈 길에 문제가 생기면 안 된다. 더욱 침잠하고 단단해지자.

2000년 10월 25일 ____ 『압록강』 4권을 읽다보니, 내가 임경업을 어떤 식으로 키워왔는지 길이 보인다. 그 길은 가시밭길까지는 아니지만 어쨌든 아무도 가지 않은 길로 가야 하는 이가 꼭 거쳐야만 하는 비탈길이다. 임경업은 이 비탈길을 꽤 잘 버틴다. 그 버팀의 근거를 5권부터는 풀어놓아야 한다. 임경업과 같은 또래(의형제들 말고)의 라이벌들과 만나 대화하는 방식은 어떨까? 교몽도 괜찮고 최명길도 괜찮다.

도교적 인물들의 현실 참여를 고려할 대목이다. 5권쯤에서는 임황이든지 아니면 다른 인물이든지, 번뇌에 빠진 임경업에게 새로운 섬광을 주는 존재로 등장시키자.

강홍립은 김경서와 긴장 관계를 늦추지 말고, 로맨스도 더 강하게 밀어붙이면 되겠다. 이괄과 활빈당의 결합은 철저하고 꼼꼼하게 서술할 것. 교몽과 한두 명의 활빈당원들이 장졸들을 이끌고 결합하는 방식.

이징을 통해 활빈당 중간보스들을 하나씩 출현시키는 구체적인 계획 수립(너댓 명 정도가 적당할 듯하다. 키다리, 세쌍둥이 남녀공생인, 또 다른 캐릭터 찾을 것)이 필요하다.

준비할 것은 많고 시간은 부족하구나. 이제 소설을 완성할 때까지는 세상에 눈 돌리지 않겠다. 어휴 힘들어!

2000년 10월 마지막 날 ____ 다이어리를 살펴보니, 9월 21일에 4권 초고를 마친 다음 한 달하고도 열흘이나 창작을 하지 않았다. 물론 그동안 1권부터 4권까지 퇴고를 하느라 바빴지만 그래도 40일이라는 간극이 부담스러운 것은 사실이다. 내일부터 나흘 동안 학생들과 함께 제주도 졸업여행을 다녀온 뒤, 다시 5권 집필에 들어가야겠다. 5권부터는 상상력을 더욱 많이 동원해서 활빈당의 활동 쪽에 치중할 계획이다. 새로운 인물도 넣고 또 새로운 사건과 갈등도 만들고. 대충 5권의 전체 줄거리를 만들어보니, 역사적으로 사실 확인을 할 부분은 두세 군데 정도이고 나머지는 내 상상력으로 메워야 한다. 부담스럽기도 하고 더 신나기도 하다.

『압록강』 1,2권의 마지막 교정쇄가 도착했다. 첫 페이지를 읽어보니, 어휴, 짜증이 난다. 마음에 들지 않는 부분이 세 군데나 눈에 띄는 것이다. 열심히 고친다고 고쳤는데, 내가 이 정도밖에 안 되나 하는 낙담. 이번 걸 마지막 교정쇄로 하려던 계획은 나의 지나친 자만심이었던 것같다. 두 번은 더 보아야지. 시간을 줄이고 또 편집자를 설득하고.

제주도 여행 뒤엔 할 일이 많구나. 이런 게 인생인가?

2000년 11월 6일 ____ 11월 1일부터 4일까지 제주도 여행, 5일 아산 외암리 나들이.

닷새 동안 정신없이 놀았다. 어깨가 뻐근하고 양팔도 저리고. 여행 후유증인가?

돌아오니, 3권 교정쇄가 도착해 있다. 이제 또 문장과의 전투가 시작되는 것이다.

제주도의 가을은 아름다웠다. 소설 출간되고 나면 다시 한 번 가보고 싶다. 이번처럼 학생들을 데리고 이곳저곳 관광하는 것도 좋겠지만, 어디 한적한 바닷가에서 한 열흘 푹 쉬다오면 좋겠다. 못다 읽은 소설도 읽고 늦잠도 자고. 그런 날이 오긴 올까?

2000년 11월 9일 ____ 1권과 2권의 퇴고를 마쳤다. 필름으로 뜨기 전에 마지막으로 한 번 더 볼 수 있을까? 지금은 거의 완벽한 것 같지만, 또 한 보름 지난 후 다시 보면 아쉬움투성이일 것 같다.

어제 류준필 선배와 통화를 했다. 선배는 이 소설이 『허균, 최후의 19일』을 넘어서는 또 하나의 경지이냐고 물었다. 조동일 선생님의 수제자다운 질문이었다. 가장 최근에 낸 저술과의 다툼 그리고 기록 갱신. 100미터 달리기 선수의 적은 옆에서 함께 뛰는 선수가 아니라 자기 자신의 가장 좋은 기록이라는 사실을 조동일 선생님은 몇 번 강조하셨지. 당연한 말이지만 지키기는 어려운 것들. 그때 나는 선배에게 "물론입니다!"라고 답했다. 이 소설이 『허균, 최후의 19일』과는 확실히 다른 방식으로 씌어지고 있지만, 과연 또 하나의 경지일까? 경지이기를 바라는 마음이 더 강하다는 게 솔직한 표현일 것이다.

2000년 11월 14일 _____ 카뮈의 『전락』을 다시 읽고 있다. 고백의 근본 속성이 심판관이자 속죄자라는 말은 정확한 지적이다. 그리고 이것은 고백의 속성뿐만이 아니라 창작 행위 전반의 속성이 아닐까. 소설을 쓰다보면, 자꾸 등장인물이 고백을 하겠다고 우기는 경우가 있다. 그 고백은 스스로의 죄를 드러내면서 또 남이 심판하기 전에 스스로 벌을 자청하는 경우가 대부분이다. 이것은 물론 약삭빠른 짓이다. 그렇지만 이런 약삭빠름조차도 하지 않는 인간이 얼마나 많은가.

3권의 퇴고를 마쳤다. 지도를 함께 동봉하여 출판사로 보냈다. 제목에 대한 고민은 다시 처음으로 되돌아왔다. 역시 『압록강』보다 더 나은 것은 없나보다.

논문지도 때문에 손창섭과 채만식의 소설을 이리저리 읽고 있다. 예상외로 재미있다. 그들은 지금의 작가들보다 훨씬 정직하고 순박한 것 같다. 아니 이것이 본래 작가의 모습일지도 모른다.

2000년 11월 22일 _____ 11월 22일부터 『압록강』 5권 집필에 착수했다. 근 두 달을 퇴고에 매달리느라 약간 감이 떨어진 듯도 하지만 곧 회복될 것이다. 분량에 신경 쓰지 않고 풀어놓을 수 있는 만큼 마음껏 풀어놓을 작정이다. 5권 이후 소설을 쓰면서 유의해야 할 사항들은 다음과 같다.

1. 이괄의 난을 사실적으로 정리할 것.

2. 활빈당 쪽 두령들의 개성적인 인물 묘사.

3. 불교에 대한 관심.
4. 도교에 대한 지속적인 분위기 깔기.
5. 사랑의 문제.

2000년 11월 23일 _____ 밤새 치통으로 고생을 하고 아침 일찍 병원에 다녀왔다. 의사는 사랑니를 뽑자고 했지만 나는 고개를 저었다. 강의도 그렇고 책 출간도 그렇고 소설 집필도 그렇고 아직은 사랑니를 뽑고 마음 편히 쉴 때가 아닌 것이다.

11시가 넘어 연구실에 들어오니, 어지러운 연구실 풍경이 한눈에 보인다. 그도 그럴 것이 지난 두 달 동안 청소다운 청소를 한 번도 하지 않았던 것이다. 책상 위를 요리조리 치우다가 아예 대청소를 하기로 마음을 먹었다.

글을 쓰면 쓸수록 배움에 대한 욕망이 강해진다. 한문도 더 공부하고 싶고 철학도 배워보고 싶고. 아직은 생각뿐이지만 『압록강』만 끝나고 나면 구체적인 활로를 모색해야겠다.

2000년 11월 30일 _____ 결국 사랑니를 뽑고 며칠 고생을 했다. 아직 실을 뽑진 않았으나 그래도 견딜 만하다. 곰곰히 따져보니 사랑니가 아팠던 게 햇수로 5년은 된 것 같다. 술만 먹으면 아리고 그랬는데, 앓던 이를 뺀 기분이 어떤 건지 알겠다.

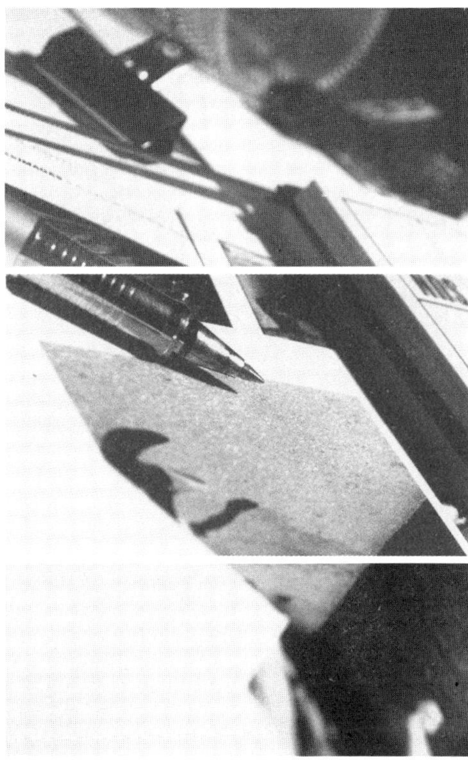

5권도 이제 본궤도에 올랐다. 아직 160매 정도밖에 쓰지 못했지만, 시간만 있으면 끝까지 갈 수 있겠다는 자신감이 생긴 것이다. 문제는 활빈당 부분을 자꾸 확대하고픈 욕망이다. 그러면 8권으로도 이 소설을 끝내지 못할지 모른다. 그래도 끝간 데까지 가는 게 내 스타일이다. 출판사에서 뭐라든 가자! 쓰고 싶은 것, 쓸 수 있는 것을 마지막까지 쓰자.

'현대소설가론'을 통해 헤세, 카뮈, 카프카, 헤밍웨이의 단편을 각각 두 작품씩 가르쳤다. 이것만 해도 벅차고 빡빡한 수업이었다. 문득 학생들을 가르친다는 것은 그들과 함께 내가 과거에 읽은(혹은 읽지 않은) 책을 읽는 것이라는 생각이 든다. 수업이 아니었다면 내가 『변신』이나 『전락』 혹은 『노인과 바다』를 다시 읽었겠는가? 이런 식의 수업은 학생들에게도 내게도 좋은 경험이다. 다음 학기에는 작가별로 산만하게 읽기보다 주제별로 깊이 읽어볼까 한다. 죽음이나 성장 같은 모티프로.

2000년 12월 4일 ____ 내일 『압록강』이 출간된다. 아침 일찍 상경할 준비를 마치고 책상 앞에 앉았다. 12월 2일 대전으로 이사한 후 처음 책상에 앉는 것이다. 신선마을. 이곳은 도로변인데도 조용하다.

알라딘으로 주문한 책들이 도착했다. 한길사의 위대한 한국인 시리즈 첫 번째 권인 『원효, 한국 사상의 새벽』을 펼치다가, 지은이가 고영섭이라는 걸 보고 깜짝 놀랍다. 영섭이 형. 내 나이 스물둘. 대학 3학년 때 잠시 동국대학교의 문우들과 함께 '시혁명'이란 동인을 했던 적이 있다. 한 6개월 혹은 1년쯤 지속되다가 모임은 해체되었지만, 그때 영섭이 형은 조용하고 차분한 그러면서도 시에 대한 열망에 사로잡힌 사람이었다. 불교와 관련된 시를 쓰는 것도 솔직히 나로서는 신기했고 그 불교가 어떻게 진보적 사상으로 이어지는가도 궁금했었다. 그후 2년쯤 지나서 영섭이 형은 서울대 대학원 시험을 치려고 왔었다. 그때 잠시 만났지만 영섭이 형이 떨어지는 바람에 그냥 스쳐 지나가는 인연이 되어버렸다. 그런데 이제 보니 형은 불교에 천착하여 불교철학의 떠오르는 젊은 학자가 되어 있구나. 『원효』를 읽다가 형 특유의 말버릇이 떠오르는 것만 같아서 잠시 웃어본다. 사람의 인연이란 이런 것일까? 컴퓨터도 없던 그 시절, 전동타자기로 밤새 쓴 시들을 돌려 읽던 그 밤이 떠오른다. 세월이 흘러 그때 만났던 이들은 모두 흩어졌지만, 사실 흩어진 사람은 아무도 없는지도 모른다. 이렇게 하나둘 저마다의 자리에서 고민하며 글을 쓰고 있으니. 참으로 반갑다. 영섭이 형은 어떤 시를 쓰고 있을까? 언제 꼭 연락해서 뵈어야겠다.

2001년 1월 3일 _____ 작년 다이어리를 정리했다.

2000년 한 해 동안 200자 원고지로 환산해서 5,000매 정도를 썼다. 그중 4,000매는 4권으로 묶어 12월 15일을 전후하여 출간했다.

너무 많이 썼다는 느낌을 지울 수 없다. 소품 취향, 쓰지 않고도 쓴 것처럼 분위기 잡는 세태가 싫어 반대 방향으로 달린 결과인가? 꼭 그렇지만은 않지만 내 안의 강박을 어느 정도는 털어낸 것도 사실이다.

3월까지 『압록강』을 완결하기 위해 2,000매 정도를 더 쓰고 나서 좀 쉬어야겠다. 『압록강』에 매달리느라 저만치 밀어두었던 소설들을 얌냠 맛있게 먹고 힘을 내야지. 2001년, 올 한 해 동안 나는 또 얼마나 읽을 것인가? 또 얼마나 쓸 것인가?

2001년 1일 16일 _____ 『압록강』 5권을 출판사에 방금 넘겼다.

새해 첫날부터 지독한 슬럼프에 빠지는 바람에 조금 늦게 탈고를 했다. 몸도 마음도 지쳐 나가떨어졌던 것이다. 며칠 쉬면서 글쓰기를 멀리 하니 지금은 한결 좋아졌다.

『괴테와의 대화』를 저녁마다 조금씩 읽고 있다. 큰 도움이 된다.

대가는 역시 대가다.

2001년 1일 26일 _____ 소설 25매 쓰고 「조선일보」에 발표할 이순신, 강홍립에 대한 평전 형식의 짧은 글을 다듬다보니 벌써 새벽 4시다. 1월은 극심한 슬럼프 때문에 겨우 490매 정도밖에 쓰지 못했다.

아직 완전히 슬럼프에서 벗어난 것은 아니지만, 이순신과 강홍립에 대해 생각들을 정리하고 끼적이다보니 지금보다도 더 힘들었던 순간이 떠오른다. 역사소설을 어떻게 쓰는지도 모르면서 무모하게 달려들던 진해의 그 밤들. 지금 이 정도 소설을 뽑아낼 수 있는 것도 그때의 새벽들 덕분이다. 오늘 이 불면 역시 미래의 터전이 될 수 있을까?

드디어 내일 영국행 비행기에 오른다. 짧은 여행이 나에게 활력을 불어넣어줄 것인지 아니면 완전히 벼랑으로 밀어붙일지는 솔직히, 나도 잘 모르겠다. 어쨌든 많이 보고 자세히 살피고 꼼꼼하게 기록할 일이다.

2001년 1월 26일, 여행일기 ____ **17:57** 서대전역에서 서울행 무궁화를 타고 상경했다. 입석이었지만 2시간 정도는 아무런 문제도 되지 않았다.

21:40 발산역에 내려 여관을 찾았지만 대형음식점만 즐비했다. 탤런트 전원주, 여운계, 사미자의 사진이 나란히 걸린 고깃집 앞을 서성이다가 택시를 잡아타고 송정역으로 갔다. 허름한 여관방 하나를 겨우 잡았는데, 하루 숙박비가 3만 원이다. 너무 비싸다.

22:00~23:00 도올의 '논어이야기'를 지직거리는 텔레비전으로 한 시간 시청했다. 오늘은 절차탁마에 대한 이야기이다. 『시경』에 대한 민요적인 요소를 강조하며, 공자 당대부터 면면히 이어온 해석학적 왜곡의 문제를 지적한다. 왜곡이란 변하지 않는 사실이 있음을 전제로 하는 것이다. 그러나 과연 그런 '사실'이 존재할까? 모든 것은 말로 옮겨지는 순간 벌써 사실이 아닌 것이다.

23:00 취침.

2001년 1월 27일, 여행일기 ____ **6:30** 기상.

7:15 여관을 나오다. 새벽 5시부터 내린 눈이 예사롭지 않다.

7:30 김포공항 제2청사에 도착했다. 수속과 발권을 마치고 대전의 어머니와 진주의 처가에 전화로 인사를 드렸다. 예영이는 조금 칭얼거리다가 잠들었다고 한다. 오줌을 두 번이나 바지에 쌌다고 하니, 부모가 없는 상황에서 약간의 불안을 느끼는 듯하다.

10:00 서울 출발. 예정보다 40분이나 늦었다. 도쿄의 나리타 공항에서 브리티시 항공으로 갈아타야 하는데, 20분도 여유가 없다. 무사히 환승할 수 있을까? 그래도 펑펑 쏟아지는 서울에서 기다리기보다 나리타 공항에서 대책을 찾기로 하고 일단 비행기에 몸을 실었다.

12:00 나리타 공항에 도착하였다. 비가 내리고 있다. 대한항공 소속 일본인 여직원이 마중을 나와서 곧바로 환승 게이트로 갔다. 다행히 비행기가 이륙하지 않았기에 안도의 한숨을 쉬었다. 그러나 이런 기쁨도 잠시뿐. 브리티시 항공기의 기체 결함으로 이륙이 취소되어버렸다. 이래저래 하루는 아시아에서 더 지낼 팔자인가보다.

16:00 나리타 공항을 빠져나와서 근처의 마로드 국제호텔로 이동했다(704호). 편하게 누워 힝기스와 캐프리아티의 호주오픈 결승을 보았다(나중에 알고 보니 녹화방송이었고, 2:0으로 캐프리아티가 이긴 경기였다).

18:00 영국 유학생 이은경 양과 저녁식사를 한 후 바에서 간단하게 술을 마셨다. 나는 맥주 두 잔, 아내는 칵테일과 맥주 한 잔. 엄청나게 눈이 쏟아졌다. 아내도 많은 이야기를 쏟아놓았다. 놀라운 관찰력 뒤로 숨은 교

양이 빛났다.

내일은 영국으로 갈 수 있을까?

2001년 1월 28일, 여행일기 ____ 6:30 기상. 눈을 뜬 채 잠시 천장을 바라보다.

6:50 해가 떠오른다. 쟁반 같은 것이 순식간에 올라와서 눈 덮인 나리타를 비춘다.

7:30 뷔페식 아침식사 후 공항으로 이동하다.

11:05 나리타 공항을 드디어 이륙하였다.

열두 시간에 걸친 긴 비행기 여행이 시작되었다. 자리는 좁고 먹을 것은 계속 나오고. 졸다가 자다가 졸다가 자다가, 그래도 아직 시베리아 벌판을 지나가는 중이다. 시계를 9시간 늦게 돌려 영국 시간에 맞추었다.

14:30 영국 히드로 공항 4터미널에 도착하다. 날씨가 매우 좋다. 한국의 늦가을처럼 선선하다. 입국수속을 하는데, 꼬치꼬치 많이도 물어본다. 불법 체류자 때문이겠지만, 영국에서의 거주지 주소까지 묻는 통에 짜증이 났다. 도현 형 주소는 알지 못하고, 이은경 양의 도움으로 적당히 영국 주소 하나를 얻어서 거짓말로 둘러댔다.

16:10 케임브리지행 버스를 타고 출발하였다. 버스정류장에 내려 잠시 기다리니, 피츠윌리엄 칼리지에서 유럽역사와 정치를 공부하고 있는 도현 형이 나왔다. 도현 형은 1995년 무렵 진해 해군사관학교에서 처음 만났을

때보다 더 젊고 산만하고 패기만만해 보였다. 도현 형이 만들어준 닭도리탕을 먹은 다음 터키, 이탈리아 유학생과 함께 펍pub으로 이동하여 맥주를 마셨다.

22:30 시차 때문인지 어지럽고 피곤하다. 자야겠다.

이상한 꿈을 꾸었다. 백기완 선생과 건양대학교 복도에서 마주쳤다. 인사를 드리려는 순간 백 선생은 어느 연구실로 들어가버렸다. 나는 약간 무안해하며 그냥 지나치려는데, 열린 창문을 통해 백 선생이 종아리를 주무르며 고통스러워하는 게 보였다. 나는 걸음을 돌려 그 연구실로 들어갔다. 백 선생은 얼른 주무르기를 멈추고 의자에 앉으셨다. 그리고 요즘은 뭘 하느냐고 내게 물었다. 나는 소설을 쓰면서 학교에서 학생들을 가르친다고 답했다. 그리고 잠에서 깨어났다. 이 먼 영국까지 와서 왜 나는 백 선생을 꿈에서 만난 것일까?

2001년 1월 29일, 여행일기 _____ **7:00** 새소리를 들으며 기상. 도현 형의 다락방(1호실)에서는 하늘로 열린 창을 통해 별을 볼 수 있다. 몸도 마음도 한결 가벼워졌다. 검은 커튼을 걷으니 키 큰 나무와 그 뒤로 넓은 공터가 나온다. 도현 형은 저곳에서 가끔씩 조깅을 하겠지? 해군사관학교에서처럼.

9:00 피츠윌리엄 칼리지에서 영국식으로 아침식사.

12:00 피츠윌리엄 칼리지의 게스트룸으로 거처를 옮겼다.

시내 나들이.

킹스 칼리지를 형의 안내로 구경하였다. 오솔길을 따라서 한참을 걸어 나온 후 고풍스런 건물들과 조우하였다. 비트겐슈타인이 살았다는 집 일층은 맥도날드 가게로 바뀌었다. 그곳에서 커피 한 잔을 마신 다음 시내를 돌아다녔다. 트리니티 칼리지를 구경한 후 시장에서 목도리를 하나 샀다. 아침부터 추위를 이기기 위하여 카푸치노와 커피와 밀크티를 연속해서 마셨다. 이곳 사람들이 차를 좋아하는 것도 추위를 이기기 위함일까?

17:20~18:20 킹스 칼리지의 미사에 참석했다. 합창단원의 아름다운 목소리와 웅장한 성당 건물이 잘 어울렸다(가성이므로 아름다운 목소리를 낸다는 아내의 지적).

19:00~21:20 숙소로 돌아와서 잠깐 휴식을 취했다. 아직 시차적응이 완전히 되지 않았고 너무 오래 걸어다녀서 피곤한 상태이다(성당에서 잠깐 생각한 것 : 인간은 누구를 향하여 무릎을 꿇는가? 신을 향해서/ 성당을 향해서/ 혹은 무릎을 꿇는 자기 자신을 향해서/ 그런 자신을 보고 있는 타인을 향해서). 아내는 지쳐 잠이 들었다.

시계의 시침을 옮기고 하루 일과를 바꾸어도 몸은 가장 늦게 변하는 것 같다(이 몸이 나다. 나의 피로는 내가 살아 있다는 증거다).

21:30~24:30 셀윈 칼리지의 교수로 있는 김기창 선생을 만났다. 도현형이 만든 불고기를 함께 먹었다. 법대 81학번. 영국에서 로마법을 강의하

며 프랑스 아내와 함께 살아간다는 것은 어떤 느낌일까? 전형적인 대구싸나이가 왜 이곳까지 흘러왔는지 궁금했다.

24:50 숙소로 돌아왔다. 시차적응을 못하여 피곤한 상태다. 돌아오자마자 잠이 들었다.

결혼 7주년 기념일!

2001년 2월 13일 ____ 대학 동기 김미희의 결혼식에 참가하러 원광대학교 숭산기념관에 갔다. 대학 캠퍼스는 우리가 대학을 다니던 1980년대 분위기였다. 오래 만나지 못했던 대학 동기들을 만났다. 시간의 무게가 느껴졌다. 결혼식을 기다리며 숭산기념관 앞에서 글을 끼적거린다.

스물에 만나 시대의 긴 어둠을 통과한 후 하나둘 흩어져 연락이 끊겼다. 소문으로만 존재하는 이름들. 서른을 넘긴 후부터 가끔씩 그 이름의 주인들이 불쑥불쑥 고개를 들이밀었다. 10여 년 전과는 달라졌으나 결코 낯설지 않은 얼굴. 삶이란 결국 이런 기억의 차이를 확인하는 만남의 반복에 다름 아니다. 풍물패의 장고와 북소리 어우러진 익산의 원광대 교정에서, 이렇게 많은 벗들을 만날 줄을 누가 알았을까? 그래도 기쁜 것은 그들도 나도 아직 구도의 길을 포기하지 않았다는 사실이다. 강철은 어떻게 단련되는가? 우리는 아직도 그 답을 찾고 있다. 가끔씩 서로의 이름을 몰래 조용히 읊조리며!

2001년 2월 17일 _____ 97학번이 졸업을 했다. 나보다 딱 10년 아래인 학생들. 그러니까 그들은 이제 스물넷이 된 것이다.

그들이 3학년일 때 나는 처음 논산으로 왔다. 그 3월에 그들이 보여준 문학을 향한 열망이 지금도 눈에 선하다. 리포트 숙제를 끝없이 내고 격주로 시험을 치기도 했다. 나는 그들을 강하게 만들고 싶었다. 강한 인간이어야 강한 글도 쓸 수 있는 법.

그래도 아쉬움은 여전히 남는다. 아직 줄 것이 많은데 그들은 졸업식 가운을 입고 사진을 찍고 "선생님! 건강하세요."라며 총총총 사라져갔다.

어디에 있든지 무엇을 하든지, 처음 나에게 보여주었던 그 열망으로 살아가거라. 그리고 언제나 자기자신을 믿고 사랑하여라. 잘가라 97학번. 나보다 딱 10년 어린 나의 제자들아(김규진,김은정,민지혜, 박진실, 방유성,서혜지, 정애영,조미영,진미정,홍한식,김윤미)!

2001년 3월 20일 _____ 『압록강』의 백 가지 물줄기 중에서 아흔여덟 가지를 마쳤다. 이제 두 가지만 더하면 초고가 완성되는 것이다. 머릿속에서는 벌써 끝의 끝까지 선명하게 그릴 수 있지만 손은 점점 느려진다. 계속 딴짓을 하고, 썼던 글만 자꾸 읽어본다. 물론 이게 끝은 아니다. 이건 말하자면 '임경업의 수업시대' 정도니까. 청나라와 조선과 또 명나라의 역사서들까지 완전히 뒤져서 병자호란을 쓸 날이 오긴 올까? 여기까지 오는 데도 여러 한계와 허약한 지적 토대에 부끄러움을 감추기 힘들었다. 문체를 갈고 닦는다고 해결되는 문제가 아니지. 첫째 진득하게 공부하는 자세, 둘째 어학 실력, 셋째 외국 답사를 다닐 돈. 이렇게 세 가지는 필수고 또 선택조항들이 열 개는 더 붙을 것이다. 병자호란을 쓸 조건을 만들기 위해, 또 그 조건을 만들면서 나 스스로의 창작능력을 키워나가기 위해 준비할 것들이여! 산더미처럼 많구나. 그래서인지 기쁨보다 안타까움이 더 크다. 『압록강』이 완간된 후 다시 처음부터 읽을 용기를 낼 수 없을 만큼. 그래도 4월까지는 압록강을 헤매고 다녀야 한다. 관념으로 단단하게 가라앉힐 것. 한계는 한계고 최선은 최선이니까.

2001년 4월 6일 ____ 『압록강』을 탈고했다.

퇴고를 완전히 끝내고 헌사를 지었다.

영변의 약산 진달래꽃과
압록강의 아름다움을 들려주신
아버님 영전에
이 작은 이야기를 바칩니다.

탈고하면 만감이 교차할 것 같았으나 의외로 덤덤하다. 도서관에 책을 반납하기 위해 정리를 하고, 일년 넘게 가려두었던 연구실의 블라인드를 걷어올렸다. 4월의 햇살과 함께 소나무와 논과 도로가 보인다. 『압록강』을 쓰기 위해 잊고 지냈던, 잊으려고 노력했던 것들을 이제 하나씩 되살려야 할까보다.

『압록강』은 임경업 이야기의 제1부에 불과하다. 병자호란과 그후 그의 행적을 나는 언제쯤 다시 쓰게 될까? 공부도 부족하고 깨달음도 부족하다. 적어도 10년은 지나야 다시 이 싸움의 현장으로 돌아올 것 같다.

이제는 여름방학 끝날 때까지 나에게 투자하는 시간을 가져야겠다. 몸도 마음도 추스리고, 가족과 이웃과 학생들도 챙기고. 우선 이발관에 가서 머리부터 깎아야지.

2001년 7월 3일 ____ 『독도평전』의 초고를 뽑아서 제본을 맡겼다. 그동안 쓴 글을 뽑아서 보면, 부족한 마음이 늘 앞선다. 한숨 돌렸다가 퇴고를 시작해야겠다.

프랑스에 유학중인 정지용의 전화.

6월 3일 귀국하여, 어머니 병간호에 바빴단다. 또 제수씨는 만삭의 몸으로 출산일이 바로 코앞이다. 박사학위 논문도 끝내지 못한 채 돌아와서 서울(어머니)과 부산(아내)을 오가는 심정이 어떨까. 지난 2월 파리에 갔을 때 그는 내게 미테랑 도서관을 구경시켜주었다. 3중 철문을 밀고 들어가야 겨우 서가에 닿을 수 있는 곳. 그곳 한 귀퉁이에서 그는 100년도 전에 죽은 프랑스 작가 플로베르의 습작들을 읽고 있는 것이다. 그를 만나면 마음이 편하다. 알고 지낸 지 벌써 10년이 넘었고 또 비슷한 문학적 취향에 나보다 훨씬 솔직한 친구다. 구정하, 정지용, 진은영. 내 영혼의 벗들.

모험소설에 대한 구상을 이것저것 하고 있다. 열한두 살 적 추억들이 새록새록 떠오른다. 그것들을 잊지 않고 있었다는 사실이 신기하기도 하다. 예전에는 이런 즐거움, 그러니까 나 혼자 즐거워하는 것에 대한 부끄러움이 있었지만, 이젠 이것들을 어린이들과 공유하는 것이므로 훨신 발전적이 될 수도 있겠다.

성적처리가 끝났으니 이제부터 본격적인 방학이다. 올 여름에는 예술가들과 혁명가들의 삶을 좀더 깊이 들여다보아야겠다.

2001년 7월 13일 ＿＿＿ 「화양연화」를 보았다. 꽃다운 나이. 그 시절에 나는 무엇을 하였던가?

일년 동안 동아닷컴에 연재하던 '대중문화 째려보기'를 접었다. 마지막 글에 '처음처럼'이란 제목을 붙였다. 나는 정말 초발심으로 돌아가서, 아무도 쓰지 못하는, 오직 나만이 할 수 있는 작업을 마칠 수 있을까?

대중문화에 대한 글쓰기는 나를 돌아보는 계기가 되었다. 이제 돌아볼 것이 없으므로, 동어반복을 피하기 위해 연재를 끝마친다. 일년 동안의 반성이 나를 어디로 이끌 것인지 궁금하다.

가을부터 시작할 김만중에 대한 소설은, '소설로 쓴 소설론'으로 만들어보고 싶다. 본문보다 각주가 많은 소설 쓰기, 『사씨남정기』를 쓰는 서포의 창작심리를 낱낱이 밝혀보기, 무기이자 거울로서의 소설. 이 양날로 내 심장을 찌르기.

2001년 7월 16일 _____ 출판사에서는 울릉도 청년과 일본 여인(삼쇠-마사꼬)의 연애가 영 이상하다고 그런다. 일단 고려하겠다고 했는데, 다시 읽어보니, 고치고 싶지 않다. 그런 식의 이상적인 결합이 불가능하다는 것을 드러내고 싶었으니까. 이해하지 못한다 해도 그냥 밀고 나갈란다.

해방 이후의 상황도 조금 더 넣으라고 하지만, 이것 역시 못하겠다. 독도의 입장에서 본다면, 최근 50년은 손톱에 낀 때 정도다. 거기엔 독도수비대 하나면 족하다. 현재와 가깝다고 해서 부풀리는 게 처음부터 싫었으니까. 그리고 사실 해방 이후 한일 간의 말다툼은 코미디 수준이다. 난 내 글을 코미디로 만들고 싶지 않다.

왜 내가 『독도평전』을 썼을까? 오늘 밤에야 분명해졌다. 영원히 소수인, 더 나아가 나 혼자뿐인 존재를 탐구하고 싶었던 것이다. 프롤레타리아도 역사적으로 소수였지만, 그래도 그들은 마르크스에 따르자면 다수가 될 수 있다는 기대 속에서 살았다. 그러나 영원한 소수도 있는 것이다. 동성애자, 독도와 같은 섬, 부시맨과 같은 현대판 원시인들.

그러나 결국 난 소설가에 대해 이야기하고 싶었는지도 모른다. 소설가는 동해처럼 드넓은 대중에 휘감겨 있지만, 결국 독도처럼 철저하게 버려지고 고립된 존재다. 그러므로 소수가 되는 것을 두려워 말자. 나 혼자 우적우적 어디론가 가고 있다고 외로워하지 말자. 원래 소설가란 직업이 그런 거니까. 이렇게 자기 위로를 하고 싶었던 게다. 그래서 위로가 되었는가? 약간, 생각의 폭을 넓힐 수는 있었지. 그리고 얻은 결론은 일인으로 만인을 우겨보자는 것 정도.

삶이란 결국 지 꼴리는 대로 우기는 것이란 생각이 든다.

저녁식사 후 잠깐 노래방에 갔었다. 「어느 60대 노부부의 이야기」를 불렀는데, 정말 가슴을 쳤다. 고등학교 시절 '인생파'니 '생명파'니 하는 문학유파를 외웠었는데, 사실 그때는 그게 뭔 말인지 몰랐다. 지금 내가 가장 감동하는 것은 바로 '인생'인 것 같다. 그래서 「성공시대」 「병원25시」 「인간극장」과 같은 프로를 꼭꼭 챙겨서 재방송으로라도 보는 편이다. 내 소설보다 저 인생들이 훨씬 진지하고 가볍고 강하고 또한 부드러우니, 어이할꺼나.

그래서인지, 이은미의 노래와 말을 많이 생각하는 요즈음이다. 적어도 그녀는 이쁘게 노래를 부르는 단계에서 벗어났다. 나는 안다. 그 이쁜 단계를 벗어나는 것이 얼마나 힘겨운가를. 나 역시 미문으로부터 벗어나기 위해 아직까지 몸부림치고 있다. 물론 아름다운 문장은 좋은 것이지만, 그 때문에 많은 것들을 놓치게 된다. 나는 아름답게 쓰지 않고 정확하게 쓰고 싶다. 그 길은? 일단은 열심히 공부하는 것, 그래서 그 단어를 만들어낸 앞뒤 문맥을 모두 파악한 상태에서 글을 쓰기 시작하는 것. 그러나 나는 또 정확하다는 것이 그런 공부를 넘어선다는 것도 안다.

재현이가 가니… 깨달음이 많아진다.

비가 오니 개구리들이 운다. 대전에서는 아직 창문만 열면 개구리들의 합창을 밤새 들을 수 있다.

나는 살아 있다.

2001년 8월 11일 _____ 「미래의 얼굴」 9월호에 권두에세이를 쓰다.

영혼의 장소를 찾아서-내가 사랑한 벤치 하나

낯익은 풍광이 하나 있습니다. 먼지가 풀풀 날리는 인문대 앞 벤치에서 자판기 커피를 홀짝홀짝 마시며 한 시간이고 두 시간이고 담배 연기를 내뿜던 오후! 강의실 의자보다 더 자주 그 벤치에 앉아서 시간을 보내곤 했지요. 책을 읽는 것도 아니고 무엇인가를 골똘히 생각하는 것도 아니며 그렇다고 벗들과 토론을 하는 것도 아니었습니다. 그저 그 앞을 지나치는 풍경들에 묻혀 있었던 것이죠. 수업도 빼 먹고 시험에 들어가지 않은 적이 있었습니다.

어지럼증 탓이었지요. 그 시절 보고 듣고 읽던 것들은 모두 참으로 크고 넓고 깊은 문제들이었습니다. 이데올로기에 대하여, 체제에 대하여, 역사에 대하여, 그리고 신념과 용기에 대하여. 너무 많은 것들을 한꺼번에 삼켰기에 되새김질이 필요했던 것입니다. 낭만이란 단어를 들을 때마다 그 벤치에서 뿜어올라가던 담배 연기가 떠오릅니다. 처음에는 제법 짙은 색을 만들지만 이내 희미하게 없어져버리는 것들. 1980년대의 대학생활이란 아주 선명하고 구체적인 측면과 아울러 이렇게 약간은 추상적이고 모호한 측면도 많았습니다.

교정을 거닐어봅니다.

이제는 그렇게 벤치에 앉아서 수업을 빠져가며 담배를 피우는 학생들은 없습니다. 공강 시간에 잠시 머무르기도 하지만, 대부분은 벗들과의 잡담으로 웃음꽃을 피우지요. 학생들의 옆구리에는 다양한 책들이 들려 있습니다. 외국어를 익히는 데 열심인 학생, 전공서적을 두 번 세 번 탐독하는 학생, 일찌감치 고시나 자격증 시험을 대비하는 학생. 지금은 저렇게 벤치에 모여 있지만, 조금만 지나면 자신들이 미리 준비해두었던 곳으로 발걸음도 가벼웁게 곧장 나아가겠지요.

가끔씩 연구실로 학생들이 찾아오곤 합니다. 무엇을 하고 싶다고 떳떳하게 밝히는 그들의 당당함이 부럽지요. 언제 졸업해서 어디에 취직하고 또 어떤 여자와 만나 언제까지 집을 장만하겠다는 계획을 듣고 있노라면, 20대 초반 그때 나는 어떤 생각을 했던가 자문하게 됩니다.

바르게 살겠다거나 열심히 살겠다는 생각은 못했습니다. 다만 20대 후반이 두려웠지요. 하고픈 일에 자리를 굳힌 것도 아니고 그렇다고 대학의 보호를 받을 수도 없는 나이, 친구들은 하나둘 취직을 하고 일상의 거대한 무게를 스스로 느끼기 시작할 나이, 그 나이에도 과연 나는 계속 혼자 벤치에 앉아서 담배를 피워댈 수 있을까?

능력이 부족해서이겠지만, 저는 시간을 제 계획대로 딱딱 자르지 못했습니다. 오히려 저만치 앞서가는 시간을 보며 헉헉대기 일쑤였지요. 한 번도 시간이 내 편이라고 느꼈던 적이 없습니다. 무엇인가 붙잡고 의지하고 싶었지요. 그래서 지금 학생들이 들고 있던 저 구체적인 책과 조직 속으로 한 발 들여놓았던 적도 있었습니다.

그러나 과연 20대는 30대를 준비하기 위한 시절에 불과한 것이었을까요? 고등학교가 대학에 들어가기 위한 통로가 아니듯 우리의 20대 역시 30

대로 진입하면서 청산해야 할 허섭쓰레기가 아닌 것입니다.

벤치를 다시 떠올립니다. 참으로 무용한 자리, 쓸데없는 낭비의 순간들이 저의 20대 후반을 지탱시켜주었다면 믿으시겠는지요? 그 벤치에서 감동적으로 읽었던 책 중에서 『강철은 어떻게 단련되는가』란 작품이 있지요. 그 내용은 대부분 잊었지만, 그 시절에는 항상 스스로를 단련시켜야 한다는 강박 속에서 지냈습니다. 전태일, 빛고을 광주, 박종철, 이한열 등등이 그 단련의 다른 이름들이었지요.

사는 것이 아니라 살아내는 것.

이 말이 문법에 맞지 않듯이, 제 삶도 결코 전도양양하지 않았습니다. 문학에 관심을 둔 학생들이 어떻게 하면 좋은 글을 쓸 수 있는가, 선생님의 대학시절을 이야기해달라고 할 때마다 난처해지는 이유도 이 때문입니다. 온종일 벤치에 앉아 있었노라고 고백하면 실망하거나 믿지 않겠지요. 그리고 그 학생들이 저처럼 벤치에 앉아서 세월을 보낸다고 해서 꼭 어떤 깨달음을 얻는다는 보장도 없습니다.

한 가지 분명한 사실은 시간을 단축시키기 위해 뛰어다니는 것도 소중하겠지만 때로는 의도적으로 시간을 늦추며 앉아 있기도 해야 한다는 것입니다. 그래서 무엇을 얻을 수 있냐고 반문할 수도 있겠죠. 솔직히 얻을 건 없습니다. 기껏 담배를 피워 폐를 망치고 수업에 빠져 출석 점수를 잃을 따름이지요. 그래도 시간이란 괴물과 맞서서 인생의 다양한 스펙트럼을 한 번이라도 눈으로 쭈욱 훑을 행운을 가질 수 있지는 않을까요?

나란 인간이 무엇인가를 정말 골똘하게 생각하는 것이지요. 내가 얼마나 능력 있고 멋진 사람인가를 알기 전에 내가 얼마나 비열하고 우습고 하찮은 인간인가를 깨닫는 것이 중요합니다. 자신의 장점을 선전하지 않고 자신의 약점을 보완하기 위해 정성을 쏟는 것이지요.

「미래의 얼굴」 편집부에서는 제게 대학의 '낭만'에 대한 글을 부탁했습니다. 그러나 아직 저는 낭만이 무엇인지 명확히 알지 못합니다. 더구나 1980년대에 태어난 학생들의 낭만을 1980년대에 대학교를 다닌 제가 알 턱이 없지요. 정말 대학에 낭만이란 것이 있다면, 그건 총알처럼 지나가는 시간과 감당하기 힘들 만큼 뜨거운 열망, 그리고 아무것도 이룬 것 없는 불안 속에서 혼자 고뇌하고 눈물을 삼키며 싸운 순간들일 것입니다. 지금 대학생들에게도 그런 영혼의 장소가 하나씩은 있겠지요. 그 장소를 소중히 가꾸고 또 그곳에서의 시간을 잊지 않는 것이 곧 꿈을 지키는 일이며 젊은 날의 낭만을 간직하는 것이 아닐까요?

힘들고 지칠 때면 언제나 찾아가고픈 곳, 찾아가서 힘을 얻을 수 있는 자리를 이 가슴에 하나씩 만들어보도록 하세요.

2001년 9월 17일 ____ 『독도평전』을 한 번 더 퇴고했다. 고치면 고칠수록 고칠 데가 많아진다. 11월 출간 전에 두 번 정도 더 퇴고해야겠다.

내가 이 소설에 담고자 하는 것은 민족분쟁이 아니다. 차라리 나는 '영원한 소수'의 운명을 독도를 통해 유추해보고 싶었다. 몇 년 전 만났던 김석희 선생님의 말씀이 떠오른다. 섬 사람은 영원히 섬 사람일 수밖에 없다.

『나, 황진이』도 별 차질없이 진행되고 있다. 황진이에 대한 일화들을 황진이의 입을 통해 몽땅 부정하기. 부정한 다음에 새로운 긍정을 세우기. 말은 쉽지만 힘겨운 작업이다. 분투!

2001년 9월 20일 ＿＿＿ 오늘처럼 글이 잘 되는 날은 괜히 두려워진다. 이렇게 빨리 쓰다가, 어디 실수라도 하는 게 아닐까? 놓치고 지나가는 건 없을까? 안 될 땐 안 된다고 힘들었는데, 잘 될 땐 또 잘 된다고 걱정이니, 잘 되지도 않고 안 되지도 않는 수준은 없는 걸까?

어제 오늘 점심시간에 내 연구실 조교인 조원미 김미영과 함께 교내를 산책했다. 2년 넘게 재직하면서 한 번도 가보지 않았던 학군단 근처를 어슬렁거렸다. 그곳 장교들이 점심을 마치고 들어오다가 우리를 이상한 눈으로 쳐다본다.

이것저것 챙길 게 많은데, 하나도 못하고 있다.

2001년 9월 29일 ＿＿＿ 경험에 근거한 이야기지만, 명절이 되면 더 한가해진다. 뭘 쓰거나 읽어서는 안 되는 분위기이긴 한데, 그렇다고 딱히 즐실 일도 없는 상황. 올 추석도 비슷하다. 텔레비전에서 조금 더 멀어지니, 정말 심심하다. 내일은 계룡대 잔디밭에 놀러나 갈까 생각했는데, 일기예보를 보니 전국적으로 비가 온단다. 보름달 보기도 틀린 걸까?

이것도 경험담이지만, 500매 정도가 넘어가면 가속도가 붙는다. 1,000매가 넘으면 분량에 대한 두려움이 사라진다. 어떻게든 되겠지! 긴장을 풀면 끝장이다. 지금이 위험한 시기다. 1,000매가 훌쩍 넘었는데, 황진이는 아직 20대 초반이다. 급하게 이야기를 몰아가면, 속도는 붙지만 인간이 엷어진다. 최초의 두꺼움과 묵직함을 유지하기 위해서는 속도를 늦추고 딴 생각을 많이 해야 한다. 다르게 쓸 수는 없을까? 다른 갈등이나 분위기 혹은 숨소리를 담을 수는 없을까? 두리번거리기 위해서는 책을 더 사서 읽어야 한다. 1,000매가 넘으면 처음에 준비했던 책들이 다 바닥을 치게 마련이다. 황진이의 경우는 아직 300매 정도는 더 끌고나갈 힘이 남았다. 그러나 미리미리 글을 쓰는 도중에 떠오른 생각들을 정리하고 다시 읽을 책과 새로 읽을 책들의 목록을 짜야 한다. 10월 3일까진 이 짓이나 하며 지낼까?

남들은 명절에 뭘 할까? 심신한 건 나쁜인가? 가족과 친지를 만난 그들은 정말 신이 날까? 부담과 고통이 덧나는 것은 나쁜인가?

10월에 할 여러 가지 일들. 생각만 해도 머리가 지끈거린다. 4학년 학생들 취업 챙기기. 2학년 학생들과의 면담. 1학년 지도학생들과의 만남. 인터뷰팀 챙기기. 아우성 학생들도 만나기. 전태일 무덤에 다녀오기. 퍼슨웹 쪽 일들. 『나, 황진이』 쓰기. 『독도평전』 퇴고. 부메랑 구상. 시 쓰기 및 시 창작모임 계획. 학부 홍보물 작성. 수업. 이 정도인가? 내가 생각해도 정말 바쁘군. 이 와중에도 나는 소설을 써야 한다. 왜? 소설가니까(동어반복에도 진실은 있다).

2001년 9월 30일 _____ 적포도주를 한 잔 마셨다.

술을 마시고 나면, 술 마셨던 시간들이 겹친다. 노랫소리, 격렬한 토론, 두부김치와 소시지 야채볶음의 향내도 코를 찔러댄다. 이미 사라졌을 술집들이 함께 모여 내가 떨어뜨린 말들을 주워올린다. 그때 마신 술의 외상값을 합치면 서너 달 하숙비는 족히 될 게다.

요즈음은 술을 거의 마시지 않는다. 마시더라도 혼자 취한다. 술자리에서 무엇인가를 배운 적은 없다. 한때는 내가 아는 것의 90퍼센트 이상을 술자리에서 얻었다. 나의 미래도 내 앞에서 떠들고 있는 벗이나 선후배의 표정 속에 있었다. 그런 자족이 싫었던 적도 많았다.

어쨌든, 술은 술을 부르는 것이 아니라 시간과 사람과 어떤 그리움을 부른다.

그래서 나는 술이 좋다. 억수로!

2001년 10월 8일 _____ 아프가니스탄 폭격으로 세상이 시끄럽다.

에드워드 사이드의 사서전이 자꾸 떠오른다. 그는 철저하게 영국식 교육(이번 폭격에 가장 적극적으로 참여한 나라가 바로 영국이다)을 받았다. 그렇지만 그는 영국인이 될 수 없었고, 미국으로 건너간 다음 서구의 비뚤어진 동양관을 비판하는 학자가 되었다. 어린 그에게 감동을 주었던 선생들 중에는 공산주의자도 있고 제국주의를 추종하는 시인도 있었다.

에드워드 사이드는 이번 폭격과 테러에 대해 어떤 견해를 보일까? '80년 동안 미국과 이스라엘이 자행한 학살은 과연 정당한가.'라며 오사마 빈 라덴의 편을 들 것인가, 아니면 테러에 대해 휴머니즘적인 비판을 가하며 미국의 편을 들 것인가? 그는 언제나 핵심의 바깥에 있었다. 동양인은 아무리 출세를 해도 서양인들이 누리는 핵심의 바깥에 머물 뿐이다.

우리도 마찬가지일 것이다. 아무리 하루 종일 미국 편에 줄 서려고 발버둥을 쳐도, 미국의 입장에서 보자면 우린 기껏해야 일본 다음 정도가 아닐까? 자중할 일이다.

2001년 10월 한글날 _____ 노골적으로 쓰고 싶어진다.

다른 작품들과 작가들의 수준을 염두에 두지 않고 풀쩍 뛰어서, 뭐라 평하기조차 힘든 낯설고 어색하고 단단한 글.

『나, 황진이』는 확실히 전혀 다른 글쓰기다. 역사적 인물을 일인칭으로 쓴 게 새로운 것이 아니라(이런 글쓰기는 많다), 소설의 불완전성을 스스로 드러내는 것이 새롭다. 근대적 소설 쓰기에 역행하는 처사다. 본문의 문장이나 단어 중에서 내가 읽은 책을 거치지 않은 건 하나도 없다. 해동강서시파들이 선천적인 재능보다 후천적인 노력을 강조하며 엄청나게 열심히 공부해서 시어들을 만들어낸 것처럼, 나도 장편 한 권을 그렇게 쓰고 있는 것이다. 본문만으로는 이해할 수 없다. 본문은 그저 빙산의 일각에 불과하다. 각주를 읽으면 읽을수록 더 많은 것들이 기어나온다. 본문의 불완전함을 기꺼이 인정하면서, 나란 소설가는 결국 공부를 통해 만들어진다는 사실을 노골적으로 드러내는 것이다. 움베르트 에코도 이런 식은 아니었다.

소설이 아니라고 누가 그러더라도 차분하게 웃어주리라! 그래, 이건 소설이 아닐지도 모른다. 이건 그저 이런 글쓰기다. 난 나의 불완전함을 이런 식으로 까발기고 싶고 또 그 안에서 완전함을 꿈꾼다. 정직하게!

2001년 10월 10일 _____ 박노해와 백무산의 첫 시집에 대한 학생들의 평을 방금 강의실에 들어가서 읽어보았다. 1987년과 1988년 내가 처음 그들의 시집을 읽었을 때 받은 감상과 학생들의 감상이 크게 다르지 않다. 아직 이놈의 세상에 달라진 구석이 없다는 건가? 아니면 두 시인의 시와 전태일의 삶에 누구나 납득할 수 있는 보편적인 정서와 지혜가 숨어 있는 것일까?

전태일기념사업회를 살펴보니, 연극 「전태일」이 눈에 띈다. 어떻게 자료를 모아서 누구의 도움으로 그 연극을 하게 된 것일까? 연극 대본을 구할 수는 없을까?

퇴계 400주년 때문에 텔레비전이 또 한바탕 요란하다. 퇴계는 대단하다. 율곡도 대단하다. 다산과 추사도 대단하다. 문제는 일제 식민지를 거치는 통에 19세기 이전의 이 놀라운 문화적 유산들을 배우고 익힐 수 있는 제도적 장치들이 사라져버렸다는 것이다. 셰익스피어의 희곡은 읽어도 퇴계의 『성학십도』는 구경도 못한 대학생들. 이 불구를 어이할 것인가?

황진이를 쓰면서 든 생각, 황진이에 대한 일화들은 숫자놀음이 많다. 소세양과는 한 달이란 기간을 정해놓고 줄타기를 하고, 이사종과의 동거 기간도 6년으로 못박고 있다. 남자들은 그 기간을 어기는 데 비해 황진이는 그 기간을 칼같이 지킨다는 이야기! 허나 이건 황진이의 진면목을 살피는 데 방해가 된다. 문제는 숫자놀음이 아니라 그 남자들을 대하는 황진이의 태도이니까.

숫자를 중심에 두고 구경꾼의 입장에서 어디 누가 이기나 보자, 이런 식으로 달려드는 건 황진이를 단순히 남자를 이기려고 발버둥을 치는 기생 정도로 낮추기 위함이다. 예언처럼 딱 6년 되는 날 동거하던 남자와 헤어졌다는 기록에서 우리가 주목해야 하는 것은 황진이가 딱 6년을 채운 부분이 아니라, 그녀가 놀랍게도 그 당시에 벌써 계약결혼을 하고 있었다는 사실 그리고 합의에 의해 자기 주장을 당당하게 내세우고 헤어졌다는 부분이다. 21세기에도 이런 여성은 만나기 힘들다. 이해가 되질 않으니까, 황진이의 이야기를 모은 설화 편찬자들이 괜히 한 달이네, 6년이네 숫자를 트릭으로 쓴 것이다. 6년만에 헤어지면 황진이가 옳고 6년 하루만에 헤어지면 황진이가 틀린 것이 되는가? 헌데 지금까지 나온 황진이에 관한 소설이나 연극들은 하나같이 이 트릭을 따라가고 있다. 그게 표피적인 흥미를 끌긴 하겠지만 황진이의 본질과는 거리가 멀다. 황진이를 게임의 도구로 삼지 말라!

2001년 10월 15일 _____ 8부 능선. 이번에도 쉽지 않다.

2001년 11월 3일 _____ 어제 서울에 갔다가 오늘 돌아왔다.

이제 골방에만 박혀 있지 말고, 조금씩 기지개를 켤 때가 된 것일까? 내가 아니면 안 될 일들이 하나둘 생긴다. 10년 전, 함께 공부하고 술 마시고 글 썼던 이들의 곁으로 돌아간다? 결국 몇 사람을 사귀고 그 몇 사람과 끝까지 가는 것이 인생인가? 더 늦기 전에 시도 쓰고, 또 벗들과의 일도 시작하자! 나는 이미 일이 이렇게 될 줄을 알고 있지 않았는가!

세상은 호락호락 하지 않다. 나도 호락호락하지 않다는 것을 세상에 보여주자!

2001년 12월 12일 _____ 『독도평전』이 출간되었다. 어제 서울에 와서 새벽까지 술 먹고, 내년 2월 발간할 다음 책 『나, 황진이』를 위해 푸른역사에 도착하여, 이 글을 쓴다.

비가 내린다. 이제 독도에 대한 기억을 지우고, 황진이로 모든 능력을

집중할 때다. 하나가 완성되면, 또 다른 미완성으로 가는 것! 그게 바로 작가의 운명일 것이다.

2001년 12월 17일 _____ 올해는 너무 많이 썼다. 내년에는 올해 쓴 것의 절반만 쓰자.

내년 상반기에 발표할 소설 두 종은 벌써 탈고했으니, 적어도 6개월은 그냥 책만 읽으며 시간을 보내도 되겠지. 프랑스 소설 특히 19세기 소설들을 읽어나가면서 자본주의와 가난에 관련된 글들도 찾고, 고구려와 백제와 신라의 시대에 대한 관심도 높여야겠다.

마산 집이 팔렸다. 어머님께 대전으로 오시라고 몇 해를 졸랐지만, 막상 마산에 연고가 없어진다고 생각하니, 여러 감정이 왔다갔다 한다. 이제 정말 길 위의 가족이 된 것이다. 나 이렇게 길 위에서 싸우다 길 위에서 쓰러져 길이 되리라.

2001년 12월 22일 _____ 오랜만에 『삼국유사』를 다시 읽고 있다.

대학생일 때 한 번, 대학원 향가 수업 때 한 번, 그렇게 두 번을 읽었지만 기억나는 건 별로 없다.

「제4 탑상」이 매우 재미있다. 그러니까 일연은 절에 있는 탑과 불상을 중심에 두고 그것들이 처음 만들어지게 된 계기, 또 그후 그것들로 인해 일어난 일들을 정리하고 있는 것이다. 이건 내가 『독도평전』에서 이미 시험했던 방식이다. 특정 공간이나 사물을 중심에 두고, 그 위로 지나가는 인간과 사건을 그리기. 남들은 「제4 탑상」이 가장 어렵다고 하던데, 내겐 이게 가장 쉽다. 탑과 불상 이렇게 딱 둘로 나눠 정리하면 된다.

「제1 기이」는 왕들의 이야기가 중심이다. 건국영웅들은 물론이고, 그후 왕(주로 신라왕)이 된 이들의 탁월한 능력을 사건 속에서 설명한다. 백제 패망은 자세히 다루면서 고구려는 대충 넘어가는 것도 이채롭다. 일단 건국영웅은 하나로 묶고 나머지는 왕, 화랑, 중 이렇게 출신 성분으로 갈 건지. 아니면 사랑, 구도 이렇게 주제별로 갈 건지 좀더 고민해야겠다(화랑 이야기는 하나로 묶을 수 있겠다. 깨달음, 사랑도 가능하다).

향가가 실린 설화를 하나로 묶는 건 어떨까? 중고등학생들에게는 편하겠지만, 그런 노래가 실렸다는 것 외에 공통점이 없다. 좀더 고민할 문제다.

생각보다 훨씬 이야기가 풍부하고, 전혀 예상하지 못했던 사건들이 가득하다. 공부할 것들이 너무 많아서 두렵지만, 또 약간 자신도 생긴다. 고전문학 대학원에서 배운 것들(특히 서대석 선생님과 함께 했던 한국신화 수업, 김병국 선생님과 함께 했던 향가 수업)이 큰 도움이 되고, 지금까지 쓴 역사소설들도 알게 모르게 이 각양각색의 글쓰기들을 이해하게 만든다. 역사와 불교철학만 좀더 열심히 공부한다면, 또 재미있는 글을 만들 수도 있겠다.

연말 내내 계속 반복해서 두어 번 읽어보아야겠다.

2002년 1월 2일, 인터뷰를 기다리며 _____ 불교방송의 심야프로(자정~2시)에서 인터뷰 섭외가 들어왔다. 「살며 사랑하며」란 그 프로의 진행자는 시인 김사인 선생이다. 잘 모르는 사람을 위해 첨언하자면, 김사인은 서울대 국문과 72학번으로, 유신반대 운동으로 투옥되었으며 1980년대에는 「노동해방문학」의 발행인으로 박노해, 조정환 등과 함께 활동하였고, 지금은 창작과비평사 편집고문으로 있다.

김사인 선생을 처음 만난 것은 1998년 여름인데, 그 전에 선생이 내가 쓴 『열두 마리 고래의 사랑 이야기』를 칭찬한다는 풍문을 전해듣고, 「노동해방문학」 발행인이 아신의 좌충우돌하는 환상적 모험담을 좋아하다니, 고개를 갸우뚱했었다. 그때 만나보니 선생은 정말 내 작품을 진심으로 좋아하였고, 1980년대 현실주의 소설의 경직성을 비판하며, 돈키호테와 도스토예프스키의 접점 등을 천천히 그렇지만 자상하게 설명해주었다. 그후 또 한 번 선생을 만나고, 3년 정도 뵌 적이 없다. 그런데 오늘 전화를 걸어 30분이나 인터뷰를 하자는 거다. "노래를 많이 넣을 건가요." 물었더니, 한 곡뿐이란다. 완전히 30분을 그와 나, 둘이서 진행해야 한다는 것이다. 10분만 이야기해도 밑천이 다 드러날 건데…….

그렇지만 하기로 했다. 이유는 단 하나. 그는 『열두 마리 고래의 사랑 이야기』 이후 내 소설을 모두 읽은 거의 유일한 독자이니까. 그와 대화를 나누다보면 자연스럽게 지난 5년 동안 내가 써온 글들에 대한 평가와 반성도 있을 것 아닌가? 그러니까 이 인터뷰는 내가 무엇인가를 말하기 위해서가 아니라, 그로부터 무엇인가를 듣기 위한 것이다(물론 그는 이런 나의 욕망을 모른다).

한 시간이 넘게 남았다. 『삼국사기』 열전이나 마저 읽어야겠다. 첨언하자면, 며칠 동안 『삼국유사』와 『삼국사기』를 통독하고 있는데 『삼국유사』보다 『삼국사기』가 훨씬 자상하고 자세하며 균형잡힌 책이다. 『삼국유사』는 뭐랄까, 한 늙은 중이 자기에게 유리한 것들만 잔뜩 모아놓은 인용서라고나 할까. 『삼국사기』에도 『삼국유사』에 맞먹을 만큼 많은 설화가 담겨 있다. 다른 것이 있다면, 『삼국사기』에는 향가가 없다는 점, 역사성을 강조하다보니 상대적으로 유명한 사람 위주로 이야기가 진행된다는 점 등이다. 이번에 읽으면서 확실히 안 거지만 『삼국유사』는 과대평가되었고 『삼국사기』는 과소평가되었다. 『삼국유사』는 엄밀히 말해 신라 95퍼센트 백제 4퍼센트 고구려 1퍼센트로 이루어진 책이다. 이걸 감히 '삼국'의 유사라고 하다니. 일연 스님 뻥도 대단하다. 왜 학자들은 이런 불구를 지적하지 않는 걸까. 그에 비해 『삼국사기』는 신라본기만큼이나 고구려본기가 자세하며, 백제본기도 신라본기의 절반은 넘는 수준이다. 또한 『삼국사기』 열전의 인물들 중에도 고구려와 백제인이 적어도 40퍼센트 가까이 등장한다. 『삼국사기』 다 읽고나면 『화랑세기』를 읽을 예정이다. 이 책은 그 진위여부가 아직 사학계에서 선명하게 가려지지 않고 있다. 서강대파는 진본이라고 하고, 서울대파는 위서라고 한다. 이 책을 지은 김대문은 신라 태종무열왕의 아들이니까, 만약 이 책이 진본이라면 고려 때 나온 『삼국사기』 『삼국유사』는 완전히 2차 사료로 떨어지는 거다. 들리는 풍문과 저명한 학지 두 분의 말에 따르면, 이 책에 실린 향가(놀라지 마시라. 『화랑세기』에는 화랑들이 부른 향가가 엄청 나온다)는 적어도 후대인들이 모방하지 못할 수준이라는 것, 또한 몇몇 글자의 쓰임이 신라 시대의 쓰임과 일치하므로 후대인의 창작일 수 없다는 것이다. 예를 들어 신하 신臣 자의 경우 신라 때는 주인과 노비의 관계에서 노비가 자신을 지칭할 때도 사용되었다는 것이다. 이것이 고려시대부터 왕과 신하의 관계로 변화하였는데 『화랑세기』의 노비들이 자신을 이 신하 신자로 지칭하고 있다는 거다. 한번 읽어보고 『화랑세기』가 진본이라는 확신이 들면, 일연 스님이 거의 무시했고 김부식도 몇몇 유명한 인물만 거론한 화랑들의 실체를 확 드러내는 소설을 쓸까 하는 욕심도 있다.

거듭 느끼는 거지만, 확실하다고 믿는 것들이 대부분 불확실하다. 그러니까 결국 모두 처음부터 의심하고 1차 원전을 읽을 수밖에 없다.

2002년 1월 6일 ____ 소설을 쓸 때는 부담감이 없지만, 신화를 쓴다는 것은 전혀 다른 문제일 것이다. 엄밀히 말해 그것은 신들의 이야기가 아니라 신성한 존재 혹은 대상이나 사건에 대한 이야기가 아닐까? 그렇다면, 핵심은 신성한 것이 무엇인가를 내 나름대로 정리하는 일이리라.

사실 나는 신화적 상징을 현실이나 정치적 역관계로 읽는 것이 싫다. 처용이 서역 상인이고, 웅녀가 곰을 숭앙하는 세력의 대표라는 해석이 불가능한 것은 아니지만, 그래서 뭐가 어쨌다는 것인가? 그것보다는 신화를 신화답고 풍부하게 만드는 일이 중요할 것이다. 예를 들어 환웅이 하늘에서 땅으로 내려왔다. 그는 왜 하늘에 살지 않고 내려오고 싶었던 것일까? 무엇이 그로 하여금 인간들 가까이로 이끈 것일까? 이런 의문을 나름대로 풀어보아야 하는 것이 아닐는지. 한 달 가까이 읽는 『삼국유사』에 관한 연구서들은 결국 그 당대의 현실을 읽는 수단으로 신화들을 이용하고 있다. 나는 상징을 상징 그대로 두고 싶다. 그리스 · 로마 신화에서 포세이돈의 등장을 해양 세력의 성장으로 연결짓는 것만큼 어설픈 일이 어디 있겠는가? 내가 원하는 해석은 현실 그 자체가 아니라 현실을 둘러싸고 있는 어떤 사유를 정리해내는 것이다. 그 중심축에 신성함에 대한 탐색이 놓이겠지.

모태신앙으로 쭉 성경을 읽으며 자랐고, 대학원에 들어가면서부터 10년 남짓은 공맹과 노장을 따라 읽었다. 『삼국유사』와 신라를 이해하기 위해서는 불교를 살펴야 한다. 결국 이 셋이 모두 오버랩되겠지. 그 후는 나도 잘 모르겠다.

2002년 1월 7일 ______ 집에서 쓰는 컴퓨터가 어제 바이러스를 먹었나보다. 이메일 주소록을 따라서 지인들에게 바이러스가 담긴 메일이 전해졌고, 오늘 하루종일 전화를 받았다. 죄송스러웠지만 수습할 방법을 몰랐다. 다행히 집에 와서 그 바이러스를 잡아냈다. 그렇지만 이미 날아갔을 수백 통의 메일은 어이할꼬.

『화랑세기』는 지독한 책이다. 이 책대로 신라의 진흥왕대가 구성된다면, 그건 완전히 콩가루 집안이 아닌가? 그런 상황에서 어떻게 국력을 키울 수 있단 말일까? 유교든, 불교든, 도교든, 인간으로서의 예의가 있는 것이라고 나는 믿는다. 『화랑세기』의 사건들은 이 예의 이하다. 동물적 욕망에 가깝다. 꼭 칙칙하게 엉기는 일본 영화 한 편을 본 듯하다.

시간을 그냥 흘려보냈다. 고이지 않는다. 글을 새로 시작하기에는 너무 이르고 그렇다고 뒷짐지고 놀기에는 너무 마음이 크다.

2002년 2월 3일 _____ 1월 한 달은 그냥 물처럼 흘려보냈다. 물론 『레미제라블』 무삭제판 5권을 읽었고, 또 교육대학원 수업에 필요한 몇몇 작품들을 찾아 읽기도 했지만 소설을 쓰지 않았으니, 논 건 논 거다.

월요일(4일)에 새 책장 네 개가 들어오면 연구실 정리를 하고 새로 마음을 가다듬은 다음에 집필을 시작하자.

나는 정부이며 중심이며 모든 것의 출발지이다. 나는 예술가이므로 좀 더 높고 아득하게, 막 가는 것이 필요한 듯도 하다. 자신 있는가? 물론! 자신 있기도 하고 없기도 하다. 올해 나는 또 특별하고 낯선 경험을 할 것 같다. 도움이 되겠지만, 고통도 크리라. 감내해야지.

2002년 4월 20일 _____ 동기의 결혼식.

모처럼 고등학교 동기들을 만났다. 벌써 고등학교를 졸업한 지 15년이 지났다. 15년! 결코 짧지 않은 시간이다.

오랜만에 만난 친구 하나가 내게 묻는다.

"넌 대학 1학년 때부터 작가가 되고 싶었냐?"

얼떨결에 대답한다.

"그럼!"

그때 난 소설가보다 시인이 되고 싶었다. 그 친구가 다시 묻는다.

"글을 쓰고 책으로 펴내고 나면 한 사람도 읽지 않는 게 아닐까 걱정되지 않니?"

"물론 처음엔 그랬지."

처음엔 그랬다. 그러나 지금은 얼마나 읽히느냐에 대한 두려움보다 과연 내가 제대로 잘 쓸 수 있을까에 대한 두려움이 더 크다.

"우리 학번 중에 소설가는 너뿐이지?"

그런가? 5,000명의 입학생 중에서 15년 뒤 소설가로 남은 사람은 나 하난가?

석 달에 한 번 정도는 보자고, 악수를 하고 헤어졌다. 한때는 일주일에 서너 차례씩 만나 술 먹고 공부하고 이야기 나누었다. 그런데 이제는 석 달에 한 번도 힘겹다. 이것이 인생인가? 이것이 늙어간다는 것인가?

과연 나는 작가로 제대로 끝장을 볼 수 있을까? 오랜 벗들을 만나니, 새삼 날 돌아보게 된다. 원칙과 희망에 집착하게 된다.

아프다

나는 지쳤고 나는 아프다. 날아오를 순간인데, 발이 천근만근 땅 속으로 내려가는 느낌.

무엇과 싸워왔던 것일까? 그 싸움에서 나는 이겼을까? 아니, 내가 싸우긴 싸웠던가?

2002년 5월 22일의 기록

2002년 5월 22일 ____ 나는 지쳤고 나는 아프다. 날아오를 순간인데, 발이 천근만근 땅 속으로 내려가는 느낌.

무엇과 싸워왔던 것일까? 그 싸움에서 나는 이겼을까? 아니, 내가 싸우긴 싸웠던가?

처음엔 작은 균열, 그리고 모든 것이 엉망진창. 정리를 하려다가 정리할 힘마저 없는 순간들.

쉬어야 하나. 쉬면 해결이 될까.

왜 꼭 무엇인가를 해보려고 하면 이렇게 아픈 걸까. 무기력함……. 끔찍한 공허.

이 봄에, 이 햇볕 따사로운 봄에 말이다.

2002년 5월 27일 ____ 주말에 광주에 다녀왔다.

일요일 오후에 돌아와서, 프랑스와의 축구가 시작되기 전에 「와이키키 브라더스」를 보았다. '마모'라는 단어가 떠올랐다. 그 영화는 조금씩 마모되어가는 우리네 삶을 그려내고 있다. 마음이 아팠다. 프랑스와의 축구를 보고 나서, 다시 그 영화를 보았다. 역시 좋았다.

망월동 묘역(이곳을 구묘역이라고 부르는 게 싫다. 왜 망월동에서도 구묘역 따로 신묘역 따로 있어야 한단 말인가)에 들렀을 때, 이철규의 무덤 앞에서 쪼그리고 앉아 말을 건네는 이철규의 어머니를 우연히 보았다. 그 아래 강경대의 무덤 앞에서는 강경대의 어머니가 또 아들에게 말을 건네고 있었다. 그러다가 이 두 아주머니가 서로서로 이야기를 주고받았다. 그 광경을 보며, 잠시 아찔했다. 왜 그랬을까?

모든 게 완전히 정리되지는 않겠지만, 새로운 걸음을 위해 이것저것 쳐내고 있다. 좀 투박하더라도 촌스럽더라도 이 방법밖에는 없다.

2002년 6월 8일 오후 4시 ____ 상경하여 후배 소설가 최재경을 만나고, 퍼슨웹 사무실에 혼자 있다.

아직 1시간 정도 여유가 있다. 새로 이사한 방은 좀 작지만 그래도 아담하다. 후배들이 이사하느라 많은 고생을 했다. 지방에 있다는 이유로 도와주지 못해서 미안하다. 생각은 점점 많아지는데, 그것을 현실로 옮기는 것은 역시 힘들고 벅차다. 그래도 나는 이들과 함께 갈 것이다.

2002년 6월 22일 _____ 지난 일요일 갑자기 복통과 고열, 그리고 탈수가 찾아들었다. 그 때문에 일주일이 훌쩍 지나가버렸다. 병원 들락날락거리고 포도당 맞고 쓰러져 자고. 닷새를 그렇게 흘려보냈는데도 몸은 정상으로 돌아오지 않고 있다. 아직도 죽을 먹고 있고, 배 여기저기가 게릴라전처럼 막 쑤신다. 할 일들이 많은데, 몸이 따라주지 않아서 마구 펑크를 내고 있다. 자꾸 일들이 꼬인다.

지겨운 죽! 지겨운 복통!

2002년 7월 2일 _____ 새 작품을 시작했다.

정면돌파! 소설의 품격이 무엇인가를 알릴 수 있는 소설을 쓰고 싶다. 초발심으로 돌아가서.

소설은 내게 점점 삶의 교사가 되어간다.

꾀 부리지 말고, 겁내지 말고, 외로워 하지 말고, 네 갈 길을 가라. 진지하게, 선하게, 고통스럽게!

성찰과 반성의 글쓰기. 여기서 다시 시작하겠다.

2002년 7월 31일 _____ 29일 이사를 하고(이사라고 해봤자 같은 동 2층에서 6층으로 옮긴 것이지만), 이틀 놓안 이것저것 치우느라 정신이 없었다.

편집자 J의 충고대로, 그냥 좀 시간이 흘러가는 대로 두라는 말을 가슴에 새기며 비교적 느슨하게 지낸다. 그래도 완전히 놀지는 않고, 집필 분량을 절반 정도로 줄이고 공상을 많이 하고 두 딸과 노는 시간을 조금 더 늘린 정도다. 일주일 동안 학교에 가지 않고 집에서 지내는 것도 이 계획된 느슨함의 연속이다.

조선시대를 배경으로 한 역사소설을 일단 마무리짓는 작업과 함께 10년 가까이 상상만 했던 현대소설의 첫부분을 거칠게나마 써내려가고 있다(7월 한 달 동안 300매 정도 스케치를 마쳤다. 8월부터는 좀더 속도가 붙을 것이다). 역사소설을 통해 얻은 건 참 많다. 그중 몇 가지만 든다면, 내가 참 많이도 잔인해졌다는 것. 등장인물들을 손 안에 틀어쥐고 불행과 슬픔을 퍼붓는 장면에서, 내 손목은 더욱 날렵하게 움직인다는 것. 힘이 많이 붙어서 아무리 느린 속도도(충청도 방식에 익숙해져서일까?) 견딜 수 있다는 것 등이다.

새로 쓰는 현대소설의 화두는 이것이다.

'진리가 너희를 자유케 하리라'(「요한복음」 8장 32절).

과연 진리는 우리를 자유롭게 하는가? 그것이 진리라는 사실을 우리는 어떻게 알 수 있는가? 이 화두는 신념인가 과학인가? 아니면 과학이 되어야 하는 신념인가? 신념이 되어야 하는 과학인가?

내일은 하루 종일 책 정리를 할 생각이다. 10년 넘게 지니고 다니던 낡은 책들이 드디어 내 소설의 중심부로 들어오게 되었다. 기쁘다. 홀가분하지는 않고 무겁게, 기쁘다. 아무도 모르는(이해받기 힘든, 시대착오적이기까지한) 정서(혹은 사상)라고 하더라도 난 이걸 쓸 수밖에 없다. **이것이 내 고민의 뿌리이며 내가 그래도 글쟁이다운 글쟁이를 꿈꿀 수 있게 만든 근간이**

니까.

어떤 작업보다 힘들고 긴 시간이 필요하겠지만, 난 올라갈 것이다.

2002년 8월 9일 ____ 『서러워라, 잊혀진다는 것은』을 세 번 고쳤다. 다음주 화요일에 일단 출판사로 넘긴다. 프린트를 하고보니 350페이지가 넘는다. 퇴고 과정에서 200자 원고지로 300매 정도가 첨가되었다. 이런 경험은 처음이다. 언제나 분량이 줄어들었는데. 이 작품에서는 내가 할 말이 많은가보다. 교정쇄를 보고 두 번 정도 더 고쳐야겠다.

연구실 배치를 바꿀까 하여 이리저리 궁리하다가 그냥 퇴근했다. 사람이 안 바뀌니 분위기라도 바꿀밖에!

치열하게 논쟁을 벌이는 사이트를 한 군데 구경하고 나왔다. 타인과 싸운다는 것은 그만큼 힘이 남아 있다는 것이고 상처 받기를 두려워하지 않는다는 것이다.

나? 나는 힘은 있지만 싸우고 싶지는 않다. 싸워봤자 소용없다는 절망감도 있는 것 같고 타인을 공격한 후의 공허가 끔찍히 싫기도 하다. 그래서 싸워야만 하는 비평 대신 이야기 속에 숨어들 수 있는 소설을 택한 것일까?

'이상의 현실화 방법에 대한 고민!' 이건 참 중요한 지점인 것 같다.

20대의 이상이 너무 높고 또 그 이상을 현실화시키는 방법이 모 아니면 도 식이었던지라, 30대 중반에 접어든 지금도 그 이상을 현실화시키는 명쾌한 길을 찾지 못한 것이다. 물론 난 ㅇㅇ주의자라고 선언하면 간단하겠지만, 그거야 대부분 다른 사람들 보기 좋으라고 하는 것이다. 난 다만 루카치가 '비판적 현실주의'라고 부른 그 지점에 와 있다. 현실을 더 자세히 깊게 들여다보기. 그래서 그 안의 아픔과 슬픔을 옮겨내기. 희망은? 미래는? 글쎄, 아직도 이 부근이 어렵다. 물론 희망을 원하지만 이거다, 라고 제시할 수 없다. 내 글이 지나치게 고통스럽고 어둡다고 지적하는 독자들이 많다. 인정한다. 그걸 바꿔보라고 K 선배는 충고하기도 했지만, 사실 어쩔 수 없는 부분이 아닐까. 그래서인지, 벗들을 가끔 만나보면 하나같이 비관적이다. 가정을 이루며 잘 살아가더라도 자신의 성공을 자랑하지 않고 숨긴다. 언제까지 이런 슬픔이 지속될까? 모를 일이다. 어쩌면 평생을 갈 수도 있을 것이고.

『황야의 이리』에서 헤세는 '유머'를 강조한 적이 있다. 어쩌면 우리 세대에게 필요한 것이 바로 유머일지도 모른다. 진지한 것도 좋지만 가끔은 자신을 슬픔과 절망의 늪에서 건져낼 필요도 있다. 쟈니 윤과 조영남의 대화에서였던가? 코미디언 중에 탁월한 사람은 대부분 유태인이다. 왜? 슬픔을 아는 자만이 유머의 가치를 이해하니까. 눈으로는 웃으면서 가슴으로 우는, 그런 상황 말이다.

이제 당분간 역사소설을 쓰지 않겠다. 그 대신 유머에 관한 책이나 쓸까? 모를 일이다.

2002년 8월 22일 _____ 방학 내내 금요일마다 상경했기 때문에, 목요일 밤이 꼭 토요일 밤처럼 느껴진다.

두 시간 정도의 기차여행은 참 좋다. 멍하니 창밖을 보며 작품 구상도 하고, 책세상문고처럼 얇은 책도 읽는다. 머리가 맑아진다.

출판사에 넘긴 김만중 원고가 어떻게 되어가고 있나 궁금하다. 두 번 아니 세 번 정도는 더 매만져야 한다. 11월쯤, 어쩌면 12월 초까지 그 소설의 문장들과 싸워야 할지도 모르겠다.

2학기 때 나의 소원은 1학기 때와 같다. 소설 적게 쓰고 소설 많이 읽는 것.

2002년 8월 24일 _____ 어제 상경했다가 오늘 다시 대전으로 내려왔다. 백범영 화백의 그림 한 점을 들고서. 『나, 황진이』에 실려 있는 그림이다. 마음이 따뜻한 백 선생은 이 책을 만드는 데 참여한 이들을 위해 그림을 한 점씩 내놓았다. 나는 여러 삽화 중에서 황진이가 붓을 들고 시를 적어내리는 삽화를 택했다. 나 역시 그녀처럼 무엇인가를 끝없이 끄적이고 싶다. 연구실에 갖다놓고 수시로 보면서 마음을 다듬어야지.

2002년 8월 27일 _____ 소설 외에 내가 즐겨 읽는 것은 예술가들의 서한집이나 아포리즘, 평전이다.

400페이지가 넘는 책은 보지 않겠다고 결심했음에도 불구하고 책세상의 작가평전은 거금을 들여 빼놓지 않고 산다. 『플로베르』는 다 읽었고 『카뮈』는 1권을 다 읽고 2권도 중간을 넘었다. 『츠바이크의 발자크 평전』은 다섯 번이나 되풀이해서 읽었고 『괴테와의 대화』는 집필실에 한 권, 침실에 한 권을 두고 짬이 날 때마다 들추어본다.

내가 이런 종류의 책을 읽는 이유는 예술가로 사는 것이 쉽지 않은 탓이다. 멋지고 완벽한 작품을 쓰려는 욕망이 커질수록 삶은 휘청거린다. 폭음과 불면과 호색으로 이어지는 자멸의 삶도 이해가 가고, 그 고통을 견디지 못하고 태작을 내는 작가도 납득이 간다. 그러나 나는 결코 자멸하고 싶지도 않고 태작을 내고 싶지도 않다. 이 힘겨운 나날을 누구와 의논할 것인가.

쿤데라의 『불멸』을 보면 헤밍웨이와 괴테가 시공을 초월하여 만나 대화를 나눈다. 오래 전에 죽은 예술가들이 등장하는 것은 테크닉이나 아이디어가 아니라 예술가의 실존적 고민 때문이다. 예술가로서의 삶이 힘겨울 때 선배들의 삶과 어록을 훔쳐보는 것이다.

5년 남짓 나를 사로잡은 작가는 발자크였다. 밤낮 없이 쓰고 또 쓰는 저돌성도 매력적이었지만, 나는 그의 끊임없이 고치고 또 고치는 퇴고의 나날에 매료되었다. 완성된 책 대신에 교정부호가 가득 찬 교정쇄 제본을 벗들에게 선물하는 작가는 발자크뿐이리라.

> "나는 이 제본들을 오직 나를 사랑하는 사람들에게만 선물합니다. 그들은 당신에게 말한 적이 있지만 내 오랜 작업과 내 인내심의 증인들이지요. 이 끔찍한 페이지들 위에서 나는 나의 밤들을 보냈습니다."

나도 발자크처럼 완벽한 작품을 갈망한다. 개악改惡의 순간까지, 더 이상 고치면 나빠지는 지점까지 가고 싶다. 그러나 과연 지금까지 내가 지은 소설 중에 그 고지의 6부 능선에라도 닿은 작품이 있을까. 발자크의 작업 방식을 살핀 후 초고를 쓴 기간만큼 퇴고하는 원칙을 세우게 되었다. 일년을 썼으면 일년을 고치는 방식. 이 방식을 고수하기 위해서는 전작 장편을 쓸 수밖에 없었다. 혹시 신문연재의 기회가 온다 해도 초고를 완성한 뒤에야 덤빌 생각이다.

요즈음 나를 사로잡은 작가는 헤르만 헤세다. 중고등학교 시절에 친구들 따라서 『데미안』이나 『크눌프』를 읽었지만 별로 기억에 남는 것이 없다. 주옥같은 단편 「시인」과 『환상동화집』 그리고 『황야의 이리』를 여름내내 읽고 나서야, 나는 헤르만 헤세가 결코 청소년용 작가가 아님을 뒤늦게 확신했다. 그의 작품은 적어도 10대에 한 번, 20대에 한 번, 30대에 다시 한 번 읽어야 하는 것이다.

내 책 작가 소개의 첫 문장을 차지하는 '단정하고 아름다운 문체로 기억과 자료를 가로지르며 삶을 탐험하는 소설가'는 헤르만 헤세에게나 어울릴 표현이다. 40대를 넘기면서 그의 문체는 더욱 단단하고 내향적이며 번뜩이는 비유로 가득 찬다.

눈을 감고 상상해본다. 『노자』를 읽으며 거실을 거니는 그. 흔들의자에 기대어 『요재지이』의 설화 하나하나를 음미하는 그. 앞마당을 지나 오솔길을 걸으며 『주역』을 임송하는 그. 정신분석이라는 서양의 학문에 동양의 지혜가 합쳐질 때 비로소 『유리알 유희』와 같은 대작이 탄생하는 것이다.

발자크의 끝 모를 퇴고와 헤세의 여유로운 자기 관조. 이 둘을 아우를 수는 없을까. 직선과 곡선의 성질을 모두 가진 또 하나의 선은 없는 것일까. 도전해보고 싶다. 단단하면서도 부드럽고 강하면서도 따뜻한 삶을, 그 문체를.

2003년 3월 9일 ____ 홈페이지를 다시 열었다.

낯을 많이 가리고, 말을 많이 하면 글을 쓰기가 힘든 내가 독자들에게 내 생각을 진솔하게 전하는 좋은 통로인 것 같다.

예전 홈피의 글들을 어제와 오늘 여기에 옮겨담으면서 지난 4년을 되돌아보았다. 부족한 부분도 많았지만 땀 흘린 부분도 군데군데 보여 기뻤다.

앞으로도 아둔한 이야기꾼으로 살아남기 위해, 매일매일 글을 쓰겠다.

이 방법밖엔 없다.

2003년 3월 12일 ____ 몇 년 동안 소식을 몰랐던 제자들이 홈피에 글을 남겨두고 있다. 글자 하나하나를 눈으로 따라 읽으면서 그 아이들의 얼굴을, 글을, 욕망을 떠올려본다. 아직은 다들 자신의 희망을 포기하지 않고 꿋꿋하게 나아가고 있다. 그러나 20대 후반처럼 애매모호하고 불안한 시기가 또 있을까. 그 아이들이 "선생님, 전 잘 지내고 있어요."라고 할 때, 그 말의 절반 정도는 그저 날 안심시키기 위해 자신의 힘겨움을 감추는 것이리라. 그러나 나로서는 이제 그 아이들을 곁에서 직접 위로하며 다그칠 수 없다. 그렇게 하기에는 그 아이들이 키도 마음도 너무 커버려서 내 손 안에 들어오지 않기 때문이다. 그러니까 그 아이들의 고민을 그저 들어줄 수밖에! 그리고 그 고민의 대부분을 나 역시 앓고 있음을 고백할 수밖에! 그러다 보면 가끔은 그 아이들이 내 제자가 아니라 동생 같고, 동료 같고, 어떤 때는 선생 같기도 하다. 왜 작가를 하면서 교수도 하느냐는 질문을 자주 받는다. 그땐 이렇게 답하지. 동생을 하나 더 얻고 싶고 글쓰는 동료를 하나 더 얻고 싶고 스승을 한 분 더 모시고 싶어서라고. 한남대에 와서도 난 그런 만남에 가슴 설렌다. 누군가를 가르친다는 것, 더군다나 글 쓰는 법을 가르친다는 것은 엄청난 일이다. 벅차면서도 행복하다.

2003년 3월 14일 ____ 백탑파 1권의 퇴고가 난항을 겪고 있다.

초고를 완성했을 때는 850매(200자 원고지로 환산) 정도였는데, 지금 한 달 정도 만지니 1,300매를 넘어섰다. 그 사이 450매나 분량이 늘어난 것이다. 이 상태로 간다면 얼마나 더 늘어날지 장담할 수 없다.

스토리는 겨우 한두 장면 달라졌는데, 그 시대의 풍속이나 풍광 묘사, 인물 묘사에 조금씩 매수를 더하다보니 이런 결과가 나온 것이다.

처음에는 아주 가벼운 경장편으로 경쾌하게 가려고 했다. 아무래도 그건 내 체질이 아닌 것 같다. 세계와 인간에 대한 무거운 주제들이 어느새 내 소설의 중심에 들어와 앉아 있는 것이다.

분량을 의식하며 소설의 내용을 조절할 생각은 전혀 없다. 각 소설은 제 모습에 맞는 양을 지니게 마련이니까. 이렇게 분량이 늘어나는 것은 이런 정도의 이야기를 하려면 이 정도 분량이 필요했다는 반증일 것이다.

느슨한 부분은 없고, 오히려 좀더 복잡하고 단단해진 것 같아 일단 마음은 놓인다. 이제 시작이다.

2003년 3월 18일 ____ 1999년 1월, 건양대학교 문창과 교수로 임용이 결정된 후 마포로 신봉승 선생님을 찾아뵈었다. 선생님께서는 『불멸』에 대한 과분한 칭찬과 함께 「동아일보」에 평까지 써주셨다. 선생님은 문창과 교수가 되어 논산으로 내려가려는 나를 만류하셨다.

"가지 말게. 교수 된 작가치고 글 제대로 쓰는 이를 보지 못했네. 전부 현실에 안주하여 옹졸한 작품이나 쓰고, 그마저도 못 하는 이가 대부분이네. 차라리 서울에서 버티게."

그리고 교수가 된 후 좋은 작품을 쓰지 못한 여러 친우들의 이름을 직접 거명까지 하셨다. 그때 나는 이렇게 말씀드렸다.

"일단 내려가겠습니다. 가서 정말 교수 생활이 좋은 작품 쓰는 데 방해가 되면 때려치우고 올라오겠습니다."

그러자 신선생님은 다시 말씀하셨다.

"그게 쉽나? 아내가 있고 자식이 있으면 그렇게 한번 주어진 평안함을 걷어버리기가 쉽지 않은 걸세."

서울대 영문과 장경렬 선생님께서도 비슷한 말씀을 하셨다.

"김형은 작가로 대성할 사람인데, 학교로 들어가는 것이 오히려 큰 방해가 될지도 몰라. 솔직히 말리고 싶군."

가끔, 소설 쓰지 않고 한 일년 놀고 싶어질 때면, 두 분 선생님의 말씀이 뒤통수를 치곤 했다. 한번 나태해지면 영원히 나태해진다. 아직까진 그 두 선생님을 실망시켜 드리지 않은 것 같아 기쁘다. 두 분 모두 최근작 『서러워라, 잊혀진다는 것은』을 읽고 기뻐하셨으니까.

하지만 항상 조심하고 또 조심할 일이다. 무엇이 나를 병들게 하는가? 무엇이 나를 적당히 안온한 자리로 이끄는가? 그것은 나다. 나일 뿐이다.

2003년 3월 20일 ____ 전쟁이 시작되었다.

교황 요한 바오로 2세는 "깊은 슬픔을 느낀다"고 했고, 유엔 사무총장 역시 "유엔에게 가장 불행한 날이 바로 오늘"이라고 했다.

학창시절, 유엔 안전보장이사회의 상임이사국들이 소위 '거부권'을 행사할 수 있다고 배웠다. 왜 그들만 거부권을 행사하는가에 대하여 불만이 있었지만, 세계의 안전을 보장하기 위해서는 강대국들을 비롯한 유엔 가입국들의 타협과 배려가 필요하다고 배웠다.

그러나 미국은 이번에 그 타협과 배려를 무시했다는 비난을 면하기 어려울 것 같다. 유엔에서의 합의가 이루어지기도 전에 전쟁을 시작한 것이다. 석유 이권 문제와 군수산업 등의 배경이 깊게 논의되는 것도 이 때문이다. 테러를 일으킬 가능성이 큰 독재자를 축출하는 것이 목표라면, 그 다음 차례가 북한이 되지 말라는 법도 없지 않은가.

부시도 후세인도 모두 '신의 가호'를 빌었다. 그러나 이번 전쟁으로 인해 얼마나 많은 사람들이 상대국의 신을 저주하게 될 것인가.

텔레비전을 통해 미사일이 날아가는 것을 보는 시간도 끔찍하다. 걸프전 때도 어느 미사일이 어느 정도의 사정거리가 있고 몇 사람을 죽일 수 있는가를 텔레비전을 통해 억지로 배웠다. 이번에도 달라진 것이 거의 없다. 입체 동영상을 통해 그 공포가 더 커졌다는 점만 제외하면.

전쟁에 반대해야 한다.

2003년 3월 22일 ____ 융단은 참 아름다운 말이다. '염색한 털로 그림이나 무늬를 놓아 짠 두꺼운 천'이라는 사전적 정의 외에도, 융단… 하고 불러보면 혀 안에 맑은 울림이 오랫동안 도는 듯하다.

그런데 그 뒤에 폭격이란 두 글자가 붙으면 이 아름다운 단어는 금방 피 냄새가 난다. '(여러 대의 폭격기가 융단을 깔듯이) 특정한 지역 안에 집중적으로 폭탄을 퍼붓는 일' 이것이 바로 융단폭격이다.

이라크의 수도 바그다드가 융단폭격을 당했다. CNN은 계속 불길에 휩싸인 이 '신이 내려주신 땅'을 보여준다.

우리나라로 치자면 수도 서울에 미사일과 폭탄을 퍼부은 꼴이다. 이렇게 화력을 앞세워 전쟁에서 승리할 수는 있겠지. 허나 방공호에서 숨죽이며 굉음을 듣던 이라크 국민들의 가슴엔 무엇이 남을까. 우리의 수도에 폭탄을 퍼부은 자들을 용서할 수 있을까.

융단폭격. 단 넉 자로 정리되는 오늘의 비인간적인 살상 앞에서, 그 무너진 집과 죽은 사람들 앞에서 아득해진다.

『허균, 최후의 19일』을 퇴고할 때 굉장히 힘들었었다. 허균의 죽음이 가까울수록 몸도 아프고 정신이 어지럽고. 내가 애정을 가진 사람을 어떻게 찢어죽일까 고민하는 것이 그토록 어려운 줄은 몰랐다.

『방각본 살인사건』을 퇴고하는 요즈음, 그 비슷한 느낌이 든다. 나는 이 소설을 시작할 때 벗들에게 "이건 좀 편안하게, 가볍게 갈 거다. 역사소설도 이렇게 산뜻할 수 있음을 보여줄 거다." 이렇게 말했다. 헌데 그 창작 의도는 이제 거의 물거품이 되었다.

나는 또 싸우고 있는 중이다. 내가 초고에서 그렸던 것들을 보며 "이게 끝까지 밀어붙인 거야? 고작 이거야? 이럴 거면 다 때려치워라!" 이런 막말을 하루에도 서너 번씩 내게 퍼부으며 가고 있다.

독자들로부터 받는 이메일이나 편지 중에는 내 소설이 자신을 몹시 불편하게 만든다는 언급이 꽤 있다. 나는 그 불편함이 바로 내가 퇴고를 하며 뱉어냈던 물음들과 맞닿아 있는 것 같다.

이번에도 독자들을 편안하게 하기는 틀렸다. 그러다가 슬쩍 오기도 생긴다. 아주 잘 읽히면서도 불편한 소설! 그걸 김탁환의 트레이드마크로 삼지 뭐.

그렇게 역사의 바닥을 박박 기는 게 내 일인지도 모른다.

어떤 시인은 '그것들 다 버려라. 그냥 놓아두고 나오라.' 하고 노래하지만 나는 그렇게 못하겠다. 아무것도 버리지 않겠다고 오히려 고집부리며, 그 기억들 모두 단어로 문장으로 고쳐보겠다고 달려들리라.

『방각본 살인사건』은 그리하여 또 하나의 이상한 소설이 될 듯하다. 이해하는 자들은 더 깊이 이해하고 이해하지 못하는 자들은 전혀 무슨 소리인지도 모르는 소설. 『허균, 최후의 19일』 때도 그랬으니까.

2003년 3월 24일 ____ 퍼슨웹★에 실린 이라크 전쟁에 관한 글 두 편을 읽었다.

러시아에서 이라크까지 '인간방패'를 자처하며 들어갔던 정재원 님의 이메일은 이라크 국민들이 얼마나 고통 속에 있는가를 상세히 보여주고 있다. 공원국 님의 칼럼은 정당한 분노의 폭발이다. 두 글 모두 소중하고 또 소중하다.

매일 몇 명이 죽었는가가 속보로 보도되고 있다. 그 죽음도 안타깝지만, 이 전쟁 앞뒤에 숨은 이라크 국민들의 고통 또한 살펴야 할 것이다.

『불멸』을 쓸 때 놀란 것은, 임진년의 전쟁 당시 왜군이 미처 도달하기도 전에 조선의 백성들이 엄청나게 많이 죽었다는 것이다. 그중 가장 큰 문제는 기아와 질병이었다. 일상적인 삶이 무너지는 순간부터 배고픔이 찾아들고, 뒤이어 전염병이 돌았던 것이다. 그리고 그 엄청난 피난민의 행렬이

★ http://www.personweb.com

라니. 병이 나도 의사를 구하기 힘들었고, 의사를 구해도 약이 없어 치료를 할 수가 없었다. 약이 있더라도 그 값이 엄청나게 폭등해 치료가 불가능했던 것이다.

이라크의 국민들도 그 비슷한 고통 속에 있는 것이 틀림없다. 미국이 행한 경제제재 조처로 병원에서 약 한 번 먹지 못하고 죽은 이가 엄청나게 많다는 지적, 꽤 많은 이라크 국민들이 요르단으로 피난을 가서 거지처럼 살고 있다는 소식 등등이 그것이다. 그 수는 매일매일 보도되는 전사자의 숫자보다 백 배 아니 천 배 더 많다.

전쟁은 너무나도 많은 이들의 삶을 앗아간다. 조용히, 소리 소문도 없이.

2003년 3월 25일 ____ 요즈음은 '묵상'이란 단어를 자주 떠올린다. 일부러 하루에 30분 정도 밤거리를 걸으며 이 생각 저 생각을 한다. 생각을 한다기보다 네온 불빛을 쳐다보며 여관과 술집과 편의점들의 이름을 읽는다. 혼자 걷는 동안에는 말을 할래야 할 수가 없다.

이라크 전쟁이 답답한 만큼 내 소설도 앞이 콱 막혔다. 이번에는 좀 심하다. 망할 놈의 결벽증은 우울증과 함께 온다. 내 소설은 항상 이 두 가지 병증을 먹고 나서야 제 모습을 갖추는 것일까. 이런 집착이 곧 예술혼이라고 위무하면서도, 힘겨운 것이 사실이다.

잠이 줄어드는 것이 징후다. 몸을 학대하면 정신이 맑아지니까. 그 맑은 정신으로 이번 장편소설에서 어디가 틀렸는가를 예리하게 느끼려는 것이다. 괜찮아 보이는 문장을 꼬집어 더 나은 것으로 바꾸는 감각. 그건 자기 학대 없이는 찾아오지 않는 것인지도 모른다.

이래저래 말이 줄어든다. 그러다가 수업을 하려고 들어서면, 내가 뱉어내는 단어들이 낯설다. 말을 하면서 자꾸 각주를 붙이려고 한다. 말은 길어지고 엉뚱한 에피소드가 끼어든다. 진도는 한없이 느려지고, 아예 그런 진도는 나갈 필요가 없다는 자기합리화까지 이루어진다.

'묵상'은 그래서 내게 소중한 단어인 것 같다. 소설 생각하지 않고 걷기. 소설 생각하지 않고 기웃거리기. 퇴고의 강도가 높아지면 모든 것이 내가 고치고 있는 소설과 교접한다. 교접을 거부하는 것은 내게 의미가 없어진다. 이번에도 그럴까?

문장 속에서 실수하지 않기 위해 다른 많은 것들에서 실수한다. 이번에는 문장 밖에서도 실수를 줄이고 싶다. 짜증도 함께.

이제 자야겠다. 내일은 6시에 꼭 일어나야지. 이놈의 전쟁이 내 일상을 부수고 있다. 도무지 차분한 마음을 가질 수 없다. 분노는 퇴고의 적이다.

2003년 3월 28일 ____ 퇴근길, 나는 15분쯤 걷는다.

정문 앞에서 고가도로를 걸어올라가다가 중간쯤 인도가 끊어지면 계단을 내려온다. 그리고 가볍게 다리 아래를 지난다. 그러니까 다리 위와 아래를 동시에 다니는 것이다. 이런 일은 흔치 않다.

그 다음엔 차도를 따라 100미터쯤 걸어나온다. 2차선 도로인데, 길가에 차들이 불법주차하고 있다. 그 사이로 지나가는 차들과 숨바꼭질을 한다. 타이밍을 잘 맞추어서 혹처럼 튀어나온 차들을 피해 달려오는 차들을 또 피한다.

그냥 차를 타도 되는데 구태여 이 짓을 하는 건, 즐겁기 때문이다. 이 밤에 도시의 거리를 걷는다는 것. 지난 4년 동안은 이런 경험이 없다. 4년 내내 허허벌판 논길을 헤매고 다녔으니까. 그것도 나름대로 매력이 있고 또 건강에도 좋다. 적어도 논은 매연을 뿜지는 않는다.

도시의 밤거리를 걷는 것도 흥미롭다. 특히 고가도로 아래는 정말 눈이 가는 것들이 많다. 일단 술집이 많고, 뻥튀기 과자를 만드는 가게가 많고, 피씨방이 많고, 그 가게들을 보며 여우목도리 늑대혁대 포즈로 돌아다니는 커플들이 많다. 혼자 작은 집필실에 틀어박혀 글자와 싸우다가 이런 풍광을 보면 괜히 신이 난다. 야아아아아아! 고함이라도 지르고 싶어진다.

그리고 대충 차를 탔다가 기분이 좋으면 용문 4거리에서 내린다. 거기서 집까지는 또 15분쯤 걸어야 한다. 이번에는 4차선 차도를 따라 걷지 않고 롯데백화점 옆 골목으로 주욱 내려간다. 거기, 또 진풍경이 펼쳐진다.

여관 제목들이 확 얼굴을 때린다. 오! 아방궁, 오! 수풀장. 룸가라오케와 횟집과 고깃집과 노래방이 손에 손을 잡고 있다. 고가도로 아래에서 본 이들보다 좀더 나이 먹고 좀더 늙은, 그리고 좀더 부도덕한 남녀가 타고온 차들도 많다.

난 그 사이를 또 좌우로 살피며 걷는다. 내학원 시절, 잠깐 사취를 할 때 자취방에 가려면 꼭 이런 휘황찬란한 여관촌 골목을 건너가야 했었다. 그

리고 꼭 내가 술에 취해 자취방에 기어들어가는 시간에 진한 화장을 하고 술집으로 출근하는 아가씨도 있었다(이 아가씨와 얽힌 일화는 단편소설에 써먹었다).

이제야 집에 왔다. 15분이면 올 거리를 50분 가까이 걸렸다. 여관 거리에서 같이 걷던 남자와 여자가 멱살을 잡고 싸움을 하길래, 한 10분 서서 구경했기 때문이다. 쌍욕이 오가는 것도 잠시, 사람들이 모여들자 두 사람은 언제 그랬느냐는 듯이 어깨동무를 하고 그 많은 여관 중 한 곳으로 쏙 숨어들었다.

집에 들어오니, 미국이 군인 12만 명을 더 이라크에 보내기로 했단다. 내일은 더 오래 거리를 쏘다녀야 할 모양이다. 불어라 돌개바람, 회오리바람.

2003년 4월 1일 ____ 카프카에 대하여 두 시간을 강의하고 한 시간 쉬었다가 헤르만 헤세를 또 두 시간 강의했다. 하루에 카프카와 헤세를 함께 오가기는 처음이다. 한 작가의 작품들만 가지고 한 학기 내내 강의할 수 있는 날은 언제쯤이나 올까.

지금이라도 마음 단단히 먹고, '이번 학기에는 카프카만 하겠습니다.' 이렇게 말할 준비를 할까. 그리고 세 시간 강의 중에서 한 시간은 함께 카프카의 소설을 돌아가며 강독하고, 나머지 두 시간은 또 카프카가 내게 준 감동을 이야기하고. 그러려면 훨씬 섬세하고 또 여유로워야 한다.

쉽게 정리를 한다고 했지만, 마음이 편치 않다. 무엇보다 수강생들이 그들의 작품을 제대로 읽지 않는다는 게 아쉽다. 생각 같아서는 읽은 사람만 수업 듣게 했으면 좋겠다. 그러나 읽지 않고 들어와서 읽어보아야겠다고 마음 먹게 만드는 것도 차선책일 수 있으니 그냥 참는다.

2003년 4월 6일 _____ 어제 김제의 금산사에 다녀왔다. 후백제를 세운 진훤이 말년에 장남 신검에 의해 유폐된 곳이다. 대전에는 벚꽃이 한창인데 금산사 주변엔 아직 벚나무들이 꽃봉오리를 틔우지 않았다. 산속이라서 온도가 상대적으로 낮은 이유일 게다.

봄볕 따사로운 산길을 걸으며 '비극'이란 단어를 생각했다. 한 일년 전부터 내가 비극작가라는 생각이 들었다. 거창하게 어떤 깨달음의 계기가 있었던 것은 아니고, 그냥 오늘처럼 이렇게 산책을 하다가 내 소설들이 모두 비극적 세계관에 깊이 빠져 있음을 깨달은 것이다.

백탑파가 매력적인 것도 그들이 비극에 가장 적합한 인물들이기 때문이다. 지금은 그들의 시절이 막 열리기 시작하는 부분을 쓰고 있어서, 어둡기보다는 밝은 면이 많다. 그러나 내 눈은 어느새 그들의 말년을 향하고 있다. 죽음은 누구에게나 슬프고 쓸쓸한 법이지만, 백탑파들에게는 더욱 심했다. 어쩌면 이번 소설에서도 눈밝은 독자들은 어떤 슬픔을 읽어낼지도 모르겠다.

4월 내내 원고를 매만질 예정이다. 내 손바닥은 어느새 땀으로 흥건하다. 눈물인가?

2003년 4월 12일 _____ 엠티를 다녀왔다. 서해 대천 해수욕장 조금 아래 무창포 해수욕장 조금 위 용두리에 있는 남포 해수욕장이다.

대학 입학 후 수많은 엠티를 다녔다. 나름대로 또 많은 기억들이 있다.

엠티에 대한 느낌 중 잊혀지지 않는 것은 엠티를 다녀온 후(보통 일요일 오후쯤 된다)의 나른함이다. 멍한 상태에서 대충 이불 속으로 들어간다. 그리고 아무렇게나 손에 잡히는 책을 읽는다. 이성복의 시집이거나 이청준의 소설이거나. 그러다가 스르르 잠이 든다. 곤하게 잔 후 눈을 뜨면 밤이다. 그 밤에는 또 뭘 했던가. 쓸데없이 교정을 어슬렁거리거나 술을 마시거나 그랬다.

그 시간의 공백, 멍한 상태……. 그런 여유가 가끔 떠오른다. 그런데 선생이 된 후로는 그런 여유가 없어져버렸다. 왜일까?

신문을 보니, 고려대 심경호 선생님이 『김시습 평전』을 내셨단다. 『금오신화』를 번역하시더니, 김시습 연구를 드디어 집대성하신 모양이다. 이문구의 『매월당 김시습』은 고생한 흔적은 많지만 허점이 너무 많다. 김시습의 사상적 변천을 작품 내적 변화를 통해 밝혀내지 못하고 있기 때문이다. 언젠가 꼭 한번 김시습에게 도전해보고 싶은데, 심경호 선생님의 평전이 큰 도움이 될 듯싶다.

퇴고한 양을 대충 보니 600매 정도다. 그럼 3분의 1 정도를 했네. 아직 3분의 2가 남았다. 이 소설은 퇴고하며 날 울게 만든 최초의 작품이다. 다 큰 놈이 눈물은(「공동경비구역」에서 신하균이 지뢰 밟은 이병헌에게 한 말인데). 나도 지뢰 밟은 기분이 든다. 내가 묻은 지뢴데……. 도움을 청할

곳도 없다.

오늘 밤에도 지뢰나 해체해야겠다.

2003년 4월 13일 _____ 밤 11시 15분부터 1시 5분까지 상영하는 롯데백화점 심야영화를 보고 방금 들어왔다. 「시카고」. 컴퓨터 앞에 앉았는데도 귀가 윙윙댄다.

영화가 얼마나 화려할 수 있는가를 보여주는 작품이다. 배우들의 노래와 춤솜씨도 좋다. 캐서린 제타 존스의 카리스마 넘치는 춤이 특히 좋다. 그런 춤을 보고 있으면 빨려들어간다.

스토리가 유별나다거나 대사가 멋있는 건 아니다. 몇몇 아이디어는 재미있지만, 그것도 고민하면 만들어낼 수 있는 수준이다.

문제는 역시 배우다. 리처드 기어는 폼만 잘 잡는 줄 알았는데 의외로 몸이 가볍고 목소리도 감칠맛이 난다. 르네 젤위거도 「제리 맥과이어」에서 미혼모로 나올 때와는 완전히 다르다. 우리 배우 중에는 누가 리처드 기어가 했던 역을 할 수 있을까? 두 여배우는 누굴 뽑을까? 음, 떠오르는 얼굴이 없다.

사실 오페라 대본을 쓰면서도 그런 걱정이 들었다. 스토리를 아무리 잘 짜면, 가사를 잘 만들면 뭐하나. 제대로 연기할 사람이 있긴 있는 걸까.

오페라나 뮤지컬보다도 「시카고」와 같은 뮤지컬영화는 훨씬 다양하고 재미나게 춤과 노래 연기를 섞을 수 있을 것 같다. 음……, 나중에 한 번 더

비디오로 봐야겠다. 뮤지컬영화 시나리오를 쓰고 싶은 밤이다.

퇴고를 하면서 분명해진 사실 하나.

김인환 선생님의 지적처럼, 내 작업은 소설의 본질 혹은 소설가의 운명을 서양이론이나 시대에서 찾지 않고 우리네 기억에서 끄집어낸다. 그런 의미에서 이번 소설은 『서러워라, 잊혀진다는 것은』보다 더 참혹한 소설가 후벼파기가 될 듯.

살인사건이 일어난다. 소설가가 붙잡힌다. 소설가이므로 그는 살인을 저지를 만한 인물이다. 소설가를 바라보던 당시의 시선 중 최악은 이것이다. 나는 여기까지 내려가보고 싶었다.

더 심하게 내려가면 이것이다. 소설가는 더 훌륭한 추리소설을 쓰기 위해 살인을 한다. 그 살인을 구경하며 두 소설가의 죽음을 지켜본 이도 결국 소설가다. 이 소설가 세 사람을 등장시킨 소설가는 바로 나, 김탁환이다.

이들은 나의 세 가지 모습이다. 아니지, 소설가들의 살인 행각을 파헤치기 위해 애쓰는 우리 소설의 주인공 역시 소설 중독자다. 그렇다면, 나의 모습은 네 가지인가?

2003년 4월 14일 ____ 1차 퇴고가 절반에 이르렀다. 따로 파일을 만들어 확인해보니 1,000매 성노다. 전체가 1,700매이니, 앞부분을 고치면서 300매 가량이 더 늘어난 것이다. 일단 여기까지를 1권으로 묶는다. 신기하게도 이제 퇴고할 대목이 새해 첫날이다. 정확하게 내용상으로 갈리는 지점인 것이다.

하루 종일 2권 700매를 일단 인쇄했다. 집에 몽땅 가져가서 쌓아놓고 고칠 작정이다. 간단하게 생각하기로 했다. '내 앞에 원고가 있고 나는 이것을 더 훌륭한 작품으로 고쳐야 한다.' 사실 할 일도 없지 않은가?

2권까지 퇴고를 마치면, 유채꽃 벚꽃 모두 떨어지겠지. 5월이겠지. 그리고 5월에도 나는 다시 이 소설 원고를 붙들고 2차 퇴고에 돌입하겠지. 아, 이 현기증 나는 예측 가능한 삶들. 5년 뒤에도 나는… 10년 뒤에도 나는…….

2003년 4월 15일 _____ 개교기념일! 집에서 쉬었다.

YMCA 아기 스포츠단에 다니는 큰딸 예영이는 좋아하는 친구가 생겼다. 이름은 이현지. 어제도 현지네 집에 가서 놀다오더니, 오늘은 현지와 함께 다른 친구집으로 또 갔다.

오후 2시 40분에 스포츠단 버스에서 내리자마자 바로 현지와 친구집에 갔다가 저녁 7시 가까워서야 돌아온 것이다.

늦은 저녁 식사 자리.

나 예영이는 아빠가 좋아 현지가 좋아?

큰딸 현지.

나 (어색한 웃음을 감추며) 현지가 좋아 아빠가 좋아? (보통 아이들은 뒤에 말한 걸 더 강하게 기억한다고 함.)

큰딸 현지.

으윽! 오기가 나서 돌려 묻는다.

나 그럼 현지가 좋아 엄마가 좋아?

큰딸 현지.

아내는 뭘 그깟 걸 자꾸 묻느냐고 눈치를 준다. 혹시 현지만 계속 답하기로 작정한 건 아닐까?

나 현지가 좋아 할머니가 좋아?

큰딸 (잠시 고민하다가) 현지랑 할머니랑 똑같이 좋아.

묵묵히 밥숟가락을 뜬다.

큰딸 근데 오늘 낮엔 현지랑 노느라고 텔레비전에서 만화영화 못 봤는데, 밥 먹고 봐도 돼?

엄마 그래. 한 프로만 봐야 한다.

내가 먼저 숟가락을 놓고 리모컨으로 이리저리 채널을 돌린다. 내가 제일 좋아하는 외화 「형사 콜롬보」를 시작한다. 이게 웬 떡이냐?

큰딸 (어느 틈에 곁에 서서 시위하듯) 아빤 맨날맨날 영화만 보냐? 비켜. 이제 나도 만화영화 한 프로 볼래.

나 아빠 이것 보고 봐.

큰딸 안 돼. 빨리 보고 자야 한단 말이야. 그래야 내일 또 이현지랑 놀지.

나 (리모컨을 건네고 방으로 돌아와 책상에 엎드린다.)

갑자기 작은딸 문영이가 달려와서 품에 안긴다.

나 (볼을 부비며) 그래 넌 언니처럼 살지 마라.

작은딸 : 맘맘맘맘(냉수 먹고 싶어요. 같이 먹고 속 차려요).

2003년 4월 17일 ____ 퇴고가 시작되면 삶에 대한 모든 규약들을 일순간 놓아버린다. 문장 다듬기에서 받는 스트레스가 매우 심한 탓에 다른 부분에서까지 억압을 받으면 견딜 수 없기 때문이다.

우선 많이 먹는다. 사실 퇴고를 잘 하려면 체력이 중요하다. 지치면 그만큼 문장들을 대충 보게 되기 때문이다. 퇴고하는 동안 살이 많이 쪘다가 원고를 완전히 넘긴 후부터 살을 빼는 생활이 반복되고 있다. 이번에도 어김없이 또 찌고 있다.

좋아하는 책을 산다. 물론 퇴고에 필요한 책도 사지만, 지금 꼭 읽지 않더라도 사두는 것만 해도 행복한 책들을 그때그때 사는 것으로 기분전환을 한다. 가령 오늘도 나는 알라딘에서 이런 책들을 받았다(지난 주 금요일에 주문한 책이다).

「김시습 평전」 심경호 선생님의 역작이다. 심경호 선생님께서 쓰거나 번역하신 책은 거의 무조건 산다. 거기 새로운 경지가 있기 때문에. 대충 훑어보았는데, 이번에도 대단한 내공이다. 내가 넣고 싶었던 상상력까지 논리적으로 풀고 있다.

『도스토예프스키와 함께 한 나날들』 이건 사실 『도스토예프스키의 아내』란 제목으로 출간된 적이 있다. 그땐 선배 방에서 슬쩍슬쩍 읽었는데,

이번에 새로 나와서 구입했다. 도스토예프스키의 비서이자 타자수이며 또 사랑하여 결혼한 안나 그리고리예브나 도스토예프스카야의 기록이다. 도스토예프스키가 말년 대작들을 어떤 분위기에서 지었는가를 알 수 있다.

「나의 프루스트씨」 이 책 역시 『도스토예프스키와 함께 한 나날들』과 비슷한 이유로 구입했다. 이 책은 프루스트를 8년 동안 돌본 셀레스트 알바레의 회고담이다. 나는 아직 프루스트의 『잃어버린 시간을 찾아서』를 완독하지 못했다. 이 책을 통해 그를 새롭게 만나고 싶어서 샀다.

「그리스 비극에 대한 편지」 김상봉 선생님의 책이다. 내가 계속 비극을 쓰는 이유를 이 책에서 찾아보고 싶어 구입했다. 물론 그리스 비극 작품들을 함께 병행하면서 읽고 싶다. 지금은 바빠서 안 되고, 방학 즈음 이 작업들을 해볼 생각인데… 여유가 있을까 모르겠다. 어떻든 내 삶의 본질과 닿아 있는 문제다.

다음으로 이런 책들도 샀다.

「조선후기 소품문의 실체」 안대회 선생님이 편하셨다. 심경호 선생님과 함께 안대회 선생님의 책들도 거의 다 사서 읽고 있다. 『방각본 살인사건』에서 핵심 부분을 이 책의 여러 논문들이 건드리고 있다. 정독하여 참조해야 한다.

 「이땅의 큰 나무」「궁궐의 우리 나무」 역사소설을 쓰다보면 자주 풍광을 묘사해야 한다. 그때 꼭 들어가는 것이 꽃이나 나무다. 그래서 꽃이나 나무와 관련된 책들은 사전을 산다는 기분으로 무조건 구입한다. 개인적으로 나는 이유미 선생의 작업을 좋아한다. 이 두 책은 어떨지 모르겠다. 눌와라는 출판사에서 함께 나왔다.

읽고 싶은 책은 많고 시간은 없다. 오전에는 글 쓰고 오후에는 글 읽는 나날을 꿈꾸면서도 번번이 실패한다.

쓰고 싶은 욕망을 줄여야 한다. 쉽지 않다.

2003년 4월 19일 ____ 이민호 선생과 함께 신동엽의 그림자를 밟고 왔다.

사진 ⓒ 이민호

코스는 신동엽 무덤-신동엽 생가-신동엽 시비-신동엽이 나온 부여초등학교-부여에서 공주까지의 금강 드라이브 등이다. 4월 말까지 정리해서 이민호 선생의 사진과 함께 퍼슨웹에 실을 예정이다(그래서 느낌이나 생각들은 아껴둔다).

4 · 19에 신동엽 그림자 밟기. 썩 괜찮은 하루였다.

2003년 4월 20일 _____ 거의 마지막 부분까지 다 고쳤다. 내일까지 손보면 1차 퇴고는 마칠 것 같다. 그래도 다시 건드려야 할 곳이 여기저기 보인다. 다시 처음으로 돌아가서, 2차 퇴고를 시작해야 한다. 그 전에 신동엽에 대한 짧은 글 하나 마치고.

이제야 좀 소설 꼴을 갖춘 듯하다. 더 세밀하게, 더 강하게.

2003년 4월 23일 _____ 몸이 아프다. 초고를 마치면 늘 찾아오는 병치레인가?

초고를 마치고 나서야 등장인물이 한 사람 더 들어가야 한다는 걸 확실히 깨달았다. 넣을까 말까 망설이다가 일단 뺐는데, 그 사람이 빠지면 아무래도 이야기가 너무 싱거워질 것 같다. 넣는다면? 한 열흘 더 고생해야겠지. 그래도 큰 틀이 잡혀 있으니 역할을 부여해서 움직이게 만드는 일이 어렵지는 않을 듯하다.

2003년 4월 24일 _____ 많은 일을 해치웠다.

우선 부여 기행문을 사진을 곁들여 퇴고하여 퍼슨웹에 보냈다. 사진을 뽑다보니 50장이 넘는다. 과연 어떻게 나올까 기대된다.

지난 달부터 넣을까 말까 망설이던 인물 하나를 소설에 집어넣었다. 그 바람에 5시간 정도 책상에 꼼짝 않고 앉아 있다. 목요일마다 즐기던 「쟁반 노래방」도 오늘은 그냥 지나쳤다. 대충 끼워넣긴 했는데, 어떨지 모르겠다.

『방각본 살인사건』은 날 참 당황스럽게 만드는 소설이다. 처음엔 너무 쉽게 잘 나가서 놀랐는데 퇴고를 하면서 분량이 1,100매(더 늘어날지도 모른다)나 늘어나서 다시 놀랐고, 문체반정에 대한 거시적인 시각을 가지게 되어 또 놀라다가, 결국 아주 중요한 인물 하나를 1차 퇴고를 마친 후 집어넣는 일까지 벌어졌다. 이제 더 놀라기는 싫은데……. 모니터링 결과가 들어오면 또 놀랄 일이 생기겠지. 두 번 정도는 놀랄 각오를 하고 있는 게 낫겠다. 그래도 소설이 점점 더 좋아지니 할 말 없음. 퇴고는 꼭 이렇게 몸은 아프고 기운은 빠지고, 소설만 살찌는 시간인 것 같다. 작가의 불행이 작품의 행복으로 이어지는 시간이라고나 할까. 작품에게 복수하는 방법은 없을까.

내일은 연구실을 또 옮긴다. 올해는 이사 복이 터졌다. 벌써 연구실 세 번, 집 두 번. 남들 평생 할 이사를 석 달 사이에 다 하고 있다. 그래도 옆방에 피아노 레슨실이 들어온다니, 바이엘 소리 들으며 글 쓸 수는 없지. 남향에 조용한 방이니 그나마 다행이다. 그곳에서 또 새로운 마음으로 근사한 물건 하나 만들어야겠다. 작품이든 제자든.

피곤하다. 정말. 어깨도 뻐근하고. 이런 초능력은 이제 일년에 딱 한 번 씩만 발휘했음 좋겠다.

2003년 4월 28일 _____ H 시인이 말했다.

"40대는 노새처럼 살아야 해."

나는 생각했다.

"30대는?"

2003년 5월 2일 _____ 1차 퇴고를 마쳤다. 처음부터 다시! 2차 퇴고에 들어가야 한다. 이제 문장과 세시풍속, 단어나 숙어에 더 관심을 쏟자. 8부 능선을 넘어섰다.

영화 「살인의 추억」을 보다. 잘 만든 영화. 그러나 후반부는 엉성하다. 메시지만 남고 전반부의 그 찐득찐득한 시선은 온데간데 없다.

2003년 5월 3일 _____ 모처럼 휴식.

점심 무렵 대청댐에 닿았다. 근처 식당에서 보리밥으로 점심을 먹고 대

전동물원에 갔다. 조금 더웠지만 청명한 봄날이었다.

죽음을 당하는 것과 죽음을 행하는(스스로 죽음을 택하는) 것의 차이. 『방각본 살인사건』에서도 죽음을 행하는 자에 대한 이야기를 보충해야 할 듯싶다. 청운몽을 우선 그렇게 바꾸어야겠다(가족이나 돈 문제가 아니라 소설에 대한 세상의 천대와 비난 때문에 스스로 죽음을 택한 매설가).

2003년 5월 5일 ＿＿＿ 무엇을 쓸 수 있을까 고민하던 시절이 있었다. 문장이 나를 먹어버리고, 문단이 내 옆구리를 마구 찔러대던 시절. 그래서 나는 스물다섯 살 그 언저리로 돌아가기 싫다. 그 힘겨움과 나약함, 그리고 내가 나를 배신하던 순간들은 한 번으로 족하다.

차라리 지금이 낫다. 생활이 안정되었기 때문만은 아니다. 지금은 문장과 문단으로 내 이 슬픔의 무게를 담아낼 수 있다. 적어도 내가 말하고 싶은 것들을 말할 만큼의 자유를 이 망할놈의 글 안에서 찾은 것이다.

그렇지만 제대로 쓰기는 또 얼마나 어려운가? 욕심을 줄이고 싶지는 않다.

정조 시대를 공부하는 것도 벅차고 현실의 속도를 따라가는 것도 어지럽지만, 둘 다 하겠다고 습작을 시작하던 시절부터 큰소리쳤지 않은가.

그때도 이게 걱정이었던 게지.

매설가. 난 이 세 글자가 점점 좋아진다. 이야기를 팔긴 하되, 그 값을 돈이 아닌 다른 것으로 받고 싶다. 한 장의 엽서라든가 한 곡의 노래라든가 한 순간의 웃음 같은 것.

그런 것을 받고도 내 이야기 기쁜 마음으로 파는 때가 오긴 오겠지?

마지막으로… 그래도 조금 더 너그러워질 필요가 있다. 자신에게도 타인에게도.

2003년 5월 6일 _____ 오랜만에 시집들 사이를 서성거렸다.

3년 남짓 시집만 읽은 적도 있는데, 요즈음은 일년에 새로운 시 세 편도 제대로 음미하지 못한다. 과거에 좋아했던 시들을 기억해서 끄집어내는 것도 벅차다.

시집을 많이 읽고 싶다. 처음엔 집 떠난 자식처럼 그 집으로 다시 들어가기가 서먹했지만, 이제 조금은 나아졌다.

한 해 괜찮은 시 세 편 정도를 쓰고도 싶다. 시화전에 낼 거라며 부학회장이 시 한 편 달라고 했을 때, 사실 망설였다. 쓴 시야 있지만 지금의 나는 그 시와 얼마나 다를까. 그 시보다 훨씬 옹졸해지고, 철가면을 썼다. 눈물샘은 좁고 두 발은 느리다.

그래도 시집은 참 좋다. 새 시집들을 좀 사서 읽어봐야겠다.

2003년 5월 8일 _____ 하루종일 『역지사지』를 썼다.

인터뷰소설…….

확실히 뭔가 새로운 삶의 비밀을 파헤치는 양식이 될 수 있을 것 같다.

다른 소설보다 훨씬 빠르고, 핵심을 바로 짚을 수 있고, 또 복선을 까는 것도 용이하고, 주제의식을 명료하게 밝히는 것도 쉽다.

다만 너무 대화 위주로 가면 가볍다는 인상을 받게 된다. 인터뷰 그 자체도 중요하지만 지문을 통해 묘사 부분을 보완하고, 그것을 감싸는 문맥들(분위기라거나 두뇌싸움의 양상이라거나 등등)에 배려를 할 필요가 있다.

이제 75퍼센트 정도 마쳤다.

2003년 5월 10일 _____ 전주에 다녀왔다.

한옥마을을 돌아본 후 점심을 먹고, 태조 이성계의 영정이 있는 경기전에서 전통혼례식을 구경했다. 전주는 대전보다도 훨씬 문화적 향취가 짙은 도시다.

경기전의 나무들은 놀랄 만큼 높고 굵고 또 상처투성이다. 그 아래 누워 나뭇잎 위의 나뭇잎, 또 나뭇잎 그 위의 나뭇잎을 보았다. 마루에 누워 별을 본 적은 있지만 나무잎을 이렇게 올려다본 것은 처음이다. 그 빛이 향기가 온몸을 감싸는 듯했다.

이틀 정도 더 쓰면 『역지사지』를 마칠 것 같다.

역시 쉬운 일은 없다.

2003년 5월 11일 ____ 『역지사지』 초고를 마쳤다.

일주일 동안 (200자 원고지로 환산하여) 430매 가량을 쓴 것이다. 오타와 거친 문장을 다듬고 내용을 더 보충하여, 18일까지는 퇴고를 마칠 예정이다. 일단 퍼슨웹에 띄운 다음 나중에 책으로 만들 때는 다시 2차, 3차 퇴고를 하겠다.

내일부터는 『방각본 살인사건』으로 다시 돌아간다. 그동안 모니터링한 내용을 원고에 반영하고, 또 그동안 새로 한 생각들을 정리해서 넣고, 문장도 다시 한 번 보고, 그렇게 5월 말까지 2차 퇴고를 마쳐야지. 물론 6월에 3차 퇴고를 할 기회가 있겠지만 대대적으로 수정할 수 있는 건 이번이 마지막인 듯하다. 집중할 것.

6월엔 책을 좀 많이 읽어야겠다. 메모해둔 책을 하루에 한 권씩 독파해도 한 달은 걸리겠군. 읽어야 할 책들이 많은 건 신나는 일이다. 글 한 자 안 쓰고 책만 읽는 즐거움을 6월 내내 맛보리라.

2003년 5월 15일 ____ '역지사지'란 제목을 버리고 『추국』을 올렸다. 그 대신 부제로 '리코아 속담 '역지사지'에 대한 FNN 탐 기자의 보고서'를 달았다. 더욱 패러디의 맛이 사는 것 같다. 사진까지 준비되면 퍼슨웹 편집부에 넘겨야지.

2003년 5월 21일 ____ 9부 능선을 넘어가고 있나보다. 몸이 한계 상황임을 알린다. 목젖이 내려앉았다. 쇳소리가 난다. 등 근육이 여기저기 떨린다.

아프지만, 머리는 오히려 맑다. 더 소설에 밀착할 수 있다. 이제 마지막으로 짜내는 일만 남았다. 꼭 이 순간에는 초능력 운운하며 무리하게 된다. 후유증은 물론 크지만, 소설 조금 더 낫게 만들 수 있다면 운운하며 또 달려든다. 이번에는 그렇게 안 하려고 했는데 하는 수 없다. 자꾸 그쪽으로 상황이 만들어지니까.

학교는 축젠데, 난 혼자 투덜거린다. 시간이 없어, 시간이. 두루마리 시간이 필요한데.

미쳐간다. 이번 소설의 주제는 미친 놈들의 시절이 아닌가. 등장인물들이 저마다 미쳤는데, 작가인 나라고 멀쩡할 수는 없지. 헌데 이놈들……. 제대로 미치게 그리긴 한 걸까.

2003년 5월 22일 ____ 원래 계획대로라면 오늘 2차 퇴고를 마치고 열흘 정도 쉴 생각이었다. 출판사에서 편집을 마치면, 6월 10일 쯤 상경하여 3박 4일 정도 어디 친구집에라도 틀어박혀 OK 퇴고로 산뜻하게 끝을 내리라.

그러나 항상 계획은 어긋나게 마련이고, 끝은 또 다른 시작에 불과하다. 고맙게도 은수 형(황금가지 편집장)이 직접 『방각본 살인사건』을 에디팅하겠다고 선언한 다음부터, 다시 문장과의 사투가 시작된 것이다. 은수 형은 자신의 관점에 따라 내 소설을 하나하나 살펴 메일을 세 통이나 띄웠다. 이런 식으로 스무 통은 더 띄우시겠단다. 기쁘면서도, 열흘간의 휴식이 날아간 것이 안타깝다. 일단 오늘부터 쉬겠다는 계획은 취소. 더 간다. 더 갈 수밖에 없다.

2003년 5월 23일 _____ 4학년 졸업소풍(자기들은 여행이라고 우기지만, 아침에 떠나 저녁에 돌아왔으니 그건 소풍이다)을 다녀왔다.

충청북도 영동.

영국사 구경하고, 물안계곡에서 계곡물에 발 담그고 동동주 한잔 했다. 1999년 처음 건양대에 임용되었을 때, 선생님들과 함께 올랐던 삼도봉과 민주지산의 출발지가 바로 물안계곡이었다. 깡그리 잊고 갔다가 그 낯익은 몇몇 풍광 앞에서 한참 서 있었다. 이미 지나왔건만 잊어버리고 또 새롭게 받아들이는 것이 어디 한두 가지일까.

뒤풀이 삼아 학교 축제에서 주점을 하고 있는 문창과를 찾아갔다. 술을 많이 마셨다. 오늘 나는 참 많은 말을 했다. 그중에서 그래도 건질 만한 건… "욕망은 도덕이 없다. 욕망에 정직한 건 옳고 그름 이전이다." 그러나 욕망에 정직하기란 또 얼마나 어려운가. 도덕이란 허울에 눈치보지 않고, 지 하고 싶은 대로 하며 사는 이는 또 얼마나 적은가. 자기 앞의 생을 사랑할 일이다. 지독하게.

2003년 5월 25일 ____ 24일 진주 처가에 갔다가 하루 자고 돌아왔다. 고속도로가 시원하게 뚫린 덕에 두 시간 남짓 걸리는 거리지만, 진주에 내리면 참 다른 느낌을 받는다. 일단 경상도 사투리가 귀를 찌르고 남강의 도도한 물줄기와 시원한 바람, 높푸른 하늘이 어지럽다.

아내의 사촌 여동생의 혼인. 친척들이 모여 시끌벅쩍하다. 외롭게 월남하여 또 각자 외롭게 분투한 친가쪽 식구들에 비해, 오랫동안 진주에서 터를 닦고 산 처가쪽 식구들은 넉넉하고 여유롭다. 9년이 지났는데도 이런 분위기가 매번 낯설다.

『방각본 살인사건』을 3장까지 또 고쳤다. 오히려 차분해진다. 좋은 소설을 만들어가는 것이 아니라 좋은 소설이 내게 찾아오는 것 같다. 기다리며 고치며, 그렇게 내 이 부족한 이야기 하나를 어루만져야겠다.

2003년 5월 26일 ____ 어떤 책은 평생 한 번도 읽지 못하고, 어떤 책은 반복해서 읽게 된다. 헤세의 소설은 후자다. 지난 주에 학생들과 함께 읽은 『데미안』은 여러 판본으로 적어도 15회 이상 읽었고, 지금 읽고 있는 『황야의 이리』는 여섯 번째다. 그래도 이리를 잡는 건 어렵다. 이런 문장에 밑줄을 처음 긋는다(왜 이걸 놓쳤을까?).

대개 동물들은 슬픔에 싸여 있어요. 한 인간이 매우 슬퍼하면, 치통이나 돈을 잃어버렸기 때문이 아니라, 세상이 무언지, 인생이 무언지를 어

렴풋이 깨닫게 되었기 때문에 슬퍼하게 되면, 그런 사람은 언제나 얼마간은 동물과 비슷하게 보여요. |『황야의 이리』 162쪽 |

은수 형은 『방각본 살인사건』을 좀더 18세기에 들러붙이라는 주문이다. 난 『나, 황진이』에서 이미 한 번 했기 때문에 이번엔 좀더 모던하게 가고 싶다고 답했다. 아무리 18세기에 들러붙어도 이미 충분히 모던하단다. 몇몇 셰익스피어적인 문장(사실 이 말을 잘 모르겠다. 내 소설 가운데 어떤 문장이 셰익스피어적이라는 걸까? 그리고 이건 칭찬일까 비판일까?)을 18세기 조선의 선비들이 쓰던 문장으로 바꾸라. 『나, 황진이』를 발표한 후 칭찬도 많이 들었지만 꼭 이렇게 어렵게 써야 하느냐는 지적도 적지 않았다. 그런데도 은수 형은 더 고증하여 어렵게 가길 원한다. 18세기에 들러붙으면서도 어려워지지 않는 방법 없을까?

2003년 6월 1일 _____ 6월 한 달은 글 한 자 쓰지 않고 쉬겠다고, 두 달 전부터 마음 먹었었다. 그런데 이번 작품이 그런 날 비웃는다. 넌 아직 멀었다. 벌써 쉴 생각부터 하니? 봉우리까지 다 올라왔다고 생각했는데, 미처 발견하지 못했던 마지막 난코스가 남았다. 그 위에 또 욕심이 겹치고 노동해야 할 절대시간이 계산된다. 보름! 최소한 보름은 더 원고를 다듬어야 한다.

체호프의 단편들을 주말 동안 서너 편 읽었다. 재미있다. 「미녀」 「티푸스」 같은 작품은 깔끔하고 발상도 좋다. 줄거리보다는 어떤 느낌을 강하게 부여잡는 듯하다. 예전에 읽었던 작품집까지 곁들여 좀더 천천히 읽어봐야겠다.

2003년 6월 2일 ____ '그'와 '그녀'를 쓰지 않고 3인칭 소설을 지을 수 있을까? 물론 근대 이전에는 두 대명사 없이도 많은 소설들이 창작되었다. 그러나 지금은 거의 불가능하다. 이렇게 불가능해진 것들이 많을 것이다.

사전을 500페이지 정도 읽어내렸다. 참 신기한 말들이 많다. '오동추야 달이 밝아'로 시작하는 노래를 어려서부터 좋아했는데, 그 '오동추야'가 '오동나무잎 떨어지는 가을밤'이란 걸 처음 깨달았다. 이번 소설에는 이런 식의 한자 성어가 유난히 많다. 긴 문장으로 판각할 여유가 없으니, 짧고 익숙한 한자성어로 분위기나 심정을 표현한 듯싶다. 이 한자성어들이 많이 들어간 『방각본 살인사건』을 읽고, 현대 독자들이 어떤 반응을 보일까 궁금하다.

방학을 하면, 아주 게을렀던 부분부터 챙겨야겠다. 남들이 뭐라 욕해도, 그는 내게 많은 자극을 준다. 그는 나의 좋은 스승이다.

2003년 6월 4일 ____ 6월 17일 해군사관학교에서 독도 관련 심포지움을 연다. 발표자로 초청받았다. 퇴고 작업 때문에 고사하려고 했지만, 그곳에 인연이 있는 분들의 청을 거절하기 어려웠다. 내 소설 『독도평전』의 구상을 처음 한 것도 해군사관학교에서 준비한 문인들의 독도 방문에 안내장교를 맡으면서부터다. 그러니까 어느 정도 해군사관학교에 마음의 빚을 지고 있다.

그저께 발표 제목이 뭐냐는 질문에 '독도의 슬픔'이라고 답했다. 그리고 오늘 하루 종일 그 슬픔에 관한 글을 썼다. 『독도평전』을 다시 읽다가 한참 멍하니 앉아 있기도 했다. 슬픔을 발표한다는 게 가능하기나 할까? 이 글을 읽을 때 과연 그곳 교수들과 생도들은 내 가슴의 상처를 발견할 수 있을까?

하루 진해 해군회관에서 묵기로 했다. 1995년부터 1998년까지 나는 그곳에 있었다. 이문열, 황석영, 도스토예프스키를 다시 읽으며 습작을 했다. 『불멸』 5,500매를 썼고 『열두 마리 고래의 사랑 이야기』 1,000매를 썼고 또 발표하지 않은 장편 2,000매와 단편 2,000매를 썼다. 아, 그 미친 밤들이라니.

그 흔적들을 따라서 17일 밤 진해의 밤거리를 혼자 어슬렁거릴 작정이다. 모디아노의 소설 주인공처럼, 어두운 상점들의 거리를.

2003년 6월 7일 _____ 그런 영화가 있다. 첫 대목을 접하는 순간, 배우가 흘깃 나를 향해 눈길을 보내는 순간 '아, 이건 나와 같은 족속이 만든 거다.' 그런 느낌이 드는 영화. 「와이키키 브라더스」가 그랬고 「박하사탕」이 그랬고 오늘 본 「파이란」이 그랬다. 그러면 나는 영화를 보는 것이 아니라 내가 막혔던 부분들을 저 감독들은 어떻게 뚫어나가나 찾기 시작한다.

삶에 대해 이야기한다. 그 삶은 흔히 죽음에 닿아 있다. 이렇게 살기 싫은데, 이렇게 늙어 죽을 수밖에 없는 상황을 적나라하게 차디차게 보여준다. 이거다. 이토록 추잡스럽고 속된 것이, 돈에 목숨 거는 것이, 속이고 속는 것이 삶이다. 삶에 대하여 거창하게 논하는 새끼들 말, 전부 거짓이다.

인물들은 점점 고립된다. 자기가 몸 담고 있던 공간에서조차 이해받지 못한다. 그들은 자신이 왜 고립되는지, 그 고립의 결과가 어떨 것인지 모른다. 그들은 자신을 진지하게 바라보는 구석이 있다. 깡패든 밤무대 밴드든 사기꾼이든 그딴 건 중요하지 않다. 많이 타락했어도 그들은 자신 안에서 한결같은 무엇인가를 찾아낸다.

그리고 삶을 바꾸고 싶어한다. 아, 그 바꿈은 성공하지 못한다. 바꾸려 했다는 이유로 다치고 죽는다. 바꾸기엔 너무 늦었다. 바꾸려 하다간 모든 걸 잃게 된다. 그들도 그런 위험을 안다. 그러나 그들은 바꾸겠다고 한다. 바꾸지 않고는 단 하루도 살 수 없다 한다.

삶을 바꾸기란 얼마나 어려운가. 서른 살이 넘으면 불가능에 가깝다. 누가 내 삶을 충고하면 헛웃음만 나올 뿐이다. 그래도 삶을 바꾸어야 한다면 아, 그 깨달음의 무게는 얼마나 클 것인가. 그렇다면 그들은 무엇을 깨달았을까. 대부분 '진심'이라고 하는 그 무엇. 나를 변함없는 나로 만들게 하는 그 무엇. 그리고 그 무엇에는 항상 눈물이 따른다.

2003년 6월 8일 ____ 고골의 『코』와 『외투』를 재독하다.

체호프는 충격적이었는데, 고골의 두 작품은 솔직히 별로다. 『코』와 『외투』의 그 기법이 과연 근대적인가에 대해서도 의문이 든다. 18세기 조선에도 그 정도 기법과 정신은 아주 많이 있다. 다만 도스토예프스키가 말한 '러시아 소설은 모두 고골의 『외투』에서 나왔다'는 주장은 음미할 대목이 있다. 내 생각에 그건 '작은 인간'과 연관된, 그러니까 특히 가난하고 지극히 반복된 삶을 사는 인간에 대한 애정을 『외투』에서 발견할 수 있기 때문인 듯하다. 사실 19세기는 견고한 러시아 제정과 그 제정을 바꾸려는 지식인들 사이의 한판 승부처였다. 그때 그 변하지 않는 제도로부터 피해받는 전형적인 인물 중에 가난한 관리가 있었던 것이다. 고골의 『외투』와 도스토예프스키의 『가난한 사람들』은 확실히 닮은 구석이 많다.

청운몽을, 천박한 소설을 문학의 중심으로 끌고가려 한 열정적인 매설가로 배치하는 건 어떨까? 그 열망의 완벽한 배신이 바로 매설가를 살인마로 몬 당시 사회적 분위기이고. 백탑파가 자기들만의 꿈을 꾸었듯이, 청운몽도 자신만의 독자적인 꿈을 꿀 수 있도록 하자. 헌데 그 청운몽의 꿈은 누구의 입에서 흘러나오게 할까? 김진과 박제가 정도겠다. 지나치게 나가는 게 아닌가 비판하는 시각도 있겠지만 소설이 본격적인 상품이 되면서 그 수준이 현격하게 낮아지기 시작하는 시기에, 상품도 되고 작품의 수준도 높이려는, 말하자면 문학이란 저 견고한 벽에 틈을 내려 한 실천가로 청운몽을 두고 싶다. 청운몽과 김진 혹은 청운몽과 박제가의 편지(청운몽이 보낸 편지라도) 몇 통을 쓰게 하는 건 어떨까. 거기에 방각소설 시대에 대한 자신의 평을 드러내게 하고(내 생각도 좀 덧붙이고). 더 나아가 그 꿈을 이루기 위해 조정의 당상관들에게 선을 대려 했다고까지 가면? 청운몽의 소설을 정조까지 읽어보았다고 하면? 음… 그럼 추리와 역사와 로맨스에 예술가 소설까지 덧붙는 꼴이 된다. 아, 『방각본 살인사건』은 대체 어떤 소설이 될까? 나도 잘 모르겠다. 모르지만, 더 나아갈 밖에.

날아가고 싶은 욕망. 여기가 아닌 다른 곳에 가면 무언가 다른 새로운 일들이 펼쳐질 것이라는 희망. 속도를 아직도 포기하지 않는 용기……. 나는 더 견고하게 소위 '고전'이라고 불리는 곳으로 기어들어가고 있다. 정반대 방향으로! 기어들어가다 기어들어가다 보면, 이 부끄러움 모두 씻을 날 올까?

2003년 6월 10일 ____ 1. 필사소설에서 방각소설로 가면서 얻는 장점뿐만 아니라 약점까지 지적할 것. 청운몽의 시선으로. 서간첩을 통해 직접적이고 논리적인 접근을 하는 건 어떨까.

2. 채제공의 지원세력도 언급 정도는 하자. 이가환, 정약용 등등. 밀고 당기기.

3. 이명방의 무인적 기질을 후반부에서도 드러내기.

4. 청미령에 대한 새로운 접근.

2003년 6월 11일 ____ 역사소설을 쓰면서 좋은 학자들을 많이 알게 된 것도 큰 수확이다. 영남대 한문교육과에 재직중인 안대회 선생도 그중 한 분이다. 대학원 다닐 때 그 명성은 익히 들었으나 직접 뵌 것은 재작년 가을이다. 그 겨울에 『나, 황진이』 감수를 맡아주셔서, 몇 차례 술자리도 하고 속 깊은 이야기도 나누었다. 그 와중에 선생은 영남대에 안착하셨다.

백탑파에 관한 소설(방각살인)을 쓰면서 가장 자주 떠올린 사람이 바로 안대회 선생이다. 박제가의 『북학의』 『궁핍한 날의 벗』을 번역하셨고 또 백탑파를 당신 학문의 시발점으로 삼고 계신 분. 안대회 선생이 내 소설을 읽고 부정적인 평가를 내리면 사실 출간 자체를 처음부터 심각하게 고민해야 한다.

지난달에 보내드린 초고를 이틀 전에 소포로 돌려받았다. 초고 위에 직접 의견을 개진하셨고, 이메일로 간단한 소회도 피력하셨다. 다행히 부정적인 평가는 아니다. 휴우! 안도의 한숨을 쉬며 선생이 지적하신 부분들을 하루종일 고쳤다. 이제 아주 중요한 고비를 넘어선 기분이 든다.

사실 공부를 다 마치지 못하고 소설을 내는 게 계속 마음에 걸린다. 하지만 백탑파와 영정조 시대에 관한 공부를 마치려면 평생을 바쳐도 모자랄 것이다. 결국 계속 공부를 하면서 소설도 발표하는 식의 절충안을 취한 형국이다. 나는 독자들은 물론이고 전문 연구자들도 한 번쯤은 언급할 수 있는 작품을 쓰고 싶다. 그런 욕심 때문에 소설이 조금 어렵다고들 하지만, 결코 이 바람을 접을 수 없다.

소설이 너무 엉망이 아닐까 하는 걱정에서 어느 정도는 벗어난 듯하다.

뛰어난 국학자들이 있어 역사소설가는 외롭지 않다.

2003년 6월 12일 ____ 글이 잘 씌어지지 않을 때, 이 짓 정말 해야 하나 생각이 들 때, 내 문장 보며 한심하고 한심할 때, 다시 첫마음을(마음이라기보다는 그 뜨거운 느낌을) 불러일으키게 하는 작가들이 있다. 20대 초반에 만났던 그들의 글을 읽으면, 그 글을 읽고 있는 스무 살 문청의 불안하면서도 열정적인 눈동자가 보인다.

장정일 그는 나와 아주 많이 다르다. 그렇지만 나는 그의 밀어붙이기를 참 좋아한다. 깜찍한 발상도 좋고 '아, 이 작품 안에서 신나게 놀아야지.' 하는 태도도 좋다. 그렇게 놀기 위해 얼마나 연습을 했을까. 그 연습을 자랑하는 그의 웅크린 자세도 좋다.

이성복 후배 시인 J는 이성복의 시들이 『그 여름의 끝』부터 나빠졌다고 했다. 하지만 나는 오히려 『그 여름의 끝』부터 그를 좋아하게 된 것 같다. 『뒹구는 돌은 언제 잠깨는가』는 사실 너무 부웅붕 날고 얇게 갈라져서, 감당하기 힘들었다. 「파리 시편」에서부터는 공감되는 문장들이 많았다. 시보다 삶이 중요하다고 했을 때, 나 역시 같은 문제로 고민하고 있었다.

김현 나는 생전의 그를 만나보지 못했다. 같은 대학에 교수와 학생으로 다니고 있었으면서도(그것도 같은 단과대에) 왜 나는 그를 한 번이라도 보러가지 않았을까. 내가 좋아하는 그의 비평은 주로 작품비평(특히 시평)이다. 비문을 싫어하고 최대한 쉽고 간명하게 쓰는 문체를 나는 그에게서 배웠다.

2003년 6월 22일 _____ 『원미동 사람들』을 읽고 있다. 개정판을 내는데 해설을 부탁받았다. 소설 퇴고도 마치지 못했는데……. 그러나 나는 거절하지 못했다. 양귀자 선생 부탁이면, 첫사랑 앞에서 설레는 것처럼, 무엇이 든지 한다. 또 『원미동 사람들』을 다시 읽어보고픈 욕심도 있었다. 나는 이 소설집을 통째로 읽은 적이 없다. 여기 선집에서 조금, 저기 수상작품집에서 조금 그렇게 읽었는데 이번 기회에 주욱 처음부터 끝까지 읽고 싶었다. 그래서 하루 밤새워 글을 쓰기로 작정하고 해설을 쓰겠다고 했다. 오늘 「멀고 아름다운 동네」「불씨」「마지막 땅」「원미동 시인」「한 마리의 나그네 쥐」「비 오는 날이면 가리봉동에 가야 한다」「방울새」까지 읽었다. 아마도 「찻집 여자」까지는 읽을 수 있을 듯싶다. 내가 「찻집 여자」 앞에서 잠시 멈춘 것은 이 작품이 가장 오래 기억에 남아 있기 때문이다. 물론 다른 작품들도 수작들이지만, 나는 특히 이 단편이 좋았다. 그래서 좀 심호흡을 하고, 졸릴 때까지 이 작품을 읽을 예정이다.

어제 엑스포 과학공원에서 「러시아 인형극」을 보았다. 흥겨운 음악과 함께 1902년에 창설된 인형극단이 와서 공연을 했다. 두 딸은 신이 나서 계속 춤을 추었고, 나 역시 잠시도 눈을 뗄 수가 없었다. 시간이 쌓인다는 것(전통)은 정말 대단한 일이다. 특히 러시아의 문화적 전통은 이 작은 인형극에까지 그 멋과 깊이가 묻어난다.

어제 오늘 계속 장은수 형과 저녁을 먹었다. 특히 오늘은 가족동반하여 식사를 했다. 몇 가지 지점에서 우리는 합의를 보았는데, 그것이 아주 성격이 다르고 또 삶을 대하는 방식이 다른 우리 두 사람을 하나로 이어주고 있다. 그건 바로 '실력 제일주의'라는 거다. 문학이 뭐냐? 글 잘 쓰는 놈이 최고 아니냐? 이 단순한 물음 앞에서 그도 나도 즐거워졌다. 더욱 완벽한 소설을 쓰기 위해 그가 던진 몇몇 물음이 큰 도움이 되고 있다. 특히 퇴고 작업을 함께 하면서 내 문장의 약점을 다시 찬찬히 되살피는 계기가 되었다. 그는 정말 프로다.

2003년 6월 25일 ____ 소설 탈고를 마쳤다. 기쁘다.

2003년 6월 27일 ____ 소문으로만 듣던 「모노노케히메(원령공주)」를 보았다. 스토리는 어렵지 않다. 설화적 요소에 역사적 사실을 적절히 접목시켰다.

숲의 정령들, 들개나 멧돼지와의 대화, 다신교 사상 등은 일본 전통 설화나 사상에서부터 차용했으며 사무라이와 조총 등등은 역사적 사실에 부합된다. 구태여 장르를 따지자면, 역사판타지 정도에 해당할 듯. 여기에 선남선녀의 사랑, 자연과 인간의 투쟁과 화해 등등이 섞여들고 있다. 일단 모든 걸 열어둘 필요가 있다. 현실과 상상의 벽을 허물고, 둘 사이를 자유롭게 내왕할 것.

2003년 6월 28일 ____ 대덕 오케스트라 7차 정기연주회에 다녀왔다. 오후 7시에 한남대 성지관에서 열렸다. 초대손님으로 온 하모니카 3중주가 특히 눈길을 끌었다. 하모니카가 그렇게 다양하며 또 서로 다른 소리를 내는 줄 오늘 처음 알았다.

오케스트라를 보면서, 국민학교 6학년 시절을 떠올렸다. 창원에서 마산으로 전학온 나는 합주단에 들어 아코디언을 켰다. 3년 남짓 피아노를 쳤기 때문에 리듬감도 있고 또 아코디언에 재미도 느껴 열심히 연습했더니, 지휘 선생은 날 당신의 왼쪽 첫 자리에 앉혔다. 나중에야 나는 그 자리가 단원들을 모두 통솔하며 지휘 선생과 호흡을 맞추는 수석 단원의 자리라는 걸 알았다. 다행히 10월 개천예술제에 나가서 전국 1위를 했고, 무척 기뻤던 기억이 새롭다. 지금은 손이 굳어 바이엘도 제대로 치지 못하지만 그래도 한때 여러 사람들과 어울려 합주를 했던 것이 내겐 큰 도움이 된다. 합주의 핵심은 옆에서 함께 연주하는 다른 악기들의 소리를 듣는 것이다. 그 소리에 내가 만드는 소리가 엇나가면 합주는 엉망이 된다. 소설도 그렇다. 등장인물 하나만 편애하면 그 소설은 균형과 조화를 맞출 수 없다. 모두 고루고루 아끼며 각자에 맡는 역할을 충실히 이행하도록 배려해야 한다.

『원미동 사람들』 발문을 양 선생께 보여드렸다. 실망은 하지 않으신 것 같다. 다행이다.

2003년 7월 1일 _____ 어제 오늘 서울에 다녀왔다.

오늘 황금가지에 들러 출간에 관련된 마지막 조율을 했다. 원고가 넘어가자 황금가지 편집부는 엄청 신속하고 정확하게 움직인다. 이것이 소위 시스템의 힘일까?

작가사진을 찍었다. 항상! 어색하다. 잘 나와야 할텐데…….

1778~1779년 사건 당시 서울지도를 앞에 넣자는 의견도 나왔다. 지도는 있는데 상태가 별로다. 내일 하루 이 지도의 각 장소를 표시하고 소설 속 사건과 연결시키는 작업을 해야 한다. 『압록강』에서 이미 해봐서 두렵지는 않다.

등장인물 정리는 끝냈다. 의금부 조직도도 끝냈다. 참고문헌은 내일 연구실에 가서 소설 쪽 관련 참고문헌들만 보강하면 된다.

일단 내일 오후 2시 이전에 손을 터는 것이 목표다.

은수 형의 배려로 책 몇 권 집어왔다. 아베 코보 『모래의 여자』, 서머싯 몸 『달과 6펜스』, 김만중 『구운몽』, 요시모토 바나나 『티티새』. 7월은 소설 읽는 달……. 즐겁게!

7월 14일 출간 목표다. 내일 준비를 잘하면 기한에 맞출 수 있을 듯하다.

2003년 7월 2일 _____ 카프카의 단편소설집 『관찰』을 두 번 읽다.

방학 내내 카프카 단편전집을 독파할 예정이다. 매주 목요일마다 희망하는 학생들과 함께 세미나를 한다. 몇몇 학생들은 『관찰』이 이상하다는데, 혹은 어렵다는데, 난 너무너무너무너무 재미난다.

왜 내겐 이 『관찰』의 세계가 익숙한 걸까? 또 이런 식의 글쓰는 방식을 이미 알고 있는 걸까? 곰곰 따져보니, 이성복의 『뒹구는 돌은 언제 잠 깨는가』로부터 받은 느낌과 비슷해서다. 『뒹구는 돌은 언제 잠 깨는가』를 읽으며 얼마나 고민하고 또 고민했던가. 그에 비해 『관찰』은 그래도 이미지가 잘 잡히고 작가가 하고픈 말이 무엇인지 쉽게 다가온다.

단편소설집 제목이 『관찰』인 것도 재미난다. 은수 형과도 얘기했지만, 내면적 고뇌를 외면적인 풍경이나 유머, 아이러니로 전환시키는 작가가 바로 카프카란 생각이 든다. 『관찰』에서는 여러가지 방식으로 그런 전환을 시도한 흔적이 남아 있다.

『관찰』을 읽으며 계속 카뮈의 초기 산문들 『결혼』이라든가 『여름』이라든가 등등을 떠올렸다. 바로 서사로 들어가지 않고 문장이나 이미지부터 잡는 작가들도 있다. 카프카도 그런 작가 중 하나로구나. 특이한 건 카뮈나 헤세는 자기에의 침잠이나 감정의 과잉이 많은데, 카프카는 처음부터 내면을 숨기며 차가운 관찰로 가고 있다는 사실이다.

학생들은 어떻게 읽었는지 궁금하다.

2003년 7월 7일 ____ 몸은 무겁고 자꾸 가라앉는데, 정신은 맑다. 잠들지 않고 깨어 『방각본 살인사건』을 마지막으로 손질하고 있다.

마지막, 마지막, 항상 마지막을 되뇌지만, 퇴고에 마지막이란 게 있을까? 항상 마지막을 가장한 중간 어디에서 그만 시선을 돌릴 뿐이다.

하루만 더, 하루만 더……. 자식 새끼처럼 이 원고를 품에 안고 있을까?

날아가라. 내 원망 닿지 않는 곳까지.

2003년 7월 9일 _____ 비가 내린다.

나는 비를 바라보는 걸 참 좋아한다. 어깨와 바지, 신발이 비에 젖는 건 싫지만 베란다에 서서 빗소리 들으며 나무들, 돌들, 풀들, 땅들 바라보는 건 좋다.

저녁 먹고 다시 연구실로 돌아와서 그렇게 비를 바라보았다. 마음이 차분해졌다. 해야 하는 것과 할 수 있는 것, 욕심인 것과 도전해야 하는 것, 물러서야 하는 자리와 나아가야 하는 순간에 대해 생각했다.

다른 이들보다 적당히 한 발 더 나가는 것은 예술가의 자세가 아니다. 언젠가 몇 편의 단편소설을 쓰고 내심 만족하고 있을 때 후배가 그랬다. 이 사람들보다 조금 나은 게 뭐 대단하겠어요. 완전히 가야죠, 갈려면…….

그래, 완전히 확 가버려야겠지. 아주 오래 전 시인 H를 만났을 때, 또 내가 역사로 소설 비슷한 걸 쓰고 있다고 했을 때, 그가 물었다. 현실과 욕망, 과거와 현재를 뒤섞는 그런 소설인가요?

그런 소설! 내가 쓰고 싶은 건 언제나 그렇게 대명사로만 지칭되는 것이어야 한다. 한 번도 나온 적이 없기 때문에 지목할 수 없는 것들. 그저 그런

것이 아니겠느냐고 반문하는 소설.

비를 보고 있으면, 난 행복해진다. 오늘도 그랬다.

2003년 7월 12일 _____ 토마스 만의 단편소설 두 편을 읽고 정리하다. 「행복에의 의지」「키 작은 프리데만 씨」.

「키 작은 프리데만씨」가 특히 좋다. 전혀 다른 방식으로 씌어진 단편. 대가의 풍모를 지닌 작품이다. 토마스 만은 의외로 가볍고 웃긴다는 생각이 든다. 물론 그 가벼운 웃음 뒤에는 자기 자신을 향한 지독한 반성의 그림자가 드리워 있지만, 그의 장편들처럼 지루하진 않다. 각 단편마다 나름의 맛이 난다. 토마스 만이 삶 전체를 항상 염두에 두고 있다는 느낌을 받는다. 어떤 작은 일도 삶 전체에서 차지하는 역할 등을 미리 따져본다고나 할까. 「키 작은 프리데만씨」를 한 번 더 정독해야겠다.

2003년 7월 16일 _____ 책 출간 후의 몇 가지 느낌들.

2박 3일 간의 서울 나들이를 끝내고 대전으로 내려왔다. 한 석 달 이야기할 분량을 사흘만에 뱉어낸 듯, 몸도 마음도 지친 상태다. 그렇지만 내일 아침이면 잃어버릴 몇몇 느낌들을 잡으려고 컴퓨터 앞에 앉는다.

우선 '역사소설은 그 나라 국학의 수준과 정비례한다.'고 언젠가 썼었
25 다. 정말 그렇다. 내가 『방각본 살인사건』에서 그래도 백탑파를 비슷하게

나마 그리게 된 것은 학자들의 탁월한 연구성과 덕분이다. 5년 남짓 집중적으로 쏟아진 18세기에 대한 탐색은 나로 하여금 많은 상상을 하게 만들었다. 그들의 연구가 없었다면 나는 결코 이 소설을 쓸 수 없었을 것이다(매월당 김시습에 도전하고 싶은 욕심이 생기는 것도 심경호 선생님이 『김시습평전』(돌베게)을 내셨기 때문이다. 그 책을 읽노라면, 정말 매월당을 전혀 다르게 문학적으로 형상화할 수도 있겠다는 생각이 든다). 『방각본 살인사건』에서 절반 정도는 소설가 김탁환이 쓴 것이고, 나머지 절반은 18세기를 본격적으로 연구한 젊은 학자들(특히 안대회, 정민, 강명관, 이종묵, 강혜선 선생님)이 썼다 해도 과언이 아니다. 앞으로도 이런 행복한 배움의 여정이 주욱 이어졌으면 한다.

왜 단편은 쓰지 않느냐는 질문을 어느 기자에게 받고 문득 조동일 선생님 얼굴을 떠올렸다. 대학원 수업 중에 선생님은 재미난 논문 한두 편 쓸 생각 말고 처음부터 책을 염두에 두라고 하셨다. 단편을 멀리하는 이유가 꼭 그것 때문만은 아니지만, 어느새 나는 항상 어떤 문제를 적어도 한 권의 책 이상으로 집중해서 고민하는 데 익숙해진 듯하다. 일년 넘게 어떤 문제를 파고 파고 또 파다보면, 겨우 어슴푸레 빛이 보인다. 그것이 장편을 쓰는 보람이자 가치일 것이다.

부끄러운 순간들도 많았다. 아직 공부도, 삶에 관한 깨우침도 많이 부족하다. 좀더 차분히 가라앉아 노력할 일이다. 익숙한 것들을 밀어내면서, 내게 익숙한 삶의 패턴을 거부하면서, 또 한 걸음 나아가야 한다. 『방각본 살인사건』도 이제 내 뒤에 있으니……. 오늘까지만 즐거워하고 넘어가자. 더 높은 봉우리를 오르자.

2003년 7월 19일 ____ 음악에 맞춰 분수가 춤을 추고 불꽃이 밤하늘로 솟아오른다. 박수가 터진다. 아름답다! 누가 처음 이렇게 전혀 다른 셋을 하나로 모을 생각을 했을까. 그렇게 모으면 낯선 아름다움이 생긴다는 것을 어떻게 알았을까.

헤세의 『청춘은 아름다워』에서도 나오듯, 불꽃놀이는 다시는 돌아갈 수 없는 순간들을 바라보는 마지막 눈망울의 아름다움 같다. 그런데 그런 개인적인 의미부여를 하지 않더라도, 허공에서 스러지는 불꽃은 아름답다. 내용 없이도 아름다울 수 있다.

소설 쓴다고 너무 놓아버린 일들이 많다. 하나씩 챙겨야한다.

2003년 7월 20일 ____ 양팔을 벌리고 엎드려 차디찬 바닥에 누운 채 눈물 흘리는 모습을 영화에서도 소설에서도 종종 본다. 신에 대한 저항도 벅찬 일이지만, 스스로 무릎 꿇을 뿐만 아니라 엎드려 이마로 찬 대지의 기운을 받아들이는 것도 힘든 일이다. 사람은 자신은 결코 죄인이 아니라고 생각하지만, 사람처럼 죄에 약한 존재가 또 있을까. 조그마한 유혹에도 넘어가는 것이 바로 사람이다. 성경은 에덴동산에서부터 「요한계시록」에 이르기까지 이렇게 나약한 사람의 본성을 잘 표현하고 있다. 그러니 가끔은 자신이 얼마나 부족한 존재인가를 깨닫기 위해 무릎 꿇고 머리 숙일 일이다. 종교의 필요성을 여러가지로 설명하지만, 이것 역시 아주 중요한 부분일 것이다. 간음한 여인이 끌려나왔을 때, 예수는 이렇게 말했다. "너희 중 죄

없는 자가 먼저 돌을 던지라."

내게는 죄가 없다는 자만에서 벗어나 나는 언제나 항상 죄인이라는 자각이 필요하다. 그리고 그 지은 죄 때문에 고통 받는 이웃을 돌아보고 용서를 구할 일이다.

『성경』을 읽을 때도 『논어』를 읽을 때도 늘 그렇다.

2003년 7월 25일 ____ 『방각본 살인사건』을 출간하고 열흘이 지나갔다.

그 사이 장대비가 몇 차례 내렸고, 「여름향기」를 열심히 보게 되었고, 토마스 만의 단편 하나를 읽었고, 절판된 『불멸』의 개작을 결심하게 되었다. 『불멸』을 고치기에 앞서 새 작품 하나를 여름 내에 마칠까 구상했으며 소식을 끊고 지내던 대학 동창들의 전화를 받았다.

책을 낸 후 열흘 정도는 항상 이렇게 어지럽다. 나를 규정하는 시선들이 부담스러운 것이다. 그 시선들에 맞서서 아, 나는 다르게 정말 다르게 가고 싶다는 욕망이 생긴다.

빨리 이야기의 숲으로 들어가 숨고 싶어진다. 역시 이번 열흘도 너무 많이 떠들었다. 열 배로 침묵할 일이다. 아직 보여주지 않은 것까지 떠든 순간들을 반성할 일이다. 내가 성취할 것은 아직 이르지 않았다.

아, 참으로 부끄러운 열흘이로고.

2003년 7월 28일 짧은 휴식 _____ 열흘 정도 대전을 떠나 있을 계획이다. 26일(토) 경남 진주로 내려왔다. 내일(29일) 통영에서 배를 타고 제주도로 들어간다.

쉬엄쉬엄 지내며 소설도 읽고 『불멸』 개작과 새 작품에 대한 구상도 마무리지을 생각이다. 섬 하나 없는 푸른 바다를 보며 앉아 있다보면 멋진 인물과 사건들이 떠오르겠지.

『아서 고든 핌의 모험』을 완독했다. 처음 읽는 줄 알았는데, 몇몇 에피소드들이 눈에 익었다. 갑판 아래 미친 개(타이거)에 대한 묘사나 인육을 먹는 과정 등등은 내가 어린 시절 이 책을 읽었음을 확신시켰다. 초등학교 시절 홈즈와 루팡, 뒤팽 등등에 빠져 있을 때 다이제스트 본을 읽었던가보다. 남극 이야기는 산만하고 재미 없다. 남극으로 떠나기 직전까지의 이야기가 압권이다. 어둡고 칙칙거리는 분위기는 포의 소설답다.

2003년 8월 3일 _____ 대전으로 돌아왔다. 9일 동안 집을 떠나 남쪽을 떠돌았다. 정리된 부분도 많고 더 혼란스러워진 대목도 있다. 몹시 피곤하여 온종일 잠든 날도 있었고 하룻밤을 꼬박 새우며 파도 소리를 듣기도 했다. 여전히 더운 날들이다. 땀을 뻘뻘 흘리며 『허균, 최후의 19일』의 초고를 쓰던 논산 연구실이 떠오른다. 다시 땀을 흘릴 때가 왔다. 『불멸』을 처음 쓰던 진해의 그 새벽처럼. 숨어 더욱 잔인하게 내 문장 속으로 파고들겠다. 아주 멀리 떨어져, 내가 던진 이야기의 씨앗들이 꽃으로 피는 광경을,

짐짓 나와 상관없는 것처럼 무표정하게 구경하리. 내 이름 들리는 곳, 그곳에 나는 없다.

2003년 8월 4일 _____ 새 소설을 시작한다.

아주 오래 전부터(10년 정도 전부터) 쓰고 싶었던 거다. 그때는 자신도 능력도 없었다. 이제 더 늦추면 감각을 잃을 것 같다. 그래서 용기를 내본다.

이번 작품은 이야기와 캐릭터 자체만으로 승부하는 소설이다. 낯선 글쓰기가 될 테지만 하루하루 성실히 쓰고 또 극한까지 고민을 밀어붙여보겠다.

절반 정도 지나면, 「소설천하」에 초고를 연재할까? 삽화 문제가 역시 마음에 걸린다. 내 글과 꼭 어울리는 삽화가 필요한데……. 계속 고민할 문제다.

소설 제목은 『몬스터 다이어리』!

2003년 8월 6일 _____ 손이 굳었나. 이야기가 잘 풀리지 않는다. 하루 종일 썼는데도 분량은 미미하다. 낯선 글쓰기라서 그렇기도 하겠지만, 무엇보다 마음을 좀더 차분히 가라앉힐 일이다. 더 뚝 떨어져 홀로 남을 필요가 있다.

2003년 8월 10일 _____ 내일 아침 상경한다. 계약 몇 건과 또 그 외 협의할 문제 몇 개를 처리하기 위함이다. 대전에서 이런 걸 다 해버릴 수는 없나? 역시 아직 우리나라는 사람과 사람이 만나 서로 얼굴을 맞대야 일이 되는 모양이다. 이제 막 본 궤도로 진입한 집필의 감각이 끊어지지나 않을까 걱정이다. 그래도 할 일은 해야 하니, 즐거운 마음으로 가야겠지. 수요일 밤까지 머물 예정.

새로 쓰기 시작한 소설은 이제야 제 길을 찾은 듯하다. 역시 150매를 넘으니 탄력이 붙고 등장인물들이 스멀스멀 자기들 멋대로 달려가기 시작한다. 너무 멀리 또 넓게 펼쳐지지 않도록 경계하면서, 녀석들의 자유를 최대한 보장할 계획이다. 이런 장르의 글쓰기는 그것이 묘미인 것을.

구질구질 우물거리지 말고, 탁 잘라버리고 앞으로 쭉 나가라는 아내의 충고가 큰 도움이 되었다. 뭔가 걱정이 되고 자신이 없으니까 예전 걸 끄집어내서 밍기적거린 것인데, 그럴 필요 없이 바로 시작하라고 했다. 가만 생각하니 내가 학생들에게 자주 하는 말이다. 앞에 뭘 많이 깔려고 하지 말고 네가 하고 싶은 이야기를 바로 시작해라. 아멘!

미리 충분히 생각한 다음 말할 것. 양보할 건 확실히 양보하고 요구할 건 확실히 요구할 것. 아, 사람 만나 계약하는 것보다 힘든 일이 또 있을까! 역시 이건 내 체질이 아닌 것 같다.

그래도 좋은 사람 만나 새로운 세상 구경한다 생각하고, 갈 밖에. 이번에 다녀오면 정말 숨어 엄청 재미난 이야기를 써야지, 찬바람 불 때까지 첫눈이 올 때까지.

2003년 8월 13일 _____ 후배가 내게 준 첫 시집에 이렇게 적혀 있다.

사무엘 베케트가 말하길,
"예술가가 된다는 것은, 다른 누구도 감히 실패할 수 없는 식으로 실패한다는 것이다."

그리고 그 아래 '한 번도 실패를 두려워하지 않은 선배에게'란다. 아니다. 나처럼 실패를 두려워하는 이가 또 있을까. 실패가 두렵기 때문에 완벽에 집착하는 것이다. 완벽을 위해 숨고 숨고 또 숨는 것이다. 그런데 그 완벽은 또 다른 실패를 낳으니, 그게 문제라면 큰 문제겠다. 그래도 숨어 완벽을 위해 발버둥치다 실패하는 쪽을 택하련다. 아, 또 덤벼들고 무너질 때가 가까워졌다. 사무엘 베케트, 멋진 말 했다.

2003년 8월 15일 _____ 나는 다시 '초발심'으로 돌아가려 한다.

1996년부터 1998년까지, 2년 동안 『불멸』을 쓰던 그 진해의 밤으로! 평생 이야기꾼으로 소설에 목숨을 걸어도 되겠다고 느꼈던 바로 그 순간으로! '글을 쓴다는 것은 시간의 부재, 그 매혹에 몸을 맡기는 것이다.'라고 벽에 써서 붙여두고 2년 꼬박 작업하던 해군사관학교 그 연구실로!

한 번 크게 내 소설 작업을 반성하고 재정비할 때가 되었다. 『불멸』 개작은 이 반성과 재정비의 좋은 화두가 될 것이다. 점점 더 이 작업이 쉽지 않음을 깨닫지만, 정말 좋은 작품으로 새롭게 만들고 싶은 욕망도 크다.

입을 닫아라! 그리고 작품으로, 문장으로, 단어로 말하라.

2003년 8월 16일 ____ 서울 나들이한다고 못 본 「여름향기」를 인터넷으로 두 편 연달아 보았더니, 벌써 3시가 가까웠다. 예전에는 드라마를 하루에 한 편씩 꼭꼭 보곤 해서 '드라마 마니아'란 놀림도 당했는데, 요즈음은 경황이 없어서 「여름향기」와 「첫사랑」 정도만 겨우 챙겨본다. 둘 다 멜로다. 남들은 유치하다는데 난 오히려 그 유치함이 좋다. 순수한 감정! 이런 게 과연 내 안에 아직 남아 있을까. 순수함은 유치함이고 유치함은 세상물정 모르는 어린애스럽다는 게 아닐까.

200자 원고지로 환산해서 60매 정도 썼다. 모처럼 많은 분량의 소설을 쓴 것이다. 서서히 『불멸』 안으로 들어가고 있음을 느낀다. 특히 1권이 많이 달라질 듯싶다. 과감하게 구상하고 집필해서, 완전히 새로워졌다는 평가를 받고 싶다.

서울 나들이는 당일치기나 1박 2일 정도에 머물러야겠다. 사흘 넘게 서울에 있었더니 몸도 지치고 마음도 늘어진다.

2003년 8월 17일 ____ 42매. 어제 오늘 합쳐 대충 이순신의 건천동 시절과 15세 전후의 일화를 꾸렸다. 나쁘진 않다. 비/눈, 여름/겨울, 서울/지방,

치우/호랑이. 이런 이항대립들 속에 원균과 이순신의 우정을 보여주는 전략. 녹둔도에서 낭패를 당한 이순신의 회상처럼, 중요한 부분들만 탁탁 치며 나아가기.

너무 길게 가면 안 되니까 300매 정도만 끼워넣고, 다시 녹둔도 이후로 맞추기. 그러니까 녹둔도를 중심으로 전반부의 1차 방황은 원균 방진 남궁두 정도가 맡고, 후반부의 2차 방황은 유성룡이 맡기. 일단 이렇게 간다. 조광조 이후 침잠했던 사림들이 선조의 즉위와 함께 중앙 정계로 진출하다. 이순신의 할아버지 역시 조광조와 함께 처형된 인물이다. 즉 이순신의 세상에 대한 불만과 기대는 유성룡이나 허균과 크게 다르지 않다. 조광조 부분을 더 부각하기. 이순신이 할아버지의 일을 고민하며 자기 삶의 진로를 찾지 못해 방황하게 만들기…….

괜찮은 구상들이 이어지니, 힘을 내서 쓰고 또 쓸 수밖에 없구나.

2003년 8월 18일 ____ 2인극에 매력을 느끼는 걸까?

이야기를 만들어 나가다보면, 자꾸 두 사람만 남아 부딪힌다. 서로의 기억 과거 사상 삶 이런 것들을 놓고, 서로에게 상처를 주며 끝까지 상대를 까발리는 일. 배경은 뒤로 쑥 밀려나고 인물만 커진다. 조금 힘들어 장면을 전환시키려 하면 내 안에서 다그친다. 밀어붙여!

2003년 8월 20일 _____ 역시, 『불멸』 개작은 늪이다. 빠져든다. 20대 중반의 그 느낌이 살아난다. 난 여기 빠져죽어도 좋아. 10년 후에 이렇게 외치게 될 줄 몰랐다. 아, 많은 약속과 계획들을 취소하게 될지도 모른다. 그 무리수를 가능하게 하는 무엇인가가 이 소설에 들어 있다. 그래서 두렵고 끌려 들어갈 수밖에 없다.

이건 도취일까. 아님 또 다른 순교일까.

2003년 8월 22일 _____ 잡문 쓰지 말자. 스스로 산만해지는 길이다. 집중하자. 차라리 연락받지 말고 숨자. 신문 보지 말자. 뉴스 듣지 말자. 텔레비젼 켜지 말자. 잠들지 말자. 소설을 움켜쥐려 하지 말자. 그냥 제 갈길 가게 두자. 그래도 열심히 따라가자. 분량 두려워 말고 갈 데까지 가자. 형식 따윈 잊자. 모든 게 형식이고 모든 게 내용이라 생각하자. 깊게 들어가고 넓게 빠져나오자. 아멘!

2003년 8월 24일 _____ 임진왜란 이전까지 집필 계획을 짰다. 고통은 당연한 것이고, 약간의 설렘도 있다. 한 번에 끝까지 다 하는 건 무리다. 세 번 정도 나누고, 치밀하게 계획을 세운 후 집필에 들어가야겠다. 오전을 사수하던 감각을 빨리 찾는 게 급선무다.

2003년 8월 29일 _____ 2주 동안의 합숙(!)을 마치고 윤영수, 윤선주 두 방송작가가 대전을 떠나갔다. 내게는 참 색다른 시간들이었다. 소위 방송작가란 이들이 어떻게 이야기를 만들고, 또 어떤 부분을 고민하는지 직접 곁에서 지켜볼 수 있었다. 결론은 뭐, 소설가와 다를 바가 없었다(엄밀히 말하자면 다 같은 스토리텔러가 아닌가). 유쾌한 순간들이 많았다. 두 분 다 프로였으므로, 여러가지 서걱거리는 전제나 예의 따위는 간단히 뛰어넘을 수 있었다. 그냥 바로 이야기에 빠져들었던 것 같다. 셋이서 떠들다보면 이야기는 저 혼자 뚜벅뚜벅 걸어 저만치 가고 있었다. 너 왜 거기까지 갔어? 셋이서 밀어붙이니 시끄러워 잠을 잘 수가 있어야지. 이야기로 하여금 잠들지 못하게 하라.

2003년 8월 31일 _____ 8월 30일(토)에 연구실을 이사했다. 조금 더 넓어졌다. 아직 어수선한데, 빨리 안정감을 찾아야겠다.

또 30일에는 백일장 심사 뒤에 저녁식사와 술자리가 이어졌다. 장수익 선배 왈, "소설가는 다중인격을 지닐 수밖에 없다." 정말 그렇다. 요즈음 내 머릿속엔 100명의 인물들이 돌아다닌다. 통제불능. 이 100명을 바라보고 있는 나는 또 누구란 말인가.

내일은 개학이다. 강의계획을 재점검하고 몇 가지 준비를 해야 한다.

2003년 9월 1일 _____ 습작기엔 확실한 문장 하나로 어떤 상징을 품으려고 했다.

지금은 내 소설에 상징이 하나도 없었으면 한다.

아니, 내 소설에 담긴 이야기가 그대로 삶의 상징이 되면 좋겠다.

2003년 9월 5일 _____ 『불멸』 첫 권 거친 초고의 마지막 부분을 쓰고 있다. 추석 전까진 마칠 듯하다. 인물과 사건들이 끼어들면서 이야기가 훨씬 풍부하고 다채로워졌다. 이걸 끝까지 끌고나가는 것이 중요하겠지만, 일단 출발은 나쁘지 않다.

지치지 말자. 차근차근 가는 거다. 소소한 부분까지 신경 쓰며 그렇게 그렇게.

2003년 9월 7일 _____ 『불멸』 1권 초고 마쳤다. 여기서 부채살처럼 이야기들이 뻗어나갈 것이다.

골고루 잘 퍼져야 할 텐데……. 걱정이다.

2003년 9월 15일 _____ 장사꾼-혁명가-예언자의 구도는 자주 반복된다. 그만큼 매혹적이라는 얘기다. 추석 내내 백도기의 『가롯 유다에 관한 증언』이란 장편소설을 읽었는데, 여기서도 이 구도는 반복된다. 임천수-허균-이순신 정도의 연결도 가능할 듯하다.

연구실을 옮긴 후 집필 속도가 점점 나아지고 있다. 연구실 꾸미는 원칙은 단 하나. 임진왜란에 관한 자료들에 갇히는 기분이 들 것. 그 안에 들어가면 등장인물들이 저절로 살아 날뛸 것.

2003년 9월 16일 _____ 문득 그런 생각이 들었다.

이번 작품은 속사포 같은 대하소설이 되었으면 한다. 이야기의 홍수에 빠져 정신없이 끌려다닐 수밖에 없는 소설! 아, 꿈일까.

2003년 9월 18일 _____ 초능력을 발휘할 때가 왔다. 소설을 쓰면 꼭 이럴 때가 온다. 이번엔 좀 빨리 왔군. 반갑기도 하고 두렵기도 하다. 시마가 아니라 소설마인가. 언뜻 정신 차리면 10월이 시작되리. 시간도 돈도 힘도 욕망도 모두 쏟아부어라. 뭐가 나오는지 두 눈 크게 뜨고 보자. 사실 겁나는 건 이런 전력투구가 아니라 그 다음에 찾아드는 공허지. 원고지 1만 매의 공허는 어떤 걸까. 7,000매의 공허는 한 일년 폐인을 만들었는데. 그 폐인조차 내가 짊어질 몫이라면, 안고 가겠다.

나는 없다. 있는 건 이야기뿐. 이야기들이 새벽에 일어나 일찍 학교가서 컴퓨터를 켜고 자판을 두드리다가 밥을 먹고 또 자판을 두드리다가 밥을 먹고 또 자판을 두드리다가 꾸벅꾸벅 졸다가 잠든다. 그건 내가 아니라 이야기다. 문득 묻고 싶어진다. 어이, 이야기씨! 작업은 잘 되시나?

2003년 9월 22일 ____ 『불멸』 개작 방향을 대충 정리해보았다. 집필 과정에서 많이 달라지겠지만, 큰 아우트라인은 변하지 않을 듯하다.

개작의 핵심 방향

1. 이순신이 과거에 급제하는 32세까지의 삶을 '칼을 찬 사림'이라는 관점에서 창조한다.

▶ 이순신은 대대로 문신 명문 집안이다. 5대조 이변은 영중추부사 겸 홍문관 대제학을 지냈고, 증조부 이거는 병조참의를 지냈다. 조부인 이백록이 조광조와 뜻을 같이하다가 기묘사화를 만나 고초를 겪는다. 아버지 이정은 벼슬에 뜻이 없어 가족을 이끌고 서울에서 충남 아산으로 낙향해 버린다. 따라서 이순신은 어릴 때부터 조부 이백록의 삶을 흠모하며 자신의 사상을 조광조의 사림 정치에 맞추어나갔다. 그러나 문신으로 등과했을 경우는 이백록과 같이 불행한 최후를 맞고 자손들에게 불행을 줄까 염려하여, 무신의 길로 접어든다. '칼을 찬 사림.' 이것이 여타 장수와 다른 이순신을 결정짓는 중요한 요소이다.

2. 이순신의 젊은 시절 방황을 '협객'이란 개념으로 재정립한다.

▶ 32세가 될 때까지 이순신은 과거에 합격하지 못하고 야인의 삶을 살았다. 나는 새로 쓰는 『불멸』에서, 젊은 이순신을 의로움에 가득 찬 인물로 그리면서 세상이 자신을 알아주지 못하는 데 따르는 분노를 지닌 인물로 그렸다. 안성장에서 포졸을 때리고 도주한다든지, 곤양 금오산 도요지까지 방랑의 길을 걷는 것 역시 이런 맥락에서 설정된 것이다.

3. 거상 '임천수'를 등장시켜 16세기 경제활동을 복원한다.

▶ 특히 전쟁 중에 조선 상인과 일본 상인의 대결을 그리며, 전쟁에 필요한 군수품을 상인들이 어떻게 구하여 거래하였는가를 사실적으로 그린다. 꼽추 임천수는 명나라와 조선 · 일본을 잇는 경제권의 거상으로 성장하며, 훗날 이순신이 울돌목 전투를 치를 때 군수품을 모두 댄다.

4. 당취 '월인'을 통해 신진 불교세력을 복원한다.

▶ 임진왜란 때는 승병의 활약이 대단했다. 『불멸』에서는 월인이란 인물을 통해 유교를 숭배하는 조선에서 승려들이 가진 슬픔을 그리고, 그들이 힘을 모아 왜군과 맞서는 과정을 그린다. 월인은 계룡산에서 원균을 만나 큰 감화를 받은 이후 훗날 원균의 작전참모가 된다. 칠천량으로의 진입을 끝까지 반대하다가, 원균과 함께 전사한다.

5. '나대용'을 비롯하여 '광치' '언복' 등의 인물들을 통해 거북선을 과

학적으로 만드는 과정을 복원한다.

▶ 이순신의 지도하에 과학기술에 밝은 청년군관 나대용이 어떻게 거북선을 설계하고 만들어가는가를 실무를 맡았던 광치, 언복 등 기술자들의 삶과 함께 복원해낸다. 여러 차례 거북선을 만드는 데 실패하는 모습을 보여주고, 그 문제점을 보완하는 이야기를 통해 거북선에 대한 독자들의 이해도를 높인다.

6. 이순신과 맞서는 왜장으로 '협판안치'를 부각시킨다.

▶ 협판안치는 풍신수길이 아끼는 장수로 용인전투에서 크게 승리하고, 한산도 대전에서도 이순신과 맞선다. 그는 전쟁 전 이순신에게 얼굴에 상처를 입었고, 사랑하는 아우 협판수림까지 잃었다. 노량해전이 끝나는 순간까지 이순신에 대한 복수심을 불태운다.

7. 문화전쟁으로서 '막사발'을 강조한다.

▶ 곤양 아래 금오산에 남궁두의 도요지를 설정하고, 왜인들이 그 도요지에서 나는 막사발을 비싼 값에 사들인다. 전쟁이 나자 왜인들은 남궁두의 제자 소은우를 잡아가서 막사발을 계속 만들도록 시킨다.

8. 거북선 납치 사건.

▶ 협판안치가 이순신의 거북선을 납치하기 위해 광치 등을 매수한다. 그러나 여수의 거북선이 납치되기 직전에 이순신과 권준의 지략으로 다시

거북선을 지킨다.

9. 이순신의 젊은 날의 여인으로 '박미진'이란 인물을 설정한다.

▶ 남궁두의 제자이자 윤원형을 비난했다가 억울하게 죽은 홍문관 수찬 박남경의 외동딸인 박미진은 이순신과 금오산에서 사랑에 빠진다.

10. '남궁두'를 통해 도가적 전통을 복원한다.

▶ 남궁두를 이순신의 스승으로 설정, 김시습에서부터 이어져온 도가적 맥을 잇게 한다. 그는 박미진은 물론 박초희까지 적극적으로 후원한다.

2003년 9월 28일 _____ 계속 존재가 흔들린다. 힘겨운 부분이란 건 알겠는데, 해결 방법을 모르겠다.

뭔가 더 바꿔봐야 하나? 끊어낼 것들이 남았나?

2003년 9월 30일 _____ 2권까지 초고를 마쳤다. 두 달 동안 1권과 2권 1,800매를 썼다.

3권은 『불멸』의 내용을 많이 참작할 예정이다. 일주일 정도 지나면, 거칠게나마 세 권 정도의 초고를 쥘 수 있겠다.

2003년 10월 2일 ____ 어제 수업 시간에 플로베르를 설명하다가 무심코 이런 말을 했다. "플로베르의 결벽은 위대하다. 하지만 더 위대한 건 백과전서파에서부터 시작된 프랑스의 사전이다." 정말 우리나라엔 제대로 된 갈래사전들이 매우 부족하다. 소설을 쓰면서 하나하나 다 찾아야 하니 힘들다. 이때 백과전서파가 미리 있어 사전을 만들어놓았다면 얼마나 좋을까. 하지만 있는 조건을 받아들일 수밖에 없다. 또 낑낑대며 세상에 단 하나뿐인 사전을 만들어가야 한다. 벌써 이렇게 만든 사전이 꽤 있지만, 늘 부족하다.

미래를 모른다는 것은 불안이면서 축복이다. 스무 살 아이들이 자기의 내일을 몰라 웃다가 울고 또 웃는 걸 보노라면, 아무 말도 할 수 없게 된다. 내가 어찌 네 미래를 알겠니? 살아봐라. 살아보면 알 터. 허나 그 아이들은 내게 추궁한다. 선생님! 선생님이 이것도 모르세요? 이럴 땐 정말 선생하기 싫어진다.

2003년 10월 12일 ____ 어제는 태안 채석포에 다녀왔다. 대낮부터 해가 지고 달이 떠오를 때까지 서해바다를 보며 취했다가 깨고 또 취했다가 깼다. 오늘은 대전시민회관 소극장에서 「감마선은 달무늬 얼룩진 금잔화에 어떤 영향을 미쳤는가」란 연극을 보았다. 감마선을 적당히 쐬어야 하는데…….

생각들을 문장으로 옮겨보고 있다. 내가 『방각본 살인사건』 작가의 말에서 내비친 어떤 절망… 을 직접 곱씹는 기분이 든다. 희망은 어디에 있는가?

2003년 10월 15일 _____ 어젯밤 「스캔들」을 보았다. 분장과 소도구, 영상과 음악은 좋았다. 그러나 이미 정해진 스토리를 너무 안전하게만 갔다는 느낌이 든다. 코미디와 드라마 사이에 어정쩡하게 서 있다. 그 정도에서 타협한 걸까.

작가의 영혼을 지키기 위한 싸움이 시작되었다. 어떻게 끝날지 걱정이 앞선다. 피 흘리게 될지도 모르고, 웃으며 해피엔딩일 수도 있고.

그러나 이미 내 안의 상처는 깊고, 비극작가로 끝까지 갈지도 모른다는 불안감도 크다.

2003년 10월 20일 _____ 18일과 19일 남해안 쪽으로 답사를 다녀왔다.

이순신의 행적을 좇아서, 진주-남해-여수-능주(조광조 유배지)-나주(나대용 생가) 등을 돌았다. 남해의 이락사와 여수의 진남관은 1997년과 1998년에도 이미 답사한 적이 있다. 갔던 곳을 또 가는 것도 나름대로 여운이 많이 남는다. 능주나 나주에도 또 가게 될까.

어떤 일이 생기면, 왜 사람들은 '사과'부터 요구하는 것일까. 그게 최소한의 예의, 상대를 대화 상대로 인정하는 출입문이기 때문이리라. 내가 받은 상처는 언제쯤 사과받게 될까. 사과를 받긴 받을 수 있을까.

1권을 대충 마무리했다. 내일부터 2권 퇴고에 들어간다. 아무래도 10월 안에 둘째 권까지 마치는 건 어렵겠다. 일주일 정도 더 여유를 두자.

2003년 10월 24일 _____ 어제와 오늘, 충남 대천에 다녀왔다.

철지난 밤바다를 오랫동안 혼자 걸었다. 파도가 하얗게 밀려들어왔다. 저만치에서 흔들렸는데 금방 한 걸음 앞까지 다가왔다. 뒷걸음질치며, 또 뒷걸음질치며 노래를 몇 곡 혀끝에 올렸다가 내렸다.

보령 성주사터와 부여 무량사를 차례로 돌아보았다. 성주사터의 탑들은 하늘로 날아오르기 직전의 송골매 같았다. 무량사의 김시습 영정은 낯이 설었다. 예전에 본 영정이 저것이었나.

심야에 기분 전환으로 영화 「황산벌」을 보았는데, 의외로 좋았다. 「스캔들」보다 훨씬 시나리오가 훌륭하다. 다만 김유신과 계백의 대결에서 무게중심이 계백 쪽으로 지나치게 기운 느낌이다. 패장에 대한 심리적 동정 때문일까.

2003년 11월 2일 _____ 드라마가 되든 아니 되든, 『불멸』 개작에 집중하겠다. 1권과 2권을 거칠게나마 대충 두 번 고쳤다. 자신감이 생긴다. 결국 나를 증명해주는 것은 이 소설뿐이다.

세상은 시끄럽지만 의외로 내 마음엔 고요가 찾아든다. 일 하기 딱 좋은 가을, 11월이 시작되지 않았는가. 자, 이제 다시 3권에 몰두하자. 그 다음엔 4권, 5권, 6권…… 『불멸』 완간의 그 날까지.

2003년 11월 6일 _____ 「베스트셀러」란 잡지와 예전에 인터뷰를 했었다. 지금은 친구가 된 남정욱 씨가 지나가는 말로 물었다.

"이순신 장군 이야기는 왜 제목이 불멸이에요?"

즉흥적으로 이렇게 답했다.

"불멸의 작가가 되고 싶어섭니다."

나중에 인터뷰 나온 걸 보니, 남정욱씨 왈 '이 재미없는 친구가 농담도 하네.'

그런데 정말 『불멸』은 점점 더 내게 특별한 작품이 되고 있다. 내가 원한 부분도 있지만 뭔가 운명의 힘 같은 것이 이 작품을 내 안으로 밀어넣는다. 정말 불멸의 작가로 기억되고 싶어지기도 하고.

1, 2권 퇴고할 때는 잡생각도 많았는데, 3권 몇몇 장면을 쓰기 시작하면서는 곧 머리가 맑아진다. 힘은 들지만 이렇게 이야기를 만들어나갈 때, 밀어붙일 때가 나는 좋다. 인물들이여, 이미지여, 철학과 역사여, 와라! 내가

너희들을 모두 버무려 멋진 이야기 한 편을 만들겠다. 불멸의 이야기를!

2003년 11월 10일 _____ 당일치기로 서울에 다녀왔다.

황금가지 장은수 편집장이 앞으로 황금가지에서 출간할 책 목록을 보여주었다. 120권이 넘었다. 목록을 따라 읽어내려가다가 왠지 서글픈 생각이 들었다. 120권 책 중의 한 권이 아니라 오로지 이 한 권의 책이 되기를 바라는 것은 나의 오만일까.

이인화 형과의 저녁식사. 늘 발빠르고 또 그만큼 성실한 선배다. 형은 게임 쪽으로 완전히 경도되어 있는데, 나는 글쎄 아직 관망하는 쪽이다. 오페라 대본이나 영화시나리오, 드라마 대본까지는 수용할 수 있는데… 게임은 주저주저한다. 몰입의 도덕성을 아직까지 따지기 때문일까. 좋은 게임과 올바른 게임……. 힘든 문제다.

일본 쪽 자료가 역시 문제다. 찾을 수 있는 데까지 찾아보자.

2003년 11월 11일 _____ 내일 러시아로 떠난다.

『백야』 옆구리에 끼고, 도스토예프스키의 시선을 따라 상트페테르부르크를 돌아다닐 작정이다. 아주 많이 아주 멀리 아주 다르게!

2003년 11월 19일 ____ 러시아에서 돌아왔다. 7박 8일, 짧다면 짧고 길다면 긴 여행이었다.

무엇보다 14~16일 사흘 동안 「오페라 이순신」 공연이 성공적으로 끝나 다행이다. 모스크바와 상트페테르부르크를 통틀어 26개의 리뷰 기사가 났다고 한다. 대본을 더 다듬고, 겨울에 작곡자인 국립 차이코프스키 음악대학 아가포니코프 교수와 공동작업으로 오페라를 수정해나갈 예정이다. 현지 평이 좋아서, 내년 이후 러시아나 동유럽 공연을 추진할 힘이 생겼다.

시차 때문에 약간 멍한 상태다. 그래도 도스토예프스키가 말년을 보낸 집과 그의 무덤, 푸시킨이 다니던 학교와 신혼집, 레닌의 묘소 앞은 눈에 선하다. 기억이 가물가물 흩어지기 전에, 내일부터 지극히 개인적인 러시아 기행기라도 써보아야겠다.

도스토예프스키 전집 권 3을 다 읽었다.

수염을 기르기로 했다.

2003년 11월 20일 ____ 자정 무렵 잠깐 잠들었다가 새벽 2시에 깼다. 시차 때문일까. 억지로 잠을 청하려다가 깨어 있기로 한다.

어깨 결림이 열흘째 계속되고 있다. 여행 내내 아팠는데, 귀국해서도 여전하다. 열흘 정도 소설 한 자 쓰지 않았다. 헌데 왜 어깨가 아픈 걸까. 병원에라도 가야 하나.

전체를 크게 아우르는 시각이 필요하다. 저돌적인 힘과 관조하는 여유.

둘 다를 지녀야 한다. 자연스러운 순환과 새로운 방식의 전진. 서정과 서사의 어우러짐.

2003년 11월 23일 _____ 영화 「올드보이」를 보다. 박찬욱은 강하다.

잔혹과 유머에 대한 관심도 여전하고, 장면 전환의 독창성과 대사의 반복 변주도 깊게 파고든다. 다만 고등학교 시절 이야기는 좀 시시하고 졸렸다. 그 부분을 설명하지 않고 상징적으로 처리했다면 어땠을까. 관객들은 더 골머리를 앓았겠지만 어차피 사람들을 편안하게 만드는 영화는 아니지 않는가. 컷을 네댓 개만 잘라서 거울 이미지와 엮어도 충분히 이해할 수 있었을 텐데, 학교 여기저기를 돌며 계단을 따라 올라가는 건 낡은 수법이다. 그외에는 깔끔하고 힘이 넘친다. 우리 감독들 중에 박찬욱만큼 박력 있게 이야기를 이어가는 사람은 없는 것 같다. 최민식과 유지태의 조합도 썩 괜찮았다. 이런 쪽으론 최민식이 득도를 한 게 확실한데, 다음엔 반대 쪽으로 갔으면 싶다. 어려운 주문이겠지만.

갑자기 닥쳐오는 죽음과 불운에 대해, 많은 것을 느끼고 생각한 하루였다.

2003년 11월 29일 _____ 최소한의 숨구멍은 마련해두어야 한다. 들림받는 느낌들, 씻김의 순간들. 감당할 수 있을지 자신이 없는 길로… 점점 더 들어간다. 이 달라짐을 인정할 수밖에 없다. 위기다. 지금까지는 몰랐던 칼날이다. 손목을 자르고 그 피로 시를 쓴 예세닌 생각도 나고, 그이의 편지들도 떠오르고. 자살은 어리석은 일이었으나 그 절망은 진실이므로.

2003년 11월 30일 ____ **어리석은 이야기 여섯 토막**

1. 손가락

'시가 내 몸에서 가장 먼 손가락 끝에서부터 나온다'고 노래한 시인이 있다. 나는 그 시인과 함께 습작 시절을 보냈는데, 덕분에 사람을 만나면 손가락부터 살피는 습관이 생겼다. 특히 그 손가락이 비슷한 동작을 반복하면, 시선이 머문다. 아, 저이는 언제부터 검지를 저렇게 눈가에 갖다대며 맑게 웃었을까. 10년이 지나도 저이는 검지를 또 눈가에 갖다댈까. 그리고 내가 쓴 보잘것없는 소설을 선물하고 나서는 그 책을 받아든 이의 손가락을 다시 보곤 한다. 가령 소설의 제목 대부분과('ㄴ'만 겨우 확인할 수 있고) 표지초상화의 이마 아래를 쇠창살처럼 가리며 『나, 황진이』 위에 머문 다섯손가락 중에서 약지에 반지가 끼워져 있다면, 저 반지의 기원은 뭘까를 상상한다. 독자들에게 자주 받는 질문이, "글을 보면 그 사람을 알 수 있나요?"라는 거다. 나는 종종 이렇게 답한다. "글과 함께 손가락을 보면 확실히 알 수 있죠." 거짓말이라고 믿는 사람이 많지만, 소설가가 아무리 거짓말을 잘 해도, 이건 진짜다. 나와 비슷한 영혼은 금방 구별할 수 있다는 말씀.

그 시인의 시를 찾았다. 아름다운 시다. 제목이 「긴 손가락의 시」였구나!

2. 고통을 미리 견디기

이것도 가능하다. 기쁨이 클수록 고통이 두려워지는 법이다. 스무 살 언저리에는 기쁨을 계속 늘이기 위해 별 짓을 다 했다. 그러나 그 뒤로 찾아드는 고통은 훨씬 날카롭고 끔찍했다. 세상에 길들여진 거라고 해도 어쩔 수 없다. 서른을 넘기면서부터는 글을 쓸 때, 사람을 만날 때, 신에게 기도를 드릴 때도, 혼자 있으면 가장 안 좋은 순간을 미리 체험하려 한다. 그리고 그 체험 속에서 고통을 미리 견디며 기쁨을 바라보는 것이다. 이걸 '껍질'이라고 부른 작가가 바로 카프카다. 11월 한 달 나는 바로 카프카였다. 거북소년 카프카.

3. 수줍구나, 이 청년!

'러시아 인상기'에도 썼지만, 초기 도스토예프스키는 이 일곱 글자로 정리가 가능하다. 처음에 나는 서정적인 문체 때문에 그의 소설 『가난한 사람들』과 『백야』를 내가 거듭 읽었겠거니 여겼다. 그러나 아니었다. 두 소설 속의 '수줍구나 이 청년'에 자꾸 감정이입이 되어서다. 스무 살 언저리에는 그걸 '수줍음'이라 부르는 게 어울릴 법도 한데, 서른여섯 살엔 다른 단어가 필요한 것 같다. '두려움'이 적당할까. '약삭빠름'이 적당할까. '상처받기 싫음'이 적당할까. 수줍은 것도 아니고 청년도 아닌 서른여섯 살에 『가난한 사람들』과 『백야』를 읽은 것이 실수일까. 모를 일이다.

4. 그 나이, 서른 둘

간혹 생각해보면, 만나지 못했던 나이의 사람을 처음 만나 당황한 적이 꽤 있다. 내 머릿속에서 상상한 그 나이 또래의 사람과 실제가 다른 경우는 더욱 당황스럽다. 72학번 선배(혹은 선생님)들과 교유가 잦은 나는 그들이 어느새 쉰 살을 훌쩍 넘어섰다는 것이 믿기지 않을 때가 많다. 언제나 그들의 나이는 서른여섯 살 쯤일 것 같은데, 내가 그들 나이에 이르자 그들은 또 저 반백 년의 고비를 넘어서버린 것이다. 본격적으로 장편소설을 쓰기 시작하면서부터, 그러니까 서른한 살 이후부터, 삶은 잘 떠오르지 않고 내가 쓴 책 제목만 기억나는 탓이기도 하다. 서른한 살부터 서른다섯 살……. 그 5년 동안 내 인생은 어디론가 날아가버린 것만 같다. 그래서 그 또래 후배들(나보다 어쨌든 어리니까)을 불쑥 만나 이야기를 하다보면, 꼭 유령들과 있는 것 같다. 아니 그들이 날 유령처럼 보는 것 같다. 서른한 살 때 내가 가졌던 감정? 모르겠다. 서른두 살 때 내가 가진 두려움과 슬픔? 잊었다. 이러고도 내가 인간의 영혼을 탐색하고 위로하는 소설가인가. 부끄러운 일이다.

5. 견자

랭보는 시인을 '견자' 즉 '발견하는 사람'이라고 했다. 남들이 보지 못하는 것을 본다? 남들이 보지 못한 것인지는 모르지만, 나는 무엇인가를 보고 왔다. 무엇을 보았는지, 인상기도 쓰고 사진도 정리했지만 모르겠다. 그러니까 천상 나는 시인이 되긴 글렀나보다. 기억상실증에 걸리지도 않았으면서, 그게 뭔지 모른다. 평소라면 대충 접고 새로운 이야기 속으로 빠져들었을 게다. 그러나 이번엔 아니다. 무엇인지 정리는 못하겠으나 이것이 매우 내게 중요하다는 건 알겠다. 그러니 흐트러진 채로 갈 수밖에. 모험이긴 해도 어쩔 수 없다. 고통을 미리 견디지 않더라도 이런 새로운 포즈만으로, 나는 충분히 어색하고 고통스럽다. 시인 흉내인지도 모르겠다.

6. 순간순간

찰나마다 내 몸과 영혼을 들여다본다. 여러가지가 궁금하지만 우선 내 자세가 나를 어떻게 만들고 있는지, 그러니까 어제까지 나에게 속했던 것들이 어떻게 달라지고, 어제까지 내가 아니었던 것들이 어떻게 내 속으로 들어왔는지 살핀다. 그러나 규정하지는 않는다. 싫어하지도 좋아하지도 않는다. 지금은 우선 본다. 검버섯이든 종기든 피딱지든, 그 위치와 색깔과 냄새를 조심스럽게 확인만 한다. 물론 내 몸에서 에일리언 새끼가 튀어나올지도 모른다. 그래도 꼭 보고 싶다. 이 변화의 처음과 끝을. 이 아득한 사랑의 열망을.

2003년 12월 첫날 ____ 밤 11시에 누웠다가 새벽 3시에 깼다. 전기가 통하듯 등과 어깨와 목이 자꾸 찌릿찌릿 울린다. 부황도 뜨고 수지침도 맞고 찜질도 하고 소염진통제도 발랐지만, 낫지가 않는다. 러시아 여행 직전부터 이랬으니까, 벌써 20여 일이 지났다. 몇 년 무리한 것이 한꺼번에 몰아닥치는 것일까. 몸이 내게 무엇인가 말을 걸고 있는데, 나는 짜증만 난다. 두세 시간 집중해서 글을 써야 하는데. 한 시간마다 허리를 펴고 두 팔을 돌린다. 학교 뒷산을 오르내린다. 아, 몸이 마음대로 안 되니 모든 게 두렵다.

2003년 12월 2일 _____ 어제와 비슷한 시각에 깼다. 아무래도 내 몸에 전류가 흐르는 모양이다. 움찔 몸을 떨다 눈을 뜬다. 이왕 흐를 거면 고압전류가 흘렀으면. 정신도 육체도 내가 쓰는 말과 글까지, 고압전류가 흘러 세상을 감전시켰으면.

짧은 악몽이 이어진다. 눈이 퀭한 사내가 나타나 자꾸 지껄인다. 뭘 원하는 건지. 뭘 달라는 건지. 내가 줄 건 지금 만들고 있는 이야기뿐인데. 이거라도 주련?

2003년 12월 4일 _____ 피곤하지만 느낌을 잊을 것 같아 간략하게 적어둔다.

롯데화랑에서 본 신중덕 선생의 「생명률」 연작은 참 좋았다. '률'이란 곧 'Rhythm'인데, 이 률만큼 논란이 많은 개념도 없다. 그것이 어떤 수나 형태로 규정이 가능한 것인가 아닌가의 문제에서부터 시작하여 수나 형태로 규정짓지 못하더라도 반복되는 법칙이 있는가의 문제로 발전한 뒤 과연 그 법칙이 고스란히 지켜지는 률이 있는가의 논의까지.

오늘 본 그림들은 수나 형태로의 규정은 불가능하다. 반복은 있되 자세히 살펴보면 하나도 반복이 아니게 하며, 그 법칙이 고스란히 지켜지는 것을 어떤 형태들(꽃이거나 날개)이 엇박자로 방해하고 있었다. 왜 하필 꽃이나 새인가에 대해서는 따로 논의가 필요하겠지만, 나는 이 그림을 그린 화가가 적어도 우리 생명의 률 법칙이 있되 항상 그 법칙에서 어긋나는 률을 알고 있음을 확인했다. 그렇다면 그 률 다음엔 무엇일까(몇몇 그림에는 전체 그림과 어울리지 않는 직사각형이 화폭 변두리에 박혀 있다. 신중덕 선생이 왜 이런 직사각형을 그려넣었는지 잘 모르겠다).

스윙글 싱어즈 공연도 보았다.

2003년 12월 10일 ____ 나무들 사이를 왔다갔다 한다. 앙상한 가지를 드러낸 나무도 있고 푸른빛을 여전히 지닌 나무도 있다. 나는 손을 호주머니에 넣은 채 나무들을 손으로 발로 때론 엉덩이로 툭툭 건드린다. 친구하자! 나무들은 몸을 흔든다. 저리 가라! 사람하고는 친구 안 한다! 내일도 나는 나무들에게 떼 쓰러 오솔길을 걸을 것이다.

올해 내가 만든 습관들 중에 그래도 이게 제일 낫다. 내일은 나무들처럼 춤이라도 출까.

2003년 12월 11일 _____ 그는 세기말에서부터 겨울나무에 관한 시를 많이 읽었다. 버릴 것 다 버리고 알몸으로 춥고 배고프게 서 있는 비유들. 솔직함과 반성의 포즈들. 비슷비슷한 차림새가 약간 식상하기도 했다. 빗방울 하나가 어깨에 툭 떨어졌다. 그는 먹구름 낮게 가라앉은 하늘을 올려다보았다. 언젠가 그는 그렇게 바라본 하늘에서 수없이 엉킨 전깃줄들을 보았다. 검은 전선을 타고 이 집 저 집으로 바쁘게 들어가는 전류가 바로 그의 머리 위를 지나고 있었다. 그런데도 그는 감전된 적이 없다. 이번에는 나뭇가지다. 신경세포 같다. 그 뒤로 푸른 빛이 일렁거린다. 겨울 바람에도 푸른 웃음을 뽐내는 나무가 배경처럼 서 있다. 저건 배신이다! 그는 나뭇가지들을 하나씩 부러뜨리며 하늘로 오르는 상상을 한다. 저 미소를 가지고 싶다.

도시의 나무들은 빛에 민감하다. 자동차 불빛이 저렇게 눈부신지 사람들은 모른다. 나무들처럼, 나도 한 달 넘게 전혀 몰랐던 불빛들 속에 머무르고 있다. 이렇게 많은 자극들을 두려워했는지도 모르겠다. 그러나 이제는 이 모든 것 다 받아내어 내 안에서 섞고 싶다. 실패하더라도.

영화 「미스틱 리버」를 보았다. 역시 좋았다. 클린트 이스트우드는 천천히, 거리를 두고, 이야기와 주제의 힘으로 영화를 밀고간다. 서두르지 않고 늘 일정한 템포로 나아가는 방식은 쉽게 관객을 지치게 한다. 살인사건이라는 형식이 이 지루함을 조금이나마 덜어준다. 가족이기주의에 대한 통렬한 비판(특히 끝부분), 선악을 뛰어넘어 삶 자체에 대한 아이러니적 접근, 흡혈귀에 대한 비유가 특히 좋았다. 반짝이는 아이디어들이 많은데도, 감독은 그것들을 자랑스럽게 늘어놓지 않고 오히려 덤덤하게 숨긴다. 매력 있다. 우리네 사회가 지닌 문제를 이런 식으로도 풀어낼 수 있구나. 한 수 배웠다.

2003년 12월 12일 클림트의 그림은 묘하다. 그림을 보고 있으면 음악이 들린다. 빠르고 현란하며 몽환적인 선율. 역으로 판소리를 듣고 있으면 그림이 그려진다. 박동진이나 안숙선의 목소리에는 인물들의 감정과 대화는 물론 움직임과 표정, 동선까지도 담겨 있다. 클림트의 그림을 보며 판소리를 들으면 어떨까.

4권까지 이야기의 축을 다 세웠다. 에피소드 하나는 따로 떼어 희곡으로 써보기로 마음을 고쳐먹었다. 포기할 것은 빨리 포기하는 편이 낫다.

제자들로부터 대학원에 붙었다는 연락과 떨어졌다는 연락을 동시에 받았다. 기뻐서 술 마시고 낙담하여 술 마시겠지. 만나서 축하의 말 보태고 혹은 등이라도 두드리며 위로하고 싶지만 그만두기로 한다. 아직 시작일 뿐이므로. 나는 그들이 내게 자신들의 작품을 보여줄 때까지 기다리련다. 프로가 되겠다고 결심하며 나선 녀석들이니까. 혼자 기쁨을 줄이고 슬픔을 누르는 법을 익혀야 한다.

선택에 관하여 짧은 이야기를 나눴다. 지나온 선택의 순간들은 복기가 가능한데, 미래의 선택은 여전히 두렵다. 대부분의 선택들이 나에 의한 것이 아니라 지극히 사소하고(어제 「미스틱 리버」에서 나온 말이다. 사소한 것이 중요하다. 사소한 단서로 범인을 잡을 수도 있고, 사소한 대답으로 삶을 망칠 수도 있다) 우연적인 내 밖의 상황들에 의해 결정되기 때문에 더욱 그렇다. 적어도 내가 만드는 작품에는 내가 제어할 수 없는 선택이 없기를 바라지만 글쎄, 그게 될까. 모호하고 불확실한 무엇이 예술의 소재가 된다면 바로 이 선택의 우연성 때문이리라. 모호하다고 해서 쳐다보기를 멈추면 안 된다. 뚫어지게, 두 눈 크게 뜨고, 보자 또 보자!

2003년 12월 14일 ____ 처음 가는 길인데도 익숙하고, 몇 번 갔던 길인데도 낯설다. 남해 이락사(이순신 장군이 전사한 남해 관음포 앞바다를 바라보며 서 있는 사당) 가는 길은 늘 낯설다. 저 대나무들도 기억에 없다. 마음이 급해 바다 생각만, 죽음 생각만 했기 때문이다. 그러나 그 자리를 떠나면 이상하게도 바다는 떠오르지 않는다. 이순신이 거기서 죽었다는 것 외엔 아무런 특징도 없는 바다니까. 그러나 그 바다를 보러가는 어두운 숲길은 내내 가슴을 쓸고 다닌다. 그 역시 이미지뿐이다. 숲과 길은 알겠는데 나무들은 도통 알 수가 없다. 이렇게 사진을 찍어두면 '아, 그게 대나무였구나.' 확인을 하니 좋다. 남해 섬들은 유난히 대나무가 많다. 특히 군영 근처는 온통 대밭이다. 저 대를 잘라 적의 심장을 관통하는 화살을 만들었겠지. 나무는 그렇게 불꽃도 되고 화살도 되고 또 편히 앉을 수 있는 벤치도 된다. 언제 누구를 만나느냐에 따라 미래가 달라지는 것, 사람도 마찬

가지겠지.

어깨가 좀 가벼워졌나? 날아오를 수 있겠나?

2003년 12월 15일 ____ 습작에 열중하던 해군사관학교 시절, 내 연구실 벽에는 고흐의 「밤의 카페테라스」가 걸려 있었다. 제대하며 잠시 그 그림을 후배에게 맡겼는데, 5년째 찾지 못했다. 같은 걸 하나 더 살까 하다가 꼭 그 그림이 돌아올 것만 같아 그만둔 적이 네 번이다. 내가 고흐의 그림 중 유독 「밤의 카페테라스」를 좋아하는 이유는 간단하다. 그 카페 테라스에서 홀로 술 한잔 마시며 공책에다 글 한 편 쓰고 싶어서다. 여럿이 술 한 통 마시며 서로의 가슴에 추억 한 사발 들이붓고 싶어서다. 소설을 쓰기 위해 홀로 남는 시간이 길어질수록 그 그림 속으로 들어가 마음의 스승과 벗들을 만나는 상상을 자주 했던가보다. 이제 그 좋던 시절의 사람들 다 사라지고, 가끔 걸려오던 안부전화마저 끊기고, 내가 쓴 부족한 이야기들만 쌓여간다. 아, 지금이라도 남아 있는 사람들과 함께 「밤의 카페 테라스」로 가야지. 다시 처음부터 걸어가자. 바람 넣어야지. 늦긴 했지만 너무 늦은 시각은 또 아니니까.

2003년 12월 16일 ____ 중학교 미술교과서에 있던 낯익은 그림이다. 「성스러운 얼굴」. 어떤 얼굴이 성스러운 것일까? 소설을 쓰다 보면 등장인물들의 얼굴을 꼼꼼히 점검하게 된다. 점이라든가 코나 눈의 모양을 논하지 않고도 그 인물이 얼마나 성스러운가 혹은 얼마나 세속적인가를 나타내기 위해 많은 궁리를 한다. 그러다가 문득 타인들은 내 얼굴을 보며 무슨 생각을 할까 궁금해졌다. 나야 하루에 겨우 몇 분 거울 볼 때 외엔 내 얼굴에 관심이 없지만, 다른 이들은 줄곧 내 얼굴을 보고 기억하며 지내지 않는가. 손거울이 필요한 나이에 이르렀는지도 모르겠다.

2003년 12월 21일 ____ 전쟁의 거대한 공포와 그 공포에 맞서는 인간들의 처절한 자기혁신 과정을 그리기. 때로는 상식도 깨고 욕심도 버리고 자신의 전부를 쏟아붓기도 하면서, 나라에 대한 충성이나 명령에 복종하는 단계를 넘어, 인간이기에 그리 할 수밖에 없는 어떤 경지! 그로 인해 파생되는 슬픔과 자부심, 항상 비스듬히 나타나는 무지갯빛 희망같은 것.

2003년 12월 26일 ____ 돌아갈 가족이 있는 탕아는 행복하다. 마지막 보루라고 해야 할까. 버티다가 버티다가 정 안 되면 가족 품으로 돌아갈 수 있다는 기대 같은 것. 나는 어느 순간부터 그게 싫었다. 이 구절을 읽거나 렘브란트의 「돌아온 탕아」를 볼 때마다 아 저렇게 돌아가지는 않아야지 생각하곤 했었다. 렘브란트의 섬세한 빛은 비도덕적이되 자유로웠던 영혼
1 이 도덕적이되 부자유스런 곳으로 들어가는 순간을 밝히는 등불 같다. 예

술가는 차라리, '나는 고아다'라고 생각하는 것이 낫지 않을까. 내 작품에서 실패하고 과연 돌아갈 곳이 있겠는가. 어디로 돌아간들 그곳이 궁극적인 위안이 되랴. 죽는 것만 혼자 하는 게 아니라 예술도 혼자 하는 거다. 혼자 하다가 하다가 안 되면 차라리 그 자리에서 미쳐버리는 거다. 애매한 가족 끌어들여 실패를 가리지 말고. 물러나면 곧 뒤통수에 총구가 닿을 것이므로, 나는 정말 미친듯이 달려가야 하리.

2003년 12월 29일 _____ 미술관 옆 동물원이 아니라 대청호 옆 미술관에 같은 과 김창완 시인과 함께 오후 4시 30분 불현듯 다녀왔다. 소나무 그림들이 한쪽 벽을 가득 메우고 있었다. 카푸치노 한 잔 마시고 일어서는데, 겨우 저녁 6시인데도 대청호는 깜깜해서 보이지 않았다. 슬럼프를 극복하는 방법에 대하여 계속 이야기를 나누었다. 예술가들의 슬럼프 극복기는 참 다양하고 재미있었다. 그런데 정작 나는? 아직 휘청댄다. 10~11월보다는 훨씬 좋아졌지만 그래도 안정감을 갖지는 못한다. 이러다가 다시 진흙탕에 빠질 수도 있다. 좀 춥더라도 하루에 한 시간씩 산책할 것.

2003년 12월 31일 _____ 산책을 하고 연구실로 돌아왔다. 연구실 조교인 정미진과 지용신이 반긴다. 사람들은 다 무엇인가를 기다린다. 내일을 기다리고, 새로운 해를 기다리고, 또 새로운 느낌과 기억들을 기다린다. 기다려봤자 늘 똑같은 것들일 때도 있지만, 기다림은 그래도 그 짧은 공허의 순간을 이기는 힘이 된다.

지금도 나는 누군가를 기다리는 중이다. 그리고 오늘은 한 해의 마지막 날에 그 기다림의 끝에 관해 혹은 새로운 시작에 관해 무엇인가를 말해야만 한다. 그렇게 하고 싶지 않더라도 이미 삶은 내가 잠든 동안 혹은 내가 글 쓰는 동안, 나를 전혀 다른 곳으로 이끌어가버렸다. 이런 게 내가 사랑하던 삶이란 건가. 가슴으로 울며 아름답게 만들고 싶었던.

두 달 남짓 아주 파고가 큰 파도를 탄 느낌이다. 가장 높이 올라섰을 때는 어떤 위대한 의지가 찾아왔고, 가장 낮게 내려갔을 때는 어떤 참담한 고통이 밀려들었다. 그 사이 내 글은 이도저도 아닌 걸로 판명되었고, 나는 그래서 더욱 어지러웠다. 이번에는 처절하게 맞서고 싶은 생각도 없었다. 그저 이 높은 파도를 지나고 또 지나 계속 글을 쓰는 것에 대한 두려움이, 10년만에 처음으로 찾아들었다. 달아나고 싶었지만, 나는 벌써 소설가였다.

고치다

왜 비평을 하다가 창작으로 전환했느냐는 질문을 받았다. 간단하다. 예술은 창작자의 것이므로. 우아한 달변을 뽐내는 손님보단 처절하게 버벅대는 주인이 좋다.

2005년 6월 15일의 기록

2004년 1월 5일 ____ 나는 하루키를 그다지 좋아하지 않는다. 전에는 무척 좋아했었는데, 요즈음은 그냥 감흥이 없는 옛 친구 같다. 그래도 아래와 같은 글을 지으니 그를 미워할 순 없다. 그도 분명 어떤 극한까지 갔다 온 작가임에 분명하니까.

소설을 쓰면서 나는 죽고 싶지 않다. 죽고 싶지 않다. 죽고 싶지 않다라고 계속 생각한다. 적어도 그 소설을 무사히 끝마칠 때까지는 절대로 죽고 싶지 않다. 이 소설을 완성하지 않은 채 도중에 죽게 되는 것을 생각하면 나는 눈물이 나올 정도로 분하다. 어쩌면 이것은 문학사에 남을 훌륭한 작품은 되지 않을지도 모른다. 하지만 적어도 이것은 나 자신이다. | 『먼 북소리』 중에서 |

2004년 1월 11일 _____ 어제(10일) 마산에 갔다가 오늘 대전으로 돌아왔다. 17년만에 고등학교 동기들과 만나 어울렸다. 얼굴은 아는데 이름이 기억나지 않는 경우가 대부분이었고, 얼굴조차 모르는 녀석들도 있었다. 명함을 주고받으며 바로 반말지껄이로 들어갔다. 녀석들은 내가 모르는 (혹은 잊은) 내 고교 시절을 기억하고 있었다.

지금은, 연구실이다. 어제 소설을 한 자도 못 썼더니, 그 사이 줄거리를 다 잊은 게 아닌가 걱정된다. 다행히 이야기는 제법 모양을 갖추어 풀려나간다. 일요일엔 난방을 해주지 않는다는 걸 처음 알았다. 그래서 조금 춥지만, 정신은 오히려 맑다.

2004년 1월 18일 _____ 밑 빠진 독에 물 붓기는 어리석은 행동을 비판할 때 쓰는 속담이다. 그러나 소설 쓰기란 바로 밑 빠진 독에 시간 붓기…가 아닐까. 얼마나 시간을 쏟아부어야 내가 원하는 만큼의 작품이 나올지는 아무도 예상할 수 없다. 그저 시간을 최대한 확보하고 주변에 이런저런 서책과 사전들을 배치한 다음, 목과 눈과 손가락을 확실히 풀고 시간을 쏟아부을 수밖에 없다. 1월 말까지 최대한 거친 스토리라인을 잡겠다. 그리고 2월부터는 바로 이 시간 붓기에 들어간다. 내 소설을 주욱 읽어온 몇몇 독자들은 시간을 쏟아부어 만들어낸 부분들을 좋아하는 것 같다. 나의 고통이 독자의 기쁨으로 바뀌는 이 작은 기적……. 이번에도 믿을 수밖에. 자기 최면을 걸 수밖에.

2004년 2월 4일 _____ 나흘 동안 바다만 바라보다가 집필실로 돌아왔다. 내일은 또 이틀 정도 서해 바다에 머물 예정이다. 올 겨울엔 유난히 바다를 자주 본다. 높은 파도 몰아치는 동해 감포 바다, 이락사에서 바라본 남해 바다, 그리고 내일은 모래 사장이 정말 이름처럼 넓은 대천 바다를 밤새 듣게 되겠지.

소설가의 길로 접어들면서부터 알고 있었지만, 결국 작가는 혼자 자신의 길을 갈 수밖에 없다. 그리고 이 길은 옳고 그름의 길이 아니라 얼마나 극한의 고통을 잘 견뎌 그것을 작품 속으로 녹아내었느냐를 살피는 길이다.

위로의 말들 전화들 메일들 많이 오지만 나는 『불멸』 안에서 행복하며, 또 완성을 향한 갈망 때문에 고통스럽다. 나머지는 풍문이며 쓰레기며 헛것이다. 나는 저 파도다.

2004년 2월 7일 _____ 며칠 계속 눈이 내린다. 고요. 따듯한 어둠.

그 어둠을 바라보며 이야기 몇 토막 만들고, 또 그 침묵을 들으며 인물 몇 사람 만든다.

세상은 내내 평안하고 내 소설은 내내 들끓는다.

2004년 2월 9일 _____ 작년에 내 생각의 중심에는 '묵상'이란 단어가 자리잡고 있었다. 새로 옮긴 학교에서, 또 그 학교의 뒷산 산책로에서, 나는

묵상이란 단어와 새삼 만났었다. 다시 읽기 시작한 성경 구절들을 되새기며 하루에 한 시간(어떨 때는 30분 남짓)씩 혼자 걷기. 참 좋았다. 그래서 좋은 이들이 놀러오면 그들에게 그 산책로를 맨 처음 보여주기도 했다. 시끄러운 도심에서 조용히 홀로 걸을 수 있는 이 길……. 여기가 내 숨구멍입니다.

올해는 '충만'이란 단어를 생각하며 지낸다. 하루를 평생처럼 살기. 하루를 24시간으로 분절하지 말고, 그 안에서 얼마나 깊고 넓게 지냈는가를 따지기. 그런데 충만은 좀처럼 찾아오지 않는다. 의외로 학교일은 불규칙하게 찾아들고 또 세상과의 통신도 줄어들지 않는다. 그래도 나는 충만하고 싶다. 아!

2004년 2월 28일 ____ 개학이 코앞이다.

2월 20일~21일 갑사로 신입생 오리엔테이션을 따라갔다 왔다. 새벽에 비가 내렸는데, 빗소리도 못 듣고 콜콜 잤다.

2월까지 1, 2, 3권의 초고를 완성하기로 계획했는데, 대충 계획대로 마칠 수 있을 것 같아 다행이다. 막상 3권까지 완성도를 높이니, 그 이후가 더 걱정이다. 그러나 또 부딪혀볼 수밖에. 4권과 5권은 허리에 해당하니 더욱 단단해야 할 텐데 걱정이다.

러시아 상트페테르부르크에서 작년 11월 공연했던 「오페라 이순신」을 대폭 수정하여, 6월 대전 문화예술의 전당에 올리는 것이 확정되었다. 겨울방학 동안 대본 수정을 마쳤고, 지금 이 대본에 근거하여 차이코프스키 음대 아가포니코프 교수가 작곡 수정과 보완을 하고 있다.

무서운 건 나 자신이다. 칼을 더 날카롭게 갈아야 한다. 어디에도 기대면 안 된다. 국가도 민족도 종교도 가족도 지위도 기억도 다 버리고, 홀로 노려보아야 한다. 쓸쓸할 것이다. 그러나 또한 쓸쓸하다 개폼 잡지도 말고, 내가 만든 단어와 문장에 집중하자.

2004년 3월 1일 ____ 봄이 왔고, 한 고비를 넘어섰다. 적어도 고비가 셋 혹은 넷 정도 남아 있지만, 첫 고비를 넘겼으니 우선 기뻐할 일이다. 겨울에 했던 구상들을 점점 더 구체적으로 하나씩 확인하는 과정이 재미도 있고 새로운 의욕을 북돋우기도 한다. 봄의 끝자락까지 쓰고 고치고 또 쓰리라.

2004년 3월 5일 ____ 춘설… 폭설이다.

늦잠에서 깨어 수업을 휴강시키고(나중에 학교 차원에서 하루 휴교 조처가 내려졌다) 베란다로 나갔다.

양귀자 선생의 『원미동 사람들』이 살림출판사에서 다시 나왔다. 오래전에 보낸 발문 '내 마음의 거리, 원미동'이 끄트머리에 실려 있다. 멀고도

아름다운 것이 어찌 원미동뿐이랴. 지금 내 발밑으로 펼쳐진 저 가장동, 서구, 대전의 풍광도 멀고… 아름답다.

아파트 옆 한민시장이 폐쇄되었다. 눈이 50센티미터 가까이나 내려 건물이 붕괴될 위험이 있다는 것이다. 컴컴한 시장통을 바라다보았다. 옆에 가던 중학생 녀석이 친구에게 한마디 한다. "꼭 살인사건 현장 같다 그치?" 사람들의 발길이 끊어진 시장은 확실히, 죽음의 냄새가 난다.

눈에 갇혀 소설 쓰는 러시아 작가들을 부러워했었는데……. 이번 주말은 그런 분위기에 젖어볼 수도 있을 듯. 봄의 품에 안길 듯 다가가던 시간이 다시 뒤돌아서서 겨울을 향해 진한 윙크 한 번 날린 저녁이다.

2004년 3월 7일 ____ 금요일부터 사흘 내내 소설만 고쳤다. 윤곽이 서서히 드러나니 작업의 속도가 조금씩 빨라진다. 그러나 한계 역시 뚜렷하여 마음이 무겁다. 『불멸』을 다시 개작할 기회가 있을까. 20대의 불멸, 30대의 불멸, 50대의 불멸!

2004년 3월 21일 ____ 20일과 21일 이틀간 진해에 다녀왔다. 아버지의 기일이다.

모처럼 외가 친척들을 만났다. 내게 작가의 꿈을 심어주셨던 막내 외삼촌에게 이것저것 근황을 말씀드렸다. 뜻밖에도 삼촌은 내가 쓴 소설 중에서 『서러워라, 잊혀진다는 것은』이 가장 좋다고 하셨다. 그 책을 읽은 후에는 내가 소설가의 길을 제대로 잘 걸어갈 수 있으리라는 확신을 가지셨단다. 황감한 일이다.

2004년 3월 26일 _____ 러시아 국립 카펠라 오케스트라 공연을 대전 예술의 전당에서 보았다.

아주 감동적이었다. 음악을 들으면서 아, 행복하다…는 느낌을 거의 처음 받았다. 낯익은 차이코프스키와 무소로그스키를 연주했지만, 그 풍부한 선율과 분위기는 참으로 낯설고 편안한 것이었다. 무엇보다도 중저음 특히 관악기가 매력적이었다. 작년 오페라 이순신을 상트페테르부르크에서 볼 때도, 테너와 베이스 가수들의 묵직한 음성에 매혹되었었는데, 오늘 역시 그 느낌이 이어졌다. 연주가 끝난 후 양손을 가슴에 꼭 포개어대고 나오며 또 생각했다. 아, 행복하다… 정말!

2004년 3월 28일 _____ 천천히, 꼭 이야기로 만들어야 할 것들만 만들며 글곰(글쓰는 곰)으로 제대로, 살아봐야겠다. 열 달 남짓 20대 후반 진해의 풍광과 열정을 다시 가다듬었다. 눈에 띄게 남은 건 물론 개작된 『불멸』이지만, 보이지 않게 다시 찾아온 건 '초발심'의 순간이다.

소설을 쓰면서 참 많이 변했었지. 수줍음 많고 항상 주저주저하던 시인지망생에서, 똑바로 목표물을 향해 날아가는 장산곶매의 심성을 갈망하기 시작했으니까. 그리고 10년이 흘렀다. 눈치 보지 않게 된 부분도 많지만 다시 내 앞을 가로막는 것들도 (그 대부분을 내가 만든 것이겠지만) 많아졌다.

내 이야기를 좀더 자유롭게 날려야겠다. 훨훨훨 날아가서 무거운 바위로 지구를 뻥 구멍내버렸으면 좋겠다.

2004년 4월 4일 _____ 힘겨운 3월을 보냈다. 1월부터 시작된 퇴고는 이제 석 달을 훌쩍 넘기고 넉 달째로 접어들고 있다. 혼자 내가 쓴 문장을 노려보고 고치고, 노려보고 고친다. 고쳐도 고쳐도 끝이 없다. 두 달은 대충 버텼는데, 3월은 정말 힘겨웠다. 그리고 4월.

고난주일 오후에 문과대 안으로 들어가려다가 활짝 핀 벚꽃을 보았다. 중고등학교 시절엔 이맘쯤이면 무조건 진해로 갔었다. 군항제의 뜨거운 열기 속에서 신나게 봄을 만끽하며 돌아다녔다. 그런데 올해 4월은 이렇게 흘낏 피어 있는 꽃들을 훔쳐 볼 수밖에 없다. 5월엔 좀 나아지겠지?

퇴고는 힘겹고 완성은 멀다.

2004년 4월 5일 _____ 봄나들이.

서천 쭈꾸미 축제에 가려다가 길이 너무 혼잡할 것 같아 가까운 금산사에 다녀왔다. 꽃 핀 나무들을 만났다. 벚꽃과 목련꽃 사이를 왔다갔다 했

다. 되짚어보니 작년 식목일에도 금산사에 왔었다. 그땐 벚꽃이 채 피지 않았었는데, 올해는 만개는 아니지만 그래도 꽤 꽃잎을 흩날린다.

문득 스무 살 대학 교정의 봄풍경이 떠올랐다. 4월이면 유난히 많은 꽃들이 피었다. 여기저기 다니며 사진도 꽤 찍었는데, 그 사진들 다 어디로 갔나. 그때 함께 어깨동무하고 봄이다! 야 봄봄! 하며 돌아다녔던 친구들은 어디서 또 흩날리는 꽃잎을 바라보고 있을까.

그리고 나무 몇 그루를 떠올렸다. 내 삶의 몇몇 고비를 함께 했던 나무들. 그 나무들 역시 잘 있는지. 올 봄에도 꽃잎 피워냈는지.

궁금한 소식은 많은데 발은 한없이 게으르다. 병이다.

2004년 4월 8일 ____ 영화 「패션 오브 크라이스트」 보다.

마지막 부활 장면만 제외한다면, 아주 깊고 강한 비극이다. 한 인간이 얼마나 추락하여 고통받을 수 있는가를 잘 드러내었다. 육체에 대한 체벌은 피비린내와 함께 더욱 끔찍하다.멜 깁슨은 기교 부리지 않고 뚜벅뚜벅 간다. 조지프 콘래드의 소설처럼 형식을 잊고 예수의 삶 자체에만 집중하고 있다. 전부 아는 이야기인 듯한데 전혀 다르게 보여주기. 가장 사실적인 것이 불경죄로 몰리기 가장 쉬운 이 역설!

『불멸』 1차, 2차 퇴고를 마쳤다. 꼬박 100일이 걸렸다. 이제 마지막 3차 퇴고를 모레부터 시작할 예정이다. 8부 능선을 넘어가고 있다. 집중 또 집중할 것.

2004년 4월 16일 ____ 선거 후일담으로 방송과 언론이 시끄럽다.

홍인유 원장이 한의학 관련 감수를 마지막으로 보내왔다. 바쁜 와중에도 날짜를 지켜주었다. 고마운 일이다.

1권과 2권의 3차 퇴고를 완료했다. 인쇄 넘기기 직전에 한 번 더 볼 기회가 있을까. 자꾸 처음부터 다시 뜯어고치고픈 욕구가 생긴다. 언제나 작품을 마칠 즈음이면 이런 욕구가 생기곤 한다. "이야기는 영원히 끝나지 않지만 작가는 그 영원성을 개인적인 이유로 잘라낼 수밖에 없다."고 말한 이가 모리스 블랑쇼였던가.

내일 상경하여 3권과 4권 교정쇄를 받아올 예정이다. 3차 퇴고가 큰 문제없이 진행되기만을 바랄 뿐이다. 글감옥에 갇힌 생활을 적어도 한 달은 더 해야 한다.

가끔 어깨가 뻐근하면 교정을 산책한다. 학교 뒷산을 주로 가지만, 오정못도 아름답다.

2004년 4월 19일 ____ 어제 예술의 전당에서 「이니미」란 입체극을 보았다. 홀로그램이 정말 놀라웠다. 여러 장치와 음악과 배우들이 딱딱 들어

맞으려면 많은 연습이 필요했으리라. 다만 저렇게 배우 외적인 부분을 많이 끌어들이다 보니, 배우들의 내면 연기는 사라지는 듯하다. 하기야 그 내면을 바로 저 입체 영상과 음악이 보여주는 것이겠지.

뜻하지 않은 여유로 어제 오늘 1권을 네 번째 퇴고했다. 고쳐도 고쳐도 고칠 게 나온다. 그래도 이제 이틀이면 한 권을 볼 정도니, 어지간히 문장과 구조를 다듬은 꼴이다. 이번 주 안에 3권까지 마칠 생각인데 잘 될지 모르겠다.

『불멸』 개작과 연관지어 지난 일년 동안의 창작과정과 그에 대한 감상을 담은 에세이를 한 편 정도 적어볼까 한다. 물론 소설이 발간된 후의 일이긴 하지만. 이번 작업은 예술가로 살아갈 내게도 많은 충격과 고통, 기쁨과 새로움을 주고 있다.

2004년 4월 21일 ____ 1권, 2권 퇴고를 마쳤다. 마지막으로 한 번 더 볼 기회가 있을까. 손을 털고 싶다는 욕망과 한 번만 더 보고 싶다는 욕망의 교차.

10년 전에도 그랬지만, 이순신에 대한 소설을 구상하면서 내가 꼭 쓰고 싶었던 것은 '이순신과 모든 것'의 대결이었다. 이순신으로부터 뻗어나왔든, 이순신으로 뻗어들어가든, 그 다양한 모든 것들을 그려보기. 대하소설로 갈 수밖에 없는 필연적 이유가 이 첫마음에 숨어 있었던 건 아닐까. 이순신과 선조, 이순신과 원균, 이순신과 도요토미 히데요시, 이순신과 유성룡, 이순신과 윤두수 등등 낯익은 것부터 시작해서 이순신과 바다, 이순신과 병, 이순신과 글쓰기, 이순신과 점치기, 이순신과 활, 이순신과 여자 등등에 이르기까지, 그 모두가 이순신을 중심으로 어울려 교향악처럼 울렸으면 좋겠다. 이 어지러운 난장의 과정을 거쳐야 비로소 우리는 고독한 전쟁영웅 이순신과 만날 수 있으리라. 춘원을 비롯해 지금까지 이순신을 주인공으로 등장시킨 대부분의 소설이 갖는 치명적인 약점은 이 다양한 대결구도를 단 하나의 대결구도로 압축시킨 것이다. 그중에 가장 천박한 압축방식은 물론 이순신과 원균의 단순 대립이다.

2004년 4월 23일 ____ 사무적인 일로 그동안 출간된 책들과 작품들의 목록을 정리했다. 10년 안쪽의 일인데도 자꾸 잊어먹는다. 책들을 늘어놓으니, 나는 없고 책만 그 시간 속에서 태어난 듯하다. 예전에 동서문화사에서 나온 세계문학전집을 읽을 때는 꼭 책 뒤에 있는 작가연보부터 훑었다. 연도와 작품명이 나란히 놓여 있었다. 그것은 옳은 방법이기도 하고 그른 방법이기도 하다. 그해에 그 책을 쓰고 출간한 것은 맞지만, 작가는 그해에 또 많은 일을 하였다. 발표한 작품 중심이 아닌 작가의 전기를 만날 수는 없을까. 가령 올해 나는 『불멸』(전8권)로 연결될 테지만, 어디 그것뿐일까. 목록을 기념 삼아 적어둔다.

장편소설

- 1996년 『열두 마리 고래의 사랑이야기』(살림출판사)
- 1998년 『불멸』(전4권)(미래지성)
- 1999년 여름 『누가 내 애인을 사랑했을까』(푸른숲)
- 1999년 겨울 『허균, 최후의 19일』(전2권)(푸른숲)
- 2000년~2001년 여름 『압록강』(전7권)(열음사)
- 2001년 겨울 『독도평전』(휴머니스트)
- 2002년 여름 『나, 황진이』(전2권, 대중판 · 주석판)(푸른역사)
- 2002년 겨울 『서러워라, 잊혀진다는 것은』(동방미디어)
- 2003년 여름 『방각본 살인사건』(전2권)(황금가지)
- 2004년 봄~여름 개작 『불멸』(전8권)(황금가지)

비평-이론서

- 1996년 『소설중독』(살림출판사)
- 1996년 『진정성 너머의 세계』(살림출판사)
- 2002년 『한국소설창작방법연구』(문경출판사)

무대작품

- 2003년 11월 「오페라 이순신」 러시아 상트페테르부르크 공연 대본
- 2004년 6월 「오페라 이순신」 아산 공연 대본

2004년 4월 25일 _____ 3권 퇴고를 마쳤다. 임진왜란 이전까지를 끝낸 것이다. 다음주는 화요일부터 목요일까지 전라남도 일대를 돌며 문학기행을 떠난다. 재충전한 다음, 상경해서 1, 2, 3권 마지막 퇴고를 집중적으로 할 계획이다.

봄날은 간다.

2004년 4월 29일 _____ 2박 3일간의 문학예술기행에서 돌아왔다. 시간 안배를 잘 해서 남도 곳곳 좋은 풍광과 유적을 많이 보고 왔다.

땅끝 전망대에서 본 일몰이 특히 좋았다. 한 시간 남짓 기다렸는데, 해는 서서히 내려가다가 어느 순간 빨라졌다. 앞에 섬이 있으니 땅끝 같지 않은 느낌은 여전했지만, 땅끝에서 하루 해의 마지막을 보니 무엇인가가 정리되는 느낌이 들었다.

짧은 휴식. 좋은 여행이었다.

2004년 5월 3일 _____ 5월 1일부터 3일까지, 황금가지 편집부와 2박 3일 동안 서울에서 합숙을 했다. 사흘 꼬박 하루에 15시간 이상씩 최종 원고를 고치고 보충했다. 한바탕 전투를 치른 느낌이다. 조금 피곤하지만 소설이 좋아진 것 같아 기쁘다.

2004년 5월 13일 _____ 동화작가 황선미 선생의 특강이 오후 1시 15분부터 열렸다. 아동문학 한 길만을 뚜벅뚜벅 걷고 있는 분이다. 황선생은 『마당을 나온 암탉』의 창작배경을 설명하면서, 죽음에 대해 아주 긴 이야기를 하였다. 아동문학에서 금기시되어오던 죽음의 문제를 깊이 있게 다루어보고 싶었다는 것이다. 울림이 컸다. 황 선생이 극찬한 『이상한 나라의 앨리스』도 꼭 다시 완역본을 구해 읽어봐야겠다.

저녁에 홍상수 감독의 「여자는 남자의 미래다」를 보았다. 홍 감독 특유의 유머는 여전하고, 체호프의 단편소설 같은 깔끔함도 좋았다. 지리멸렬의 아름다움이라고나 할까.

2004년 5월 15일 _____ 「범죄의 재구성」은 빠르고 명랑하며 군더더기 없이 잘 만든 영화다. 「올드보이」와 「범죄의 재구성」은 무척 다르지만, 그 세련된 느낌은 왠지 비슷하다. 이제 이렇게 영화를 만들 수 있는 감독들이 많아진 듯하다. 특히 팔팔 살아 뛰는 대사가 좋았다. 배우들끼리 치고받는 타이밍도 아주 적절했고, 강하게 때릴 부분과 약하게 건너뛸 부분의 조합도 썩 괜찮았다. 다음 작품이 기대된다.

스승의 날. 학생들로부터 혹은 졸업생들로부터 전화.

"선생님 뭐 하세요?"

"출근해서 소설 고친다."

"하나도 안 변하셨네요. 토요일인데 댁에서 쉬세요."

(잠깐 침묵. 변했는데, 나도 변했는데, 전화로는 설명할 길이 없다. 다음엔 출근도 안 했고 소설도 안 고친다고 해야 하나!)

매설가 시리즈 3부작 마지막 작품의 주인공 이름을 정했다. 이 주인공 역시 매설가다. 제1부 『서러워라, 잊혀진다는 것은』에서는 매설가 '모독'이 나오고, 제2부 『방각본 살인사건』에서는 억울하게 처형당하는 매설가 '청운몽'이 나온다. 제3부 『작품』에서 대하연의매설을 쓰는 매설가의 이름은 '매혹'이다. 대하연의매설을 쓰는 자의식이 사라지기 전에 시작해야 한다. '매혹'의 매혹적인 이야기를! 2004년 12월 출간 예정.

2004년 6월 6일 _____ 작년 7월에 『방각본 살인사건』을 출간하였으니, 일년 동안 신작을 발표하지 않고 지낸 셈이다. 1998년 이후 해마다 신작을 발표하며 곧장 달리기만 했다. 이 일년은, 지나온 10년을 여러 번 되새김질하는 시간이었다. 『불멸』 개작도 이 되새김질의 한 부분이다.

난 참 많이 변했고 또 많이 변하지 않았다. 날 변하게 하고 변화시키지 않은 것은 바로 소설이다. 최인훈의 『회색인』에는 일상이 바뀌면 모든 것이 달라진다고 나오지만, 내게는 소설 쓰는 방법이 바뀌면 모든 것이 달라질 것 같다.

예술가는 감히 다른 사람이 범접하지 못하는 자기만의 방식으로 실패하는 존재…인가. 항상 소설이 만족할 만하지도 않고 더러는 참 한심하다 한심해 이런 생각이 들 때도 있지만, 그래서 이 짓을 그만두겠다는 생각은 전혀 들지 않는다. 오히려 그 반대다.

나를 실패하게 만드는, 내 부족한 부분과 약점을 예리하게 파고드는 이 소설이라는 칼날이 더욱 마음에 든다. 그 칼날을 막기 위해 내 문장과 상상력을 어떻게 레벨업시킬 것인가 하는 문제가 남지만.

2004년 6월 29일 ____ 여름방학.

『불멸』 막바지 퇴고 작업 계속하면서 설화 세미나 하나 굴리고 연작소설 조금씩 써나간다. 하루하루가 빽빽하다. 사랑도 빽빽하고 치욕도 빽빽하다 했던가.

주말에 첫 세 권이 나온다. 꼬박 일년 동안 작업한 결과를 세상에 내어놓는 것이다.

요즈음 들어 자꾸 드는 생각. 소설은 머리로 쓰는 것이 아니고 가슴으로 쓰는 것도 아니다. 그렇다고 온몸으로 쓰는 건 더더욱 아닌 것 같다. 소설은 진심으로 쓰는 것이다. 그 진심이 독자에게 전달될 때 독자도 저마다의 진심을 감동이라는 단어에 묻혀 내게 보여줄 것이다. 내가 전작 장편소설을 계속 쓰는 이유는 돈 때문도 아니고, 문단의 평가를 받기 위해서도 아니고(처음부터 나는아웃사이더였다), 나 자신을 위해서도 아니다. 그건 진심과 진심이 만났던 순간들에 대한 그리움 때문이고, 그 순간들을 다시 만들고 싶다는 바람 때문이다. 마약보다 더 지독한. 이번 작품을 통해 그런 순간들을 만나게 될까. 나는 물론 기대하고 있다. 나는 소설가다.

2004년 7월 11일 _____ 비가 내린다.

중국 귀신 몇 건 살피고, 부여를 배경으로 소설 몇 문장 다듬었다.

『불멸의 이순신』(마지막까지 고민하다 작품 제목을 바꾸었다)이 출간되고 나서부터는 월요일과 화요일에 제대로 독서와 창작을 못하고 있다. 빨리 일들이 마무리되고, 소설 속으로 깊이 들어갔으면 한다.

2004년 7월 14일 _____ 4권 최종 교정쇄가 도착했다. 주말까지 꼼꼼하게 볼 계획이다.

지괴소설 네 번째 세미나를 했다. 이제 세미나가 틀을 잡아가는 듯하여 마음이 놓인다.

오페라는 착착 준비가 되는 모양이다. 새로 바뀐 부분들이 어떻게 공연될까 걱정 반 기대 반이다.

8월 10일~12일에 오페라 공연하고, 14일부터 드라마 시작하고. 또 『불멸의 이순신』을 계속 출간해야 하고. 바쁘다. 그렇지만 차근차근!!!

2004년 8월 1일 _____ 8월 첫날이다.

『불멸의 이순신』 4권이 출간되었는데, 아직 증정본이 도착하지 않아 실물을 보지 못했다. 반환점을 돈 셈이다. 나머지 네 권도 한 문장 한 문장 놓치지 않고 꼼꼼하게 보겠다. 그럼 문득 가을이겠지.

어제 민족문학작가회의 대전충남지부에서 출판기념회를 열어주었다. 박수연 비평가의 『문학들』(실천문학사)과 함께. 즐거운 술자리가 늦은 밤까지 이어졌다. 사인 증정본을 1권만 마흔 권 준비했는데, 한 권도 남지 않았다. 마지막 노래방에서, 1980년대 분위기 물씬 나는 노래들을 많이 들었다. 느낌이 아득하게 좋고 역설적이게도 새로웠다.

2004년 8월 4일 ____ 1987년 대학에 입학하고 17년이 지났다.

스무 살 시절에 5동 앞 벤치에 앉아 커피를 마시고, 도서관 아래에서 우윳곽으로 족구를 하고, 아크로폴리스 광장에 모여 집회를 열고, 어깨동무를 한 채 교문까지 걸어나가고, 전야에서 책을 사고, 청벽집에서 술을 마시고, 상84에서 커피를 홀짝거릴 때는, 솔직히 삶의 굴곡이란 걸 자세히는 몰랐던 것 같다.

한때는 한 공간에서 또는 한 강의실과 복도에 머물렀으나 시간의 강에 아주 다르게 휩쓸려 전혀 만나지도 못하고 다만 멀리서 그들의 행적을 듣고 또 때로는 뒤늦게 확인하며 아, 저이도 5동 앞을 어슬렁거렸겠구나, 생각한다.

그래서, 세상에 나가 87학번들을 만나면 흡, 숨이 막힌다. 내 분신 같아서다.

국사학과 87학번 정종권이 민노당 서울시지부 위원장에 당선되었다. 최연소라고 한다. 종권이의 부탁을 받고 추천사란 걸 썼다. 그걸 쓰는데,

나는 스무 살 정종권의 터프한 얼굴과 눈동자만 떠올랐다. 그외에 그는 소문처럼 어디에 있었고 나는 그 소문을 한 쪽 귀로 듣고 한 쪽 귀로 흘렸을 뿐이다. 그러나 이제 나는 그를 만나려 한다.

고고미술사학과 87학번 정은임 아나운서가 귀천했다. 대학시절 그녀를 본 기억은 없지만 대학원 시절 그녀의 영화음악을 자주 들었다. 평론가 정성일과 함께 그녀가 또박또박 들려준 몇몇 문장들은 아직도 기억한다. 그녀도 자판기 커피를 들고 5동 옆을 어슬렁거렸으리라. 그 기억에 기대어 열심히 살고 있었으리라. 「임을 위한 행진곡」도 「인터내셔날가」도 5동 앞 벤치의 정서를 모르면 이해하기 힘들 것이다. 참 안타까운 죽음이다. 삼가 명복을 빈다.

2004년 8월 9일 ____ 『저 낮은 중국』(이가서 출간)은 뛰어난 인터뷰집이다. 『중국저층방담록』이란 원제에서 알 수 있듯, 이 책은 중국의 현실을 밑바닥에서부터 훑는다. 인터뷰를 따로따로 하나씩 읽을 때도 감동적이었는데, 16개 인터뷰를 모아놓고 보니 이건 잘 쓴 소설집 한 권보다 더 가슴 뭉클한 무엇이 있다.

퍼슨웹 사무실에서 하루 유한다. 여기 또 하나의 꿈이 있다.

2004년 8월 11일 _____ 어제, 「오페라 이순신」 공연을 서울 한전아트센터에서 보았다. 객석이 꽉 들어찬 가운데 막이 올랐다.

주연을 맡은 러시아 배우들은 상트페테르부르크 때보다 훨씬 연기에 안정감이 있었다. 아쉬운 것은 합창을 맡은 러시아 합창단이 러시아어가 아닌 한국어로 노래를 부르다보니(왜 그녀들을 러시아어로 부르게 하지 않았을까?) 발음이 자꾸 새고 어색했다.

선조 역을 맡은 배우의 베이스 음이 역시 좋았다. 아리아들을 보강했지만, 아직 조금 더 다듬어야 할 구석이 있다. 연출을 맡은 휴도로프와 반갑게 해후했다. 내년에 러시아 공연을 성사시켜 다시 만나자는 덕담을 나누었다.

2004년 8월 14일 _____ 문득 궁남지 근처 연꽃을 찍은 사진이 보고 싶어졌다. 꺼내놓고, 그 아래 더러운 물을 떠올린다. '경고문: 이곳엔 연꽃을 피우기 위해 농약을 대량 살포했습니다. 물에 들어가거나 어패류를 잡아먹지 마십시오.' 연꽃을 살리기 위해 물을 죽인 것이다. 끔찍한 일이다.

2004년 9월 3일 _____ 어제 이충무(건양대 공연미디어학부) 선생님이 각본을 쓰고 연출한 「경로당 폰팅 사건」을 시민회관 소극장에서 보았다. 충남대 육소영 교수님과도 의견을 나눈 적 있지만 역시 그의 장점은 블랙 유머이다. 90퍼센트 웃다가 마지막 10퍼센트 진한 감동을 느끼게 하는 연극이었다. 다음 작품이 기다려진다.

2004년 9월 4일 _____ 오늘 드라마가 시작된다.

이순신, 원균, 류성룡 등도 궁금하지만 만들어낸 인물인 날발, 임천수, 천무직, 박미진, 박초희, 소은우 등과 소설을 통해 망각의 강에서 되살려낸 이영남 등이 드라마에서 어떻게 그려질지 궁금하다.

특히 날발과 이영남의 삶에 아주 깊이 빠져 있었던 1997년 겨울과 1998년 봄 풍광이 눈에 선하다. 나는 그 두 인물의 외모와 성격을 해군사관학교에서 찾아냈었다. 매일 만나 청춘과 바다, 열망과 사나이다움에 대해 이야기하던 해군장교들이 더욱 그립다. 날발 역의 이한갈이나 이영남 역의 유태웅은 우선 외모에서는 그들을 썩 닮았다. 그러나 과연 그들만큼 깊이 바다를 사랑하고 또 저마다의 의와 협을 이루어가는지는 지켜볼 일이다.

2004년 9월 9일 _____ 장이모 감독의 「연인」을 보았다.

「붉은 수수밭」에서처럼, 색채와 스토리가 조화를 이룰 수는 없는 것일까. 색채는 여전히 아름답지만, 그 아름다움을 위해 스토리를 너무 단순화시킨 것 같다. 특히 마지막에 비도를 맺은 장쯔이가 쓰러졌다 깨어나고 죽은 줄 알았는데 다시 일어서는, 그리고 또 쓰러진 후에도 뭔가 멋진 대사를 남기기 위해 다시 눈을 뜨는 장면에서는 측은한 생각마저 들었다.

공리 대신 들어온 장쯔이는 연기도 좋고 움직임도 깨끗하다. 물론 장만옥의 분위기나 매염방의 품격은 아직 없지만. 장이모는 이 영화를 매염방에게 바쳤다. 장국영, 매염방, 그리고 유덕화, 주윤발. 잠시 그들과 함께 웃던 1980년대 후반을 떠올려보았다. 벌써 20년 가까이 되었다. 이제 그 시간들을 향해 청춘이라고 불러줘야 할까.

2004년 9월 12일 ＿＿ 「불멸의 이순신」 4회를 보았다.

이영남 장군의 장렬한 죽음이 그려졌다. 문득 1995년 가을 아침 해군사관학교 도서관, 그 시커먼 책장들이 쭉 나열되어 있는 역사코너가 떠올랐다. 나는 그곳에서, 책장에 등을 대고 쭈그리고 앉아 『이영남 장군 실기』를 처음 읽었다. 부끄럽지만 나는 그때까지도 이영남이란 장수의 이름은 알았으나, 그의 행적을 자세히 살피지는 못했다. 임진년에 그는 경상우수군에 속한 장수였다. 전쟁이 터지자 전라좌수영을 오가며 경상도 앞바다의 어려움을 알렸다. 원균 장군의 총애를 받았으나 점점 이순신 장군에게 끌렸다. 여러 해전에서 선봉에 서서 싸웠으며, 노량해전에서 이순신 장군과 함께 전사했다. 하루 종일 도서관에서 그 책을 읽었다. 참으로 낯선 경험이었다. 그리고 내 소설에서 이순신 장군 진영과 원균 장군 진영 양쪽을 함께 바라보는, 그러다가 원균에서 이순신으로 자신이 모시고픈 장수를 옮겨가는 모습을 열혈남아 이영남을 통해 그렸었다. 오늘 이영남 장군은 전사했으나 이순신 장군이 젊은 날을 보내고 다시 전라좌수사로 오면, 그리고 전쟁이 터지면, 드라마를 통해 다시 등장하겠지. 배우 유태웅이 내 소설에 그려진 이영남을 잘 연기한 것 같아 기쁘다(한 가지 아쉬운 점이 있다면, 거북선 돌격장으로 역시 노량해전에서 전사한 역전의 용사 이언량 장군이 보이지 않는다는 점이다).

노량 앞바다와 이순신 장군과 이영남 장군과 앞이 막막하던 내 스물 몇 살 시절이 겹쳐 오늘은 잠이 올 것 같지가 않다.

2004년 9월 14일 _____ 어제 퍼슨웹 서교포럼에 참석하고, 하루를 서울에서 머문 후 내려왔다.

역사인문지리학자인 이현군 선생이 '한양'에 대해 여러 지도를 곁들여 발표를 했다. 도시 하나를 완벽하게 안다는 것도 참 힘든 일이라는 생각이 들었다. 정상기, 김정호 등에 대해서도 더 관심을 가져야겠다. 18일에 강의한 내용을 토대로 도성 답사를 간다고 한다. 선약이 있어 참석하지 못하는 것이 아쉽다. 이현군 선생이 계속 포럼에 참여할 예정이라고 하니 그나마 다행이다. 뜻깊은 모임이었다.

2004년 12월 1일 _____ 『요재지이』(전6권) 강독이 끝났다. 반년 남짓 매주 수요일마다 이 매혹적인 소설집을 조금씩 읽어나갔다. 스물한 차례 모였고, 세미나를 마치는 오늘 일곱 사람이 남았다.

영화 「나비효과」를 사흘 전에 보았다. 보르헤스의 『미로정원』이 자꾸 떠올랐다. 선택의 순간들을 미래가 아니라 과거로 뻗는 착상이 흥미로웠다.

2004년 12월 7일 ＿＿＿ 『연애의 시대』(권보드레 저)를 일독했다. 기생과 여학생을 대비시킨 서술이 특히 흥미로웠다.

「대부 3」에서 평생 가족(패밀리)을 위해 살았던 알 파치노가 홀로 쓸쓸히 죽는 장면을 곱씹고 있다. 비극의 최후는 응당 그렇게 홀로 운명과 만나야 하는 것이리라.

2004년 12월 15일 ＿＿＿ 『핑거포스트, 1633』을 읽었다. 17세기 영국의 풍속과 지식이 다채롭게 펼쳐진 소설이다.

「브리짓 존스의 일기」를 지난 월요일 보았다. 생각보다 훨씬 흥겹고 좋은 영화였다. 이런 수준의 코미디라면 한 번 도전해볼 만하다.

폴 오스터의 문제의식에 관해 잠시 생각했다. 아주 중요한 문제제기를 던지고 있는데, 『뉴욕 3부작』은 조금 모호하다. 『달의 궁전』을 읽으면 확실해질까?

2004년 12월 17일 _____ 황금가지에 들러 『불멸의 이순신』 8권을 받아왔다. 비로소 대하소설을 완간했다는 사실이 확인되는 듯했다. 지난 일년 반 동안, 책을 다 내고 나면 어떤 기분일까 생각하곤 했는데… 막상 그 순간이 오니 오히려 담담했다. 18개월 동안 홀로 내가 소설을 처음 쓰기 시작하던 스물 몇 살 그 순간을 노려보는 체험은 소중한 것이었다. 이 체험이 앞으로 새로 시작하는 작업들에 큰 도움이 될 것이다. 어떤 소설가의 표현대로 좋은 작품은 미래에 많이 남아 있으리라 믿으며 뚜벅뚜벅 걸어갈 따름이다.

2004년 12월 27일 _____ 로베르트 반 훌릭 장편소설 『쇠못살인자』 일독하다. 강한 이야기구조와 개성적인 인물들이 돋보이는 역사추리소설이다. 우연적인 요소 몇 군데가 거슬린다. 이 시리즈를 좀더 읽어볼 필요가 있겠다.

2004년 12월 28일 _____ 해가 바뀌기 전에 할 일들을 정리했다. 1) 성적처리를 마쳤고, 2) 시나리오 수정본을 넘겼고, 3) 소설 퇴고를 끝냈으며, 4) 나흘 전에 샀던 2005년 다이어리에 굵직굵직한 계획들을 적었다. 그리고 또 빠진 거 없을까.

존 그리샴의 『최후의 배심원』을 조금씩 읽어나가고 있다. 이야기를 짜는 방식, 특히 주인공을 매력적으로 보이도록 만드는 장치와 이야기 틀을

획 비트는 솜씨를 눈여겨볼 일이다.

영화 「내셔널 트레져」를 보았다. 짧은 미국 역사로 이 정도 이야기를 만들 수 있다면, 우리 역사로는 훨씬 다양한 복선을 깐 보물찾기가 가능하지 않을까. 니콜라스 케이지는 역시 액션배우가 아니라 성격배우로 돌아가는 것이 옳다.

간단한 구상표를 짜면서 호흡을 가다듬었다. 쉬운 일은 없다.

2005년 1월 4일 ____ 어제 신작 『부여현감 귀신체포기』가 출간되었다. 상경하여 조촐한 기념모임을 가졌다. 인사동에서 밤늦도록 취하기는 참 오랜만이었다. 백범영 선생이 그림 그리느라 고생을 많이 하셨다. 글과 그림이 행복하게 만나는 순간을 접하는 즐거움이 앞으로도 계속 이어졌으면 한다.

2005년 1월 5일 ____ 신작을 내고 몇몇 곳에서 인터뷰를 하다보면, 나는 왜 소설을 쓰는가 하는 문제와 또 부딪힌다. 그것은 슬픔 때문이다. 『방각본 살인사건』에서 말했듯이.

추위 아직 가시지 않고 봄소식 머니 슬프다. 이 세상 모든 잘못 매설가에게 쏟아부으니 슬프다. 소설이 담긴 죄로 불타오르는 저 서책들이 슬프고, 그 소설로 인해 이문을 챙기려던 세책방과 서사 주인들 눈망울이 슬프고, 사라진 이야기 못내 그리워하는 아낙들 한숨 소리도 슬프다. 일찌감치 전을 걷은 저잣거리로 깔리는 어둠이 슬프고, 동서남북을 경계하며 장창을 굳게 쥔 나장들 긴 손가락이 슬프다. 사랑에 가슴 졸이는 낭자에게 기쁨을 줄 수 있는 애정 소설이 사라진 것이 슬프고, 입신양명을 꿈꾸는 서생에게 하룻밤 꿈이라도 선사하는 영웅소설이 없으니 슬프다. 밤이 밤답지 않게 눈물을 비추니 슬프고 아침이 아침답지 않게 상쾌하지 않으니 슬프다. 소설을 다 찾지 못한 의금부 도사도 슬프고 더 많은 소설을 숨겨두지 않은 꽃에 미친 서생도 슬프다. 소설이 사라지면 새로운 날들이 열리리라고 믿는 대신들이 슬프고, 서책을 불태우는 것으로 소설을 없앨 수 있다고 믿으시는 그분 결정이 슬프다. 봄에도 슬프고 가을에도 슬프다. 슬픔이 힘이 될 수 없음이 슬프고, 그래도 슬픔 외에는 기댈 곳이 없는 것이 슬프다. 슬픔은 드러내지 않아야 한다는 성현 말씀이 슬프고, 기쁨이 아닌 것으로 항상 폄하되는 것이 슬프다. 나는 노래하고 싶다. 슬픔이 없다면 아무것도 느낄 수 없다. 슬픔만이 저 하늘과 땅을 덮을 수 있다.

나는 비극작가다, 아무리 우스운 이야기를 해도 그 속에는 생의 슬픔이 묻어 있다고 믿는.

2005년 1월 10일 _____ 서울 나들이를 마치고 대전으로 내려왔다. 오전 8시 27분 KTX로 상경해서 밤 10시 30분 KTX 마지막 기차를 탔다. 하룻밤 자고 올까 생각도 했지만 아침에 홀로 강남 거리를 걷는 내가 어색하고 허무할 것 같았다.

내일부턴 새로운 이야기 만들기에 집중해야겠다. 『불멸의 이순신』 완간과 『부여현감 귀신체포기』 출간 때문에 보름 정도 어수선했다. 사람들을 만나는 건 기쁜 면도 있지만 집필에는 도움이 안 된다. 이야기는 홀로 침잠한 자를 골라 말을 거는 법이니까.

20대에 이덕무의 저 아포리즘들은 뭘까. 왜 그는 저렇듯 비슷비슷한 아포리즘들을 쓰고 또 쓰지 않으면 안 되었을까. 저것들을 정리해서, 마흔이 훌쩍 넘은 나이에 다시 보는 기분은 어떨까. 대부분은 20대에 끼적였던 아포리즘들을 버리거나 잊는다. 지울 수 없을 때는 애써 외면하며 다시는 그런 표정 짓지 못할 거라 둘러대지. 이덕무도 그랬을까.

2005년 1월 19일 _____ 4박 5일 동안 쉬었다. 쉬면서 바다를 원없이 바라보았다. 쉬고 싶을 때, 나는 바다로 간다. 산도 멋있다고는 하는데 그냥 수평선 바라보며 하염없이 앉아 있고 싶다.

쉬는 동안 애거서 크리스티의 『쥐덫』과 단편들을 읽었다. 미끈하게 잘 빠진 추리다. 널리 오랫동안 읽히는 작품은 다 그만한 이유가 있다. 다만 너무 손재주를 부린 작품도 있긴 하다. 그런 작품은 읽을 땐 긴장감이 고조되지만 읽고 나면 곧 허망해지고 그 줄거리와 주인공을 잊어버린다. 스티븐 킹, 애거서 크리스티, 존 그리샴. 고수는 많고 배울 작품도 많다. 행복하다.

2005년 1월 24일 _____ 어제 오늘 큰 방을 치웠다. 이 집으로 이사오고 처음이니까 2년만이다.

18세기 조선을 다룬 책들을 며칠 전 연구실로 몽땅 옮겼기 때문에 용기를 낼 수 있었다. 실험대 위에 아무렇게나 쌓여 있던 책들을 18세기 책들이 빠져나간 책장에 꽂았다.

책을 치우고 나니 A4 용지만 무릎까지 남았다. 절반은 『불멸의 이순신』 퇴고본이고 절반은 『방각본 살인사건』 퇴고본이다. 『부여현감 귀신체포기』도 한 질 나온다. 빈 박스 하나에 퇴고본들을 차곡차곡 쌓아둔다. 이제 정말 이 소설들과 이별하는 느낌이다. 다음부터는 마지막 교정을 마치자마자 퇴고본들부터 갖다버려야지 생각했지만 잘 될까. 헛된 집착인 줄 알면서도 자꾸 더 지니고 싶어지는 게 사람 마음인가보다.

2005년 1월 25일 _____ 글을 쓰다가 죽는 건 너무 비장하다. 나는 그렇게 순교할 만큼 용감하지도 처절하지도 않다. 내가 가장 좋아하는 건 글을 쓰다가 잠드는 것이다. 책을 읽다가 잠드는 일은 클로버문고를 읽을 때부터 종종 있었지만, 글을 쓰다가 잠들기 시작한 건 스물여덟 살 무렵부터다. 정신이 말똥말똥할 때부터 글을 쓰기 시작해서 졸음을 느껴 기지개를 켜고 그러다 정말 참을 수 없어서 세수를 하고, 그러다가 문장을 마치지도 못한 채 '하였'에서나 '나는 그에게 달' 정도에서 그냥 잠들어버리는 것. 난 이게 참 행복했고 가끔 정말 끊은 담배처럼 그리울 때가 있다. 장편소설을 쓰기로 작정한 후론 주로 낮에 작업하고 잠이 올 때까지 밤늦게 글을 쓰지는 않았다. 그런데 요즈음 글을 쓰다가 잠들고 싶어진다. 이 때늦은 쾌락주의. 죽는 것도 아니고 그냥 잠드는 건데 뭐. 혹시 창작일기를 쓰다가 잠드는 날은 없을까. 아직 잠들 때가 아닌가보다.

2005년 1월 30일 _____ 어제 심야영화로 「공공의 적 2」를 보았다. 2시간이 훌쩍 넘는 대작이다.

강우석은 '대리만족'이란 영화의 속성을 가장 잘 아는 감독 같다. 영화를 보면서 자꾸 『인간시장』의 장총찬이 떠올랐다. 좋은 영화다.

2005년 2월 2일 _____ 1월 31일부터 2월 1일까지 경기도 적성을 둘러보고 왔다. 장은수, 정진욱, 이현군 선생이 동행하였다. 지금까지 다닌 답사들 중에서 가장 성과도 많고 즐거웠다. 이현군 선생의 안내도 좋았고, 장은수 형의 여음구와 정진욱 선생의 차분한 되짚기와 적극적인 탐구정신도 빛을 발했다. 내가 가서 보고 싶었던 관아가 6·25 전쟁 통에 폐허로 바뀌었다는 사실이 가슴 한가운데를 찔러왔다. 이제 그 사라진 관아를 재생시키는 것은 오로지 나의 몫이 되었다. 잘 해내고 싶다.

2005년 2월 3일 _____ 영화「그때 그 사람들」을 보았다. 대통령 저격까진 긴장감을 유지했지만, 그 뒤론 실패작이었다. 사건으로 보여주지 못하고 이런저런 설명으로 끝을 내는 방식이라니. 그런 방식으론 단 한 사람의 관객도 설득할 수 없다. 차라리 김재규가 잡혀가고 난 후 남은 부하들이 저항하다가 처절하게 몰락하는 광경을 그려야 하지 않을까. 이왕 자신의 의지와 무관하게 그때 그 사건에 연루된 이들을 그린다면, 좀더 처절하고 처절한 만큼 허무해야 하지 않을까. 기대만큼 실망도 큰 영화였다. 이렇게 좋은 소재를 이렇게밖에 못 만들다니. 법원의 다큐멘터리 삭제 결정은 비난받아 마땅하지만, 이 영화가 이렇게 뒷심 부족에 빠진 이유도 곰곰히 따져보아야 할 것 같다.

2005년 2월 11일 _____ 설날 쉬면서 퍼트리샤 콘웰의 추리소설『소설가의 죽음』(전2권)을 보았다. 주인공이 법의관이란 점이 색다르고, 그 주인공이 내면의 상처를 간직한 여자란 점도 주목받을 만하다. 허나 존 그리샴이나 스티븐 킹에 비하면 감동도 덜하고 소설 구성도 엉성하다. 콘웰 소설을 몇 편 더 읽어봐야겠다.

영화 「클로저」도 보았다. 아주 뛰어난 영화다. 통통 튀지는 않지만 시나리오는 확실히 깊이가 있다. 흑과 백이 분명한 청춘들은 이해할 수 없는……. 내 뒷자리에 앉은 청춘들은 영화가 끝나자 일어서며 이렇게 말한다. "이 영화가 뭔 소리를 하는지 모르겠네. 가서 인터넷 찾아봐야겠당." 인터넷을 뒤져도 답이 없는 회색빛 우울한 영화다. 지금까지 서양은 정직과 진실을 최우선으로 삼았는데, 이 영화는 바로 그 정직과 진실이 가장 무서운 상처임을 지적하고 있어 낯설다. 이런 이야기 하나 만들어보고 싶다.

2005년 2월 15일 _____ 스티븐 킹의 『캐리』를 어제 오늘 다시 읽었다.

공포는 확실히 연구하고 몰두할 만한 분야다. 비과학적인 사건의 과학적인 접근.

2005년 2월 22일 _____ 5박 6일 동안의 중국 여행을 마치고 귀국했다. 이번 여행은 아주 정적이었고, 울림이 많아 좋았다. 그 울림 손끝에서 글자로 피어나기를.

슬픔이 공포에 이르면, 모든 글자들은 흔들리며 죽음의 춤을 춘다. 그 두려움까지 닿아야 괜찮은 소설을 쓸 수 있다. 말을 더 줄이고 모이를 쪼듯 글자들을 한 자 한 자 쪼아야겠다. 내 앞에 있는 당신들은 누구인가. 나는 당신들을 모른다. 당신들 역시 나를 모른다. 나는 홀로 있을 때 나다.

그 혼자인 내가 무엇을 하는지… 그때 나는 과연 괴물이 되는지…….

2005년 2월 27일 _____ 폴 오스터 소설 『달의 궁전』을 어제 다 읽었다. 뛰어난 소설이다. 특히 처음 200페이지까지는 한 문장 한 문장 아껴가며 읽었다. 『뉴욕 3부작』에서 모호하던 부분들도 이 소설에서는 훨씬 선명하고 또 멋이 있었다. 그러나 3대로 엮어간 것은 우연의 남발이라는 비판을 면하기 어려울 듯하다. 그냥 키티 우와의 만남과 이별, 노인의 죽음 정도에서 끝내는 게 어땠을까. 아버지 이야기까지 들어가니 어딘지 불편하다.

지하실에서 눈 먼 검은 개 세 마리와 처절하게 싸우는 장면을 썼다. 나까지 그 어둡고 답답한 공간에서 피칠갑을 한 느낌이다. 씻고 쉬자.

2005년 3월 4일 _____ 어제 「네버랜드를 찾아서」를 보았다. 잔잔하고 따뜻한 영화였다. 조니 뎁의 연기도 좋았고, 상상과 현실을 오가는 자연스러운 화면 설정도 돋보였다. 결국 저런 것이 작가일까 생각하게 만드는 장면들이 많았다.

「밀리언 달러 베이비」에 대한 감동이 사라지지 않는다. 이런 이야기 하나 써보고 싶다는 욕망과 나는 아직 멀었다는 확인, 그리고 삶에 대한 이야기는 아직도 무궁무진하다는 기대! 겸손하고 성실하게 더욱 삶을 탐구할 일이다

2005년 3월 25일 _____ 신파가 아쉽다. 영화 「주먹이 운다」는 주먹이 아니라 가족이 울었다. 마지막 30분의 뻔한 대비가 불편했다.

지금 쓰고 있는 이야기는 '치명적인' 무엇인가가 있다. 나를 찌르고 등장인물을 찌르고 독자들을 찔렀으면 좋겠다. 설명이 필요없는 외마디 비명인 소설!

2005년 4월 1일 _____ 어제 두 편의 영화를 보았다. 낮에는 「흐르는 강물처럼」 밤에는 「달콤한 인생」!

「흐르는 강물처럼」은 네 번째 보는 건데, 볼수록 웃음이 많이 나온다. 아버지가 혹은 형제가 언뜻언뜻 자기 속마음을 내보이는 순간, 그 불편하고 어색한 순간을 벗어나기 위해 스스로 웃겨버리는 건 아닐까. 모두가 공감하는 경험이 묻어 있어 좋았다.

「달콤한 인생」은 느와르가 뭔지에 대해 다시 고민하게 만들었다. 딱 「주먹이 운다」만큼 정성을 다했지만 뭔가 허전한 영화였다. 장면장면을 너무 잘 만들려다보니, 그 장면들의 연결 역시 어떤 틀 속에 있는 것들만 취한다는 느낌. 거칠더라도 훨훨 날아서 이야기들에 날개를 달아줘야 하는데, 딱 그만큼만 헉헉대며 달린다. 달리는 척한다. 그리고 달리는 척 할줄 아는 감독은 이런 척 하기도 얼마나 힘든 줄 아냐며, 영화의 처음과 끝을 수미쌍관하게 움켜쥐려 한다. 이해는 가지만 감동은 없다. 아쉽다.

2005년 4월 19일 _____ 한 시간 동안 이어진 즉흥춤 공연을 보았다. 느낌이 계속 떠나지 않아 잠들지 못하고 있다. 항상 즉흥을 꿈꾸지만, 나는 계속 접하기 전에 준비하고 준비하고 또 준비하며, 되도록 접…하지 않기를 바라고 버티면서 지난 10년을 보낸 느낌이 들었다.

여름에 발표할 소설 초고를 마치고 한 차례 더 퇴고를 했다. 허나 아직 꽃 지지 않듯 퇴고의 계절은 계속 이어진다.

굵직굵직한 생각들이 자주 떠오른다. 그것들을 붙잡고, 아, 이걸 내가 해야 하나 고민할 때가 많다. 물론 하고 싶으면 하는 거지만, 그렇게 굵직한 건 평생 한두 개나 할 수 있을까. 역사를 쥐었을 땐 이 판에서 10년이나 놀 줄 몰랐으니까. 두 번째 쥘 때는 좀더 신중하고 좀더 저돌적이었으면 한다. 어렵다.

2005년 4월 29일 _____ 2박 3일 동안 문학기행을 다녀왔다. 강원도를 돌며 이효석 문학관, 허난설헌 생가, 만해마을, 김유정 문학촌, 박경리 문학공원을 들렀다. 여름 같은 봄날씨. 낯익은 작품과 낯선 기념물들 사이를 걷다보니, 별세계에 온 듯한 착각이 일었다. 강풍경보 속에서도 겹벚꽃까지 흐드러지게 핀 때문일까. 푹 쉬었고 많은 기를 받은 느낌이다.

2005년 5월 12일 _____ 여름에 출간할 소설 『열녀문의 비밀』을 탈고했다. 그동안 읽은 책들을 정리하고 첨부할 지도를 찾느라 이틀 정도를 더 썼다.

여기까지도 무척 힘들었는데, 내 앞에는 어느새 더 높은 봉우리가 버티고 서 있다. 10년 동안 열한 점의 작품을 쓰면서, 내가 속으로 되뇌고 또 되뇐 것은 '정면돌파! 진검승부!'였다. 기교나 처세로 은근슬쩍 넘어가지 않고, 작품의 절대적인 수준으로 쓰기. 절대음감으로 노래하는 가수처럼.

킬리만자로의 표범이 왜 눈 쌓인 그 산봉우리까지 기어올라갔는지, 알 듯도 하다. 지칠 때 확 지쳐버리자.

『내 슬픈 창녀들의 추억』은 실망이다. 가와바타 야스나리의 『잠든 미녀』에서 너무 많이 빌려다 썼다. 『사랑과 다른 악마』도 서유럽에서 유행하는 지적 흐름들을 슬쩍 끼워넣어서 편치 않았었다.

영화 「킹덤 오브 헤븐」은 예루살렘으로 떠나가는 바닷가 풍경이 더 기억에 많이 남는다. 십자군에게 돈만 내면 해안에서 기도할 자유를 얻는 아랍인들. 스토리는 너무 심하게 관습적이었다. 돈이 많이 들어간 영화에선 파격을 기대하기 힘들 것일까.

2005년 5월 26일 _____ 연극 「귀신고래 회유해면」을 보았다. 잘 짜여진 구성에 경상도 사투리가 흥겹게 섞여들었다. 울산 지역에서 활동하는 극

단이라서 그럴까. 반구대 암각화가 무대에 깔릴 땐 진해에서 첫장편 쓰던 시절이 떠오르기도 했다.

황석영의 장편소설 『손님』을 읽었다. 섬뜩한 장면들이 많았다. 뒷부분보다 앞부분에서 현실과 환상이 더 잘 섞여드는 것 같다. 귀신도 자꾸 나오면 그 효과가 떨어지는 걸까.

2005년 5월 28일 _____ 영화 「버스, 정류장」을 보았다. 아름답고 세련된 영화. 김태우와 김민정의 연기가 돋보이고, 깔끔한 전개도 인상적이었다. 소통의 문제를 진지하게 다룬 작품이다. 시나리오를 구해 읽어보아야겠다.

2005년 6월 3일 _____ 『오셀로』와 『햄릿』을 일주일 동안 천천히 정독했다. 가장 간단한 구성에 가장 복잡한 인물들을 밀어넣는 방식이라고나 할까. 설정을 복잡하게 가지 말고, 단순하게 만들 것. 군더더기가 줄어들수록 작품은 단단해진다.

박희병 선생님이 『한국한문소설 교합구해』를 보내주셨다. 천 페이지가 넘는 방대한 분량이다. 노력과 정성이 많이 깃든 책이다. 평생 아껴두고 음미해보리라.

2005년 6월 5일 _____ 영화 「태풍태양」을 보았다. 공들여 찍은 장면들이 많았다. 속도에 대해 많은 걸 생각하게 만드는 영화였다. 정재은 감독과 잠깐 차 한 잔 마셨다. 감동적인 이야기를 만드는 것의 어려움을 한참 서로 이야기했다. 그래도 결론은 하나. 더 많은 대중에게 더 깊은 감동을 전하는 이야기를 발견(발명)하자.

폴 오스터의 시나리오 「다리 위의 룰루」를 읽었다. 폴 오스터가 직접 감독한 작품이기도 하다. 영화 속 영화 방식을 띠고 있다. 그의 다른 소설들에 담긴 낯익은 착상들이 녹아 있어서 쉽게 읽혔다. 무엇보다 현란하지 않고, 하고자 하는 이야기를 근사하게 뽑는 힘이 있다. 이 영화를 보고 싶은데, 국내에 들어와 있는지 모르겠다. 새삼 깨닫는 부분이지만, 폴 오스터가 들려주는 이야기는 영화로 만들기에 썩 좋은 대목들이 많다. 나는 그의 궁상맞은 뒷골목 판타지가 마음에 드는데, 그걸 활자로 읽으면 칙칙하지만 화면으로 옮기면 근사할 거란 생각이 갑자기 들었다.

2005년 6월 7일 ____ 영화 「스타워즈」를 보았다. 역시 장쾌한 화면이 부족한 스토리를 보충해준다. '여자 하나 때문에 우주를 망친다!'는 이 질기고 터무니없지만 반복해서 나오는 상상은 언제쯤 끝이 날까.

시공디스커버리총서 중에서 『피카소』를 며칠 주머니에 넣고다니며 읽었다. 그림과 사진이 풍부해서 읽었다기보다는 보았다는 게 맞는 표현이겠다. 이 문고판은 정신이 산란할 만큼 편집이 어시러운네, 화가에 대한 책은(더구나 피카소는) 오히려 그런 편집이 썩 잘 어울렸다.

2005년 6월 12일 ____ 6월 9일 「간 큰 가족」 6월 10일 「연애의 목적」을 계속 보았다. 「간 큰 가족」은 씁쓸했고, 「연애의 목적」은 아주 좋았다. 강혜정과 박해일의 연기도 훌륭했지만, 무엇보다도 두 시간 동안 끌고가는 대사의 힘이 넘쳤다. 세밀하면서도 툭툭 잔가지들은 쳐내면서 뻗어나가는 힘.

11~12일 진해에 다녀왔다. OCS(학사장교) 임관 10주기였다. 10년 전 함께 훈련받은 동기들과 만나 대취했다. 오늘은 양만춘함을 타고 진해 바다를 둘러보기도 했다. 좋았다.

2005년 6월 14일 ____ 어제 상경했다가 돌아왔다. 『열녀문의 비밀』 앞에 놓고 한잔 마셨다. 내가 어디까지 쓸 수 있는지 한껏 더 곧고 높게 올라가보고 싶다. 혼을 담은 이야기를 만들고 싶다.

2005년 6월 15일 ____ 막상 소설을 내고 나니, 칠중성에 꼭 한 번 다시 올라가보고 싶다. 북쪽으로 환하게 펼쳐진 평원도 충격적이었지만, 무엇보다도 지도와 똑같이 생긴 산과 길과 땅모양이 잊혀지지 않는다. 등고선 어지러운 현대지도와는 달리 여백을 많이 남기고 쓱쓱 큰 맥만 짚는 옛지도들. 다음 답사부터는 그 옛지도를 어느 위치에서 그렸는지 찾아보리라. 칠중성에서 찍은 적성 사진 한 장 붙여둔다.

새로운 스타일이 중요하다. 군더더기 없이 이야기 자체로 승부할 것. 그러면서도 아름다울 것. 왜 비평을 하다가 창작으로 전환했느냐는 질문을 받았다. 간단하다. 예술은 창작자의 것이므로. 우아한 달변을 뽐내는 손님보단 처절하게 버벅대는 주인이 좋다. 그때도 지금도. 한 가지 사족을 달자면, 난 합리적이기보단 경험적인 인간이었나보다. 일단 체험하기 전에는 믿을 수 없었다. 비평의 체험과 소설 창작의 체험은 비교할 수 없다. 앞의 느낌이 하나라면 뒤의 느낌은 만쯤 되니까.

2005년 6월 21일 ____ 황소자리 지평님 사장이 책 세 권을 보내줬다. 『고려도경』『한자, 백 가지 이야기』『꽃가치 피어 매혹케 하라』. 서점에서 이 책들을 보고 너무 기뻐 지 사장(어색하다. 나는 그녀를 10년 동안 평님 씨라고 불렀으니까)에게 전화를 했었다. 재작년인가. 나는 그녀를 따라 허름한 반지하 사무실로 갔었다. 편집부 직원 한 사람과 알차게 꾸려나가보겠노라 했지만 솔직히 걱정스러웠다. 출판은 무시무시한 불황이었고, 평님 씨 성격에 꼼수를 쓰지도 않을 것 같았다.

그리고 2년이 흘렀다. 나는 『불멸의 이순신』에 정신이 팔려 그 반지하 사무실로 다시 가지 못했다(황소자리의 첫 책 『시간을 정복한 남자 류비셰프』에 대한 서평을 하나 「중앙일보」에 쓰긴 했다. 허나 미안함을 채우기엔 턱없이 부족하다). 바쁘다는 핑계는 정말 핑계였나. 그러다가 어느날 정신을 차려보니, 황소자리에서 낸 멋진 책들이 세상에 나와 있었다. 평님 씨는 '내가 세상에 내놓은 소중한 녀석들을 친구에게 자랑하는 기쁨'이라고 적었다. 아, 그 기쁨 때문에 나 역시 오랜만에 전화를 한 것이리라.

두툼한 책 세 권을 앞에 놓고 앉으니 10년 전이 떠오른다. 문학에 눈 멀었던 문학청년 해군 소위의 글을 처음으로 인정해준 도서신문 기자. 그녀와 나는 어느새 10년 지기가 되었다. 앞으로 황소자리는 또 얼마나 무섭게 정면돌파를 해나갈 것인가. 상상만 해도 즐겁고 가슴 한 켠이 황소 뿔에 받친 듯 아리다(경상도 말로 우리~~~하다).

2005년 7월 5일 _____ 영국 로열발레단의 「마농」을 보았다. 아주 세심한 몸짓과 다채로운 변주들이 인상 깊었다. 정확히 계산된 움직임이겠지만, 한순간도 예술적이지 않을 때가 없었다. 여자들의 군무가 특히 대단했다. 파티장의 창녀든 낯선 유배지의 죄수든. 눈부시게 아름답구나! 찬탄할 수밖에 없었다.

2005년 7월 12일 _____ 스필버그가 만든 「우주전쟁」이 뇌리를 떠나지 않는다.

쌍둥이빌딩 테러에 대한 상처로 얼룩진 영화. 가족을 찾는 벽보들이 주욱 붙은 장면은 카메라 앵글까지 뉴욕 현실과 똑같았다. 내 딸을 지키기 위해서는 살인까지 마다않는 아버지. 그런 아버지가 있었기에 그 가족은 무사했다는 신화. 영화는 온통 내 가족 내 아들 내 딸뿐이다. 「쉰들러 리스트」에서는 그토록 인간애를 강조하더니, 「ET」 때는 외계 생명까지 따스하게 감싸안더니, 「우주전쟁」에서는 확실히 편을 가른다. 내 가족 아니면 모두 적이다.

적이 적이 되어 그 자리에 설 수밖에 없는 이유에 대한 고찰은 아예 없다. 아니 테러리스트는 이해할 수도 없고 이해되어서도 아니 된다고 보는 것일까. 용두사미. 영화는 무력함에 젖어 있다. 갑작스런 결말은 어떤 메시지도 없고, 어떤 깨달음이나 감동도 존재하지 않는다. 혹시 스필버그와 그 이데올로기를 추종하는 자들은 미생물이라도 퍼져 테러리스트들이 이 땅에서 모조리 사라지기를 바라는 것은 아닐까. 이 영화는 과잉 그 자체였다. 도시가 완전히 폐허로 변하는 장면은 입을 쩍 벌어지게 하지만, 이야기의 천박함 역시 오래 기억에 남을 듯하다.

2005년 7월 21일 ____ 셰익스피어의 『맥베스』(민음사)를 두 번 읽다. 뒤에 붙은 해설을 읽어보니, 주인공이 점점 선에서 악으로 바뀌는 과정이 상징적으로 담긴 것을 이해하겠다. 그러나 과연 그 정도 말 몇 마디로 선에서 악으로의 변화가 납득될 수 있을지는 여전히 의문이다. 나만의 취향일 수도 있겠는데, 나는 『햄릿』이나 『오셀로』가 훨씬 좋았다.

『서유기』(솔 출판사) 4권을 읽으면서 든 생각 하나. 금과 은이 함께 등장하는 이야기들을 한번 모아보아야겠다. 금각대왕-은각대왕 콤비도 유쾌하고, 금도끼-은도끼 이야기도 즐겁지. 그렇게 따지고보니 금과 은이 나오는 이야기들은 대부분 코믹하구나. 더 찾아보고 확인할 일이다.

2005년 7월 26일 ____ 1박 2일로 서울에 다녀왔다.

가다오다 『서유기』 5권과 『추리소설의 세계』(정규웅)를 읽었다. 정규웅 선생의 설명이 무척 친근하면서도 날카로웠다. 하드보일드한 추리에 대해 더 많이 고민해야겠다.

김도현 선배로부터 전화를 받았다. 이라크에 있던 선배는 어느 틈에 러시아 모스크바에 가 있었다. 그가 전하는 변함없는 말, "야. 탁환아. 내가 『하드리아누스의 회상록』에 맞먹는 글 하나 썼거든. 이라크 이야긴데……." 나는 또 현실주의자로 돌아간다. "지금 그건 출간 못해요. 형은 너무 중심에 있었으니까." 중심은 침묵해야 하는 법일까.

2005년 8월 2일 ____ 쉬면서 모처럼 읽고 싶던 책들과 지냈다. 다음 책들을 정독했다.

나선희 『서유기』 송태현 『판타지』 J.K. 롤링 『해리포터와 마법사의 돌』 하루키 『어둠의 저편』 존 그리샴 『브로커』 하루키 『해변의 카프카』.

2005년 8월 3일 ____ 박찬욱 감독의 「친절한 금자씨」를 보았다

도스토예프스키의 『죄와 벌』이 생각났다. 라스콜리니코프는 도끼로 노파를 죽였는데, 죽이기 전부터 죽이는 순간 또 그후까지 내내 불안초조의 연속이었다. 금자는 그 불안초조를 훌쩍 뛰어넘어 어딘가에 서 있다. 이 응징을 받아들이기 위해서는 자본주의의 수전노 수준으론 미약하고 절대악에 가까워야 한다. 절대악을 벌하기 위해서는 법 이상의 수단이 필요하다는 논리. 어느 정도의 추상화(혹은 철학적 신화적 비유)는 피할 수 없는 길이다.

밀어붙이는 힘이 넘쳤다. 이렇게 끝까지 가는 이야기가 좋다. 『해변의 카프카』에서도 그랬지만, 그 끝에는 항상 현실도 아니고 상상도 아닌, 사실도 아니고 비유도 아닌, 그 모두인 시공간이 펼쳐지나보다.

2005년 8월 9일 ____ 「웰컴투동막골」을 보았다.

무엇을 어떻게 보여주어야 하는지 잘 아는 감독의 솜씨가 빛났다. 남북한 병사가 연합군(!)을 형성하여 미국 폭격기에 맞서는 장면은 특히 인상적이었다. 영화는 저기까지 성큼성큼 앞서가고 있다. 내용도 형식도.

2005년 8월 10일 ____ 이틀간 서평 두 개를 썼다. 아래 책들을 읽었다.

하종오 시집 『님』 장석주 시집 『붉디 붉은 호랑이』 강심호 『디지털 에듀

테인먼트 스토리텔링』 배주영 『디지털 애니메이션 스토리텔링』 전경란 『디지털 게임의 미학』 한혜원 『디지털 게임 스토리텔링』 이인화 『한국형 디지털 스토리텔링』 이정엽 『디지털 게임, 상상력의 새로운 영토』.

2005년 8월 13일 ____ 연구실 분위기를 바꿨다.

『열녀문의 비밀』 때문에 여기저기 쌓여 있던 백탑파와 정조 관련 서적들을 한 곳으로 모으고, 가을 겨울 작업할 책들로 새단장을 했다. 읽어야 할 새책 냄새가 좋았다. 무언가를 정리한다는 것은 이렇게 또 무언가를 새로 시작하는 것인가보다.

2005년 8월 17일 ____ 100일 남짓 장편소설 창작을 쉬었다.

오늘부터 새 작품을 시작한다. 늘 그렇지만, 첫마음은 끝장을 볼 때까지 몸도 마음도 밀어붙여보리라는 것이다. 조금 특별한 점이 있다면, 이번 작품은 왠지 내게 '문학이 구원'이라는 낡은 그러나 강력한 잠언을 가르쳐줄 듯하다.

내가 심은 단어가 폭죽처럼 터지고 내가 날린 문장이 비수 되어 꽂히기를! 생의 비애를 정직하게 감싸안으며 흐느끼기를! 기억할 수 없는 것까지 기억하기를! 끝내 슬프면서도 슬프지 않기를!

2005년 8월 20일 ____ 18일 『부여현감 귀신체포기』 영화 계약을 마치고, 19일 7시부터 9시까지 강남 교보문고에서 독자들과 다과회를 가졌다.

살다보면 숨이 턱 막힐 때가 있는데, 이희완 대위와의 해후가 그랬다. 1995년, 해군사관학교 교관 시절 나는 그에게 국어 작문을 가르쳤다. 어깨가 떡 벌어진 그는 내 이야기를 유심히 듣던 1학년 생도였다. 이후 나는 제대를 했고 그는 임관을 해서 해군 장교가 되었다. 가끔 텔레비전에서 해군 함정들이 나오거나 위관장교들이 출연해도, 옛추억을 떠올리며 웃을 따름이었다.

그런데 서해교전이 있었고, 희완이는 다리를 크게 다쳤다. 휠체어 탄 모습을 신문에서 보았고, 전역이 아니라 해군 장교로 계속 복무하게 되었다는 소식, 결혼 소식도 들었다.

18일 희완이가 내게 물어물어 전화를 했고, 19일 우리는 만났다. 아, 10년 동안 우리에겐 무슨 일이 있었던 것일까. 희완이는 서울대 심리학과 대학원 1학년으로 위탁교육을 시작했다고 한다. 내가 20대 내내 돌아다니던 교정을 이제 희완이가 불편한 다리를 이끌고 걸어다닐 상상을 하니, 가슴이 짠했다.

해전에서 싸우다 다치거나 죽는 일은 『불멸의 이순신』에서만 있는 것이 아니다. 내가 가르친, 또 나와 함께 훈련받았던 동료들도 서해 그 아득한 바다에서 참군인의 모습을 보인 것이다.

세월이 너무 빨리 가고 또 일이 바쁘다는 핑계로 꼭 만나야 할 이들을 못 만

나는 느낌이 들었다. 다른 자리에서 희완이에게 술 한잔 사주리라. 이순신도, 남해바다도, 전우애도 이런 만남 속에 살아 있는 것이리라.

2005년 8월 21일 _____ 첫 꼭지를 마쳤다. 잠이 오지 않는다. 에이, 그럼 안 자면 되지. 잠 안 자고 신림동 당구장으로 오락실로 술집으로 만화방으로 가고 싶다. 가봤자, 신림동은 더 이상 내 집이 아니니, 잠 안 자고 그 짓을 해도 즐거울 턱이 없다.

에이, 그럼 생각도 말고 잠도 안 자면 되지. 그럼 무얼 할까? 편지라도 쓸까?

헤이, 신림동씨. 내 청춘 못 봤수? 가슴이 날카로워지지가 않아요.

2005년 9월 6일 _____ 개학을 하고 한 주가 지나갔다.

영화 「박수칠 때 떠나라」를 보았고 『부여현감 귀신체포기』를 다시 한 번 정독했다. 장편소설은 더디 흘러 220매를 겨우 넘었는데, 나중에 문체를 전부 손보아야 한다. 답사와 세미나 계획 꼼꼼하게 짤 것.

벌여놓은 일들은 많은데, 마음은 정처 없다. 상상력과 힘을 집중시킬 필요가 있다. 완료형이 아니라 진행형으로! 아직 쓰지 않은 문장들만 사랑하며 그리워하자.

2005년 9월 8일 _____ 가장 먼저 아파하고 가장 늦게까지 슬퍼하는 인간!

매혹마저 고통으로 느끼고

고통까지 매혹으로 탈바꿈시키는

그가 바로 비극작가다.

2005년 9월 12일 _____ 『불멸의 이순신』과 『부여현감 귀신체포기』 『열녀문의 비밀』 등 12권의 소설을 쓰는 동안, 나는 내내 상트페테르부르크의 네프스키 대로를 걸었던 그 하루를 떠올리곤 했다. 도스토예프스키가 만년을 보낸 집과 고골이 만든 유령이 외투를 훔치던 골목과 푸시킨이 문학을 논하던 카페. 그리하여 도스토예프스키와 차이코프스키의 무덤에 이르기까지, 처음엔 떨렸고 그 다음엔 황홀했으며 또 그 다음엔 이 살갗을 벗기는 것 같은 느낌을 어떻게 글로 옮길까 두려웠었다. 물론 시간이란 괴물은 단절을 모르고 처음과 끝도 없지만, 나는 일년 하고도 열 달 남짓을 보내며 그날 그 거리를 내 소설 쓰기의 처음으로 삼았던 것 같다. 물론 지금도 여전히 그 거리는 그립고 고맙고 든든하며 사랑스럽다. 앞서 언급한 소설들 곳곳에 기억의 편린들이 숨어 빛난다. 하지만 나는 머물지 말고 나아가야 할 때가 되었나보다. 또 다른 길 위에서, 또 다른 시작을! 나는 오늘부터 첫날처럼 달라지리라. 잘 가라 내 기억들이여! 기형도 식으로 말하자면, 더 이상 내 것이 아닌 열망이여! 모든 걸 잃고 아무것도 잃지 않기 위해 나는 쓰네.

어젯밤 이명세 감독의 「형사」를 보다. 유쾌하고 꽉 찬 화면에 슬픈 사랑 이야기였다. 언론에서 지나치게 혹평을 한 것 같다. 역시 그는 뛰어나다.

2005년 9월 13일 ____ 비극적 세계 인식에 대해 잠깐 논의하다.

'내가 글을 써봤자 세상은 조금도 더 나아지지 않을 것이다. 그러므로 쓸 필요가 없다…….' 여기까지 이르면 정말 바닥이리라. 그러니까 나는 아직 조금은 계몽의 열망을 지니고 있다.

그러나 이미 바닥을 친 이들도 많다. 그들은 어찌 하루하루를 살아갈까.

조정래가 '역사투쟁'이라고 부른 자리, 한용운이 '님의 침묵'이라고 가리킨 곳. 세상은 정말 이해할 수 없는 것투성이다. 이해할 수 없는 것을 이해할 수 없다고 쓰기.

아, 나는 가벼워지긴 틀렸는가보다. 무겁게 질질 끌려가며 흔적을 남기든가 아니면 끝장을 보든가.

허진호 감독의 「외출」을 보다. 예전에는 여백이나 여운이라 믿었는데, 이번에 보니 그건 단지 머뭇거림이었다. 당연히 더 가야 보이는 것들인데, 가보지도 않고 알아서 상상해보라고 한다. 아쉽다.

2005년 9월 16일 ____ 한 달 동안 쓴 소설을 다듬기 시작. 편하면서도 마음을 울리는, 저마다의 기억과 경험을 환기시키는 문장을 만들고 싶은데, 역시 어렵다. '슬픔'에 대한 이야기라서 그런지, 더더욱 감정이 흘러넘치지도 않고 모자라지도 않은 미세한 접점에 외나무다리를 놓아야 한다. 쓸쓸!

2005년 9월 19일 ____ 스티븐 킹의 『샤이닝』(전2권)을 읽다. 가장 가까운 이에게서 가장 큰 공포를 느낄 수 있다는 진리를 킹은 유감없이 보여준다. 폐쇄된 공간에서, 사실과 환상을 교묘하게 섞어가며 인간의 어두운 욕망을 처절하게 드러낸다. 어떻게 쌓여 있고 또 어떤 순간에 폭발하는가에 대해 더 고민할 필요가 있겠다. 킹을 읽고 있으면, 그런 생각이 든다. 이렇게 평생 공포만 만들면, 킹은 행복할까? 평생 슬픔만 만들면, 나는 행복할까?(불행을 만드는 작가는 행복해도 되나? 시인은 행복해도 되냐고 이성복이 황동규에게 물었다고 하더니, 그 즈음에 와 있을까? 술 마시고 싶은데 알코올성 지방간에 목이 헐었단다. 간이야 미동을 하지 않으니 잘 모르겠는데 목이 아프면 괴롭다. 허균 때 수술한 후 목이 아프면 오래 간다. 그 바람에 담배도 끊도록 강요당했다. 오래가는 건 뭐든지 안 좋다. 병이든 집착이든.)

킹을 읽고 나면 말이 많아진다. 자꾸 내 불행한 의식들을 건드리나보다. 사람은 보통 최선을 바라보는데, 킹은 네가 가진 최악을 꺼내보라고 충동질한다. 최악을 꺼내놓으면, 킹은 씩 웃으며 말하겠지. 뭘해? 빨리 직이는(!) 이야길 만들어. 제길! 호러 킹 만세!

2005년 9월 21일 _____ 폴 오스터의 『빵굽는 타자기』를 어제오늘 다시 읽었다. 소설가가 되기까지의 험난한 여정을 잘 담은 좋은 글이다. 그 여정은 사실 마음의 행로다.

영화 「신데렐라 맨」을 보았다. 「밀리언 달러 베이비」만큼은 아니지만, 그래도 꽤 감동적인 훌륭한 작품이다. 이야기의 힘이 느껴졌다.

2005년 9월 25일 _____ 영화 「찰리와 초콜릿 공장」을 보다. 팀 버튼과 조니 뎁 콤비의 환상 여행! 줄거리는 그저 그랬지만, 이미지는 여전히 강렬하다. 따뜻한 영화는 아니고(가족애를 강조했지만), 오히려 아이들에 대한 징벌은 잔혹한 수준이다.

공포물 하나를 구상 중이다. 이렇게 가면 공포 그 반대면 행복… 이런 식이 아니라 어디로 가든 넌 두려울 것이다……, 뭐 이런 식!

2005년 9월 27일 _____ 1박 2일로 서울에 다녀왔다. 『열녀문의 비밀』 영화 계약을 했다. 오늘은 풍납토성, 몽촌토성, 아차산성을 둘러보았다. 답사는, 언제나 그렇지만, 즐겁다. 좋은 글은 발바닥에서 나온다.

2005년 9월 29일 _____ 영화 「너는 내 운명」과 「사랑니」를 보았다.

요즘 사랑을 다룬 영화들은 격정 대신 잔잔함을 선호한다. 「너는 내 운명」에서는 그래도 두 장면 정도 감정을 밀어올리는데, 「사랑니」는 전혀 그런 장면이 없다. 대신 은유와 기대어 생각하기 전략을 선호한다. 그러면 감정은 저 밑바닥에 그냥 있고 머리만 이리저리 어지럽다. 화면은 아름답고 때론 놀랍지만, 아쉽다. 왜 감독들은 격정에 주목하지 않을까. 촌스럽다고 보는 걸까. 그래도 치고 들어갈 부분에서는 온몸을 들이미는 용기도 필요할 것이다.

2005년 10월 2일 _____ 『혼자 밥 먹지 마라』라는 책 제목을 읽고 피식 웃다. 문창과 강의를 맡고 나선 학생들을 가장 자주 협박하는 이야기가 "혼자 밥 먹지 못할 놈은 글 쓰지 마라"는 것이었으니까. 혼자 밥 먹다보면 사교성도 없고 외곬수에 빠지기 십상이다. 그러니 혼자 밥 먹지 않고, 여럿이서 어울려 먹어야 사회생활 제대로 할 수 있단 소리겠지. 허나 소설가는 혼자 밥 먹어야 한다. 꾹꾹 눌러담은 밥을 숟가락으로 푹 퍼서 입에 넣으며, 아 정말 나 혼자 밥 먹고 있구나, 내가 지금 밥 먹는 걸 아무도 모르는구나, 느껴야 한다. 근데 요즈음 너무 혼자 밥 먹을 시간이 없었다. 그래서 글이 자꾸 부드러워지고 산만한가보다. 격정적인 문장을 짓기 위해 얼마나 혼자 밥 먹고 밥 먹고 또 밥 먹었던가. 아무리 오래 혼자 먹었어도 잠시만 흔들리면 격정은 사라지나보다. 아, 혼자 밥 먹자. 혼자 쓰고 혼자 울고 혼자 춤추자.

2005년 10월 5일 _____ 요즈음 생활이 산만한 건 확실하다. 그날그날 일들을 근근히 메우다보면 하루가 간다. 소설은 진도가 나가지 않고 시나리오는 생각들만 어지럽다. 무엇보다 밋밋하다. 밋밋한 게 싫어 작가가 되었는데 밋밋하다. 너무 밋밋해서 지겨울 만큼. 『나, 황진이』나 『허균, 최후의 19일』의 폭발력과 응집력, 밀어붙이는 힘을 되찾고 싶다. 그런데 방법이 없다. 아니 방법은 알지만 불가능하다. 교수가 된 후 방학 때만 글 쓴다는 소릴 듣고 싶지 않았다. 지난 10년 동안 나는 학기 중에도 쓰고 물론 방학 때도 쓰는 인간이었다. 그런데 지금은 확실히 아니다. 산만하게 한 달 반이 흘렀다. 산을 오르지 않고 언덕만 빙빙 돈 느낌이다. 오늘도 결국 이렇게 갔다.

2005년 10월 6일 _____ 내내 집필 중이면 좋겠다. 글을 쓰거나 고치고 있을 땐 딴 생각이 안 나니까.

최소한 이것보단 더 나아야 한다는 자만심은 멋진 것이다. 그런데 그게 참 힘들다.

2005년 10월 11일 _____ 자, 다시 시작하자.

소설 쓸 때, 거짓말 하지 말 것.

집중 집중 또 집중할 것.

2005년 10월 13일 ____ 창작발레 「펠레아스와 멜리장드」를 보다. 안무가 돋보였다. 무대를 넓게 쓰면서도 이야기 흐름을 정확하게 짚었다. 골로 역을 맡은 정운식의 카리스마와 절도 있는 손짓이 매혹적이었다. 사랑의 메시지보다는 질투 그리고 죽음의 메시지가 훨씬 강했다. 원래 그런 건가.

2005년 10월 20일 ____ 부다페스트 페스티벌 오케스트라와 피아니스트 백건우의 협연을 보다. 음반으로 듣기만 하다 직접 보니, 백건우는 훨씬 깊고 힘차다. 오케스트라의 선율 속에 녹아서 튀지 않으면서도 자신의 색깔을 분명히 한다. 오케스트라가 연주한 브람스의 교향곡은 큰 감동이 없었는데, 대신 「헝가리 무곡」은 놀랍도록 유연하고 홍이 살아 있었다. 자신들 핏속에 흐르는 곡조라서 그럴까. 아니면 나의 선입견일까.

2005년 10월 21일 ____ 영화 「내 생애 가장 아름다운 일주일」을 보다. 인생이 지닌 논리적 결함을 예리하게 파고든 영화다. 인간이란 자신의 스타일을 철저히 지키는 것 같으면서도 결정적인 순간엔 그 스타일 너머 혹은 정반대로 가버린다. 이유를 물어보면 대충 "그게 사람 아닌가요?" 정도로 얼버무린다. 정확한 논리만으로 생을 정리할 수 있다면, 벌써 삶에 대한 매뉴얼이 나왔을 것이다. 이 영화는 일주일 동안 벌어진 논리적 결함들을

약간 산만하지만 그래도 솜씨좋게 펼쳐 보인다. 정말 가난한 인간의 슬픔이 느껴지는 임창정의 연기가 돋보였다.

2005년 10월 23일 _____ 집필 중인 장편소설에서 내가 무엇을 쓰려고 하는지 확실히 알겠다. 그건 '우아한 관능'이다.

어젯밤 어머니께서 지나가듯 말씀하셨다.

"「애수」를 봤어. 스무 살 때 보고 처음이었는데, 잉그리드 버그만은 역시 이쁘더라. 험프리 보가트도 멋지고."

난 건성으로 받아넘겼다.

" 최고 스타였죠. 그때."

어머니는 고개를 끄덕이셨다.

"그래 그땐 누구나 전성기지. 44년 전에 친구들이랑 본 영화를 또 보게 될 줄이야."

어머니는 성경을 마저 읽겠다고 방으로 들어가셨다.

나만 혼자 거실에 남아 있었다. 44년이란 세월이 가슴을 눌러왔다. 스무 살 때 무엇인가를 하고 또 무엇인가를 보고 또 누군가를 만나고, 44년이 지난 후에 그것들과 다시 부딪힐 때의 기분이란 어떤 것일까. 더구나 영화 속의 배우들은 하나도 늙지 않았다. 늙어버린 자신과 여전히 젊은 여배우 사이를 오가며, 어머니는 대체 이놈의 인생이 뭐라고 생각하셨을까. 더구나 명색이 소설가인 아들은 그 마음의 기미를 눈치채지도 못하고 겨우, 최고 스타였죠 그때 운운했으니, 부끄러운 일이다. 추억의 무게를 달아볼 수 있을까. 쓸쓸.

2005년 10월 25일 ____ 공산성 답사. 공산성에서 정지산, 정지산에서 왕릉까지의 거리감이 확실히 생겼다. 아, 이제 쓸 수 있겠다.

실없는 농담 한마디. "이 소설 쓰고 있는 나 자신이 너무 사랑스러워. 말랑말랑거려. 이런 느낌 처음이야."

2005년 10월 27일 ____ 영화 「오로라 공주」 보다. 서서히 슬픔이 차오르는 영화. 지나치게 느려 눈부신 놀람이나 끔찍한 두려움은 없지만 답답하고 답답한, 그래서 더욱 막막한 영화. 이러다간 미쳐버리거나 울 수밖에 없겠지. 기형도의 그 늙어버린 젊은 사내들이 자꾸 떠올랐다. 세상을 다 살아버린 불행한 영혼들. 어쩌지. 아, 어쩌지.

2005년 10월 31일 ____ 어제 대전시립미술관의 「디지털 파라다이스」 전시를 보았다. 재료의 발견이 중요하듯 기술의 발명과 발견 역시 예술을 전혀 다른 방식으로 발전시킨다. 소리를 눈으로 보게 하고, 화면 앞의 움직임을 화면 속으로 끌어들이고, 내가 참여함으로써 상대가 생명을 얻고. 한 번 더 가서 찬찬히 단상들을 정리하며 살펴야겠다.

토요일과 일요일 마산에 다녀왔다. 초등학교 친구의 늦은 결혼식. 기억에도 가물가물 남아 있는 듯 마는 듯하던 녀석들이 툭툭 현실로 튀어나왔다. 금방 말을 놓고, 시간을 넘어, 회 먹고 술 마시고 노래부르고, 놀았다. 공간여행과 시간여행을 동시에 겪었다고나 할까. 삶에 대해, 20년 하고도 또 몇 년이란 게 참 긴 시간이지만 또 사실 별 거 아니라는 생각에 대해, 가끔은 뒤도 돌아보리라 쓸쓸한 웃음에 대해……. 따듯한 주말이었다.

2005년 11월 3일 _____ 이틀 계속 강연을 다녔다.

오늘은 쓰고 있는 장편의 두 번째 이야기를 마무리하였다. 세 번째 이야기는 공주에서 시작된다. 지난 달에 두 번 답사를 마쳤고, 이제 숨결만 불어넣으면 된다. 공산성에서 바라본 공주는 편안하고 고즈넉했지만, 나는 그 아래 숨은 뜨거움을 되살려내고자 노력할 것이다. 보이는 대로 믿지 말 것. 뒤로 밑으로 위로 만지고 깨물고 팔 것.

2005년 11월 4일 _____ 동학사 나들이. 친근한 길이지만, 낙엽 진 물빛은 낯설다.

그 안에는 하늘도 있고 기억도 있고, 마음대로 움직이려는 나와 마음대로 움직이려는 나를 변함없이 바라보는 마음이 있다. 이렇게 볼 때마다 달라 보이는 시간들이, 공간들이 좋다.

2005년 11월 10일 ____ 7일과 8일 부여 답사를 다녀왔다.

7일에는 부여동헌-부소산성-무량사를 돌았다. 세 곳 모두 다섯 번 정도는 간 듯한데, 낙화암 아래 고란사에서 배를 타고 백마강을 따라 구드래나루까지 간 건 처음이다. 낙화암에 서서는 여기서 뛰어내리는 것이 가능한가 의심도 했는데, 강에서 바라보니 낙화암이 뛰어내리기에 딱 좋은 곳이었다. 8일에는 백제역사문화관과 공사중인 재현단지를 돌아보았다.

8일 오후 3시부터 5시까지 진형준 선생님이 오셔서 '한국문화의 세계화'란 주제로 특강을 하셨다. 그리고 자정까지 대취했다. 선생님은 다양한 방식으로 탁환아, 문학하자! 문학하자! 문학하자! 하셨고, 난 10여 년 전 선생님과 당구 치고 술 마시고 노래 부르던 때처럼 예, 예, 예, 예 했다. 문학하자! 아, 그래 나는 글을 앓고 책으로 사는 문학주의자다.

이충무 선생님 특강. '던져진 건 칼이지만 꽂힌 건 사랑이었다.'

텍스트를 잘게 쪼개어 꼼꼼히 살피면, 더 많은 창작의 비밀을 알 수 있다는 진리를 확인하는 자리였다. 윤여철과 김현미가 청첩장 가지고 다녀갔다. 여전한 녀석들! 종교와 예술에 대해 이런저런 이야기를 나누었다.

귀머거리와 벙어리로 살고 싶다. 면벽!

2005년 11월 15일 ____ 14~15일 서울에 다녀왔다.

14일은 청년필름 사무실을 구경하고 저녁 먹고 '소설'이란 술집에서 (소설에 소설가가 갔으니 말은 된다) 수다 떨었다. 영화에 빠져 온종일을 보내는 영혼들의 틈바구니에서 나는 약간 우울 모드였다. 쓰고 있는 소설 때문이리라.

15일엔 청년필름에서 잡아준 호텔에서 혼자 눈을 뜬 다음, 오전 동안 소설을 24매(200자 원고지로 환산해서) 썼다. 어차피 12시까진 이 공간을 사용할 수 있고 또 구석에 인터넷이 되는 컴퓨터가 있었으므로. 또 어젯밤 수다에서 떠오른 착상과 느낌들이 사라지는 것이 아까워 소설을 쓰기 시작했는데, 쓰다보니 문장들이 훨훨훨 날아들어 24매나 써버린 것이다.

건양대에 재직하는 동안 내 연구실에서 생활했던 조원미, 김미영과 점심. 녀석들은 녀석들 나이에 알맞은 고민과 미소를 지녔다. 막막하지 미래가? 그 막막함을 더 즐겨. 그게 스물여섯 살의 힘겨움이자 기쁨일 테니!

퍼슨웹에 2시쯤 도착했다. 천정환이 예전부터 준비한 김승옥에 관한 책이 사무실 구석에 놓여 있었다. 그리고 거실에는 이 트리뷰트의 주인공인 김승옥 선생님이 앉아 계셨다. 소설이란 무엇이고 소설가란 무엇이며 또 삶이란 무엇이고 신앙이란 무엇일까. 계속 물음표를 던지며 선생님 얼굴을 바라보았다.

선생님은 천정환이 만든 책이 꽤 흡족하신 듯했다. 다행이다. 퍼슨웹에 올라왔던 조성진의 인터뷰도 함께 실렸다. 아, 참 가슴을 먹먹하게 만드는 인터뷰였는데, 종이책으로 읽으니 감회가 새롭다. 정겨운 퍼슨웹 식구들과 수다.

10시 20분 KTX를 타고 대전으로 돌아왔다.

삶은 고통스러운가? 삶은 아름다운가? 삶은 숭고한가?

2005년 11월 16일 ____ 「러브토크」를 보다. 담담하고 답답한 영화.

나쁜 의미의 답답함은 아니고, 남자 주인공의 주저주저함이 도를 넘어서기 때문에 정말 객관적으로 답답할 수밖에 없었다. 화면 질감에서 묻어나는 슬픔이 참 좋았다. 저런 질감을 문체로 어떻게 표현할까 내내 고민했다. 연민에 관한 영화다. 시나리오를 구해 읽어봐야겠다.

2005년 11월 24일 ____ 서울, 공주, 부여 등지로 네 번 현장답사를 다녀오고 석 달 꼬박 매달린 장편 초고를 월요일에 마친 후 잡글을 쓰며 사흘을 보냈다. 보름쯤은 소설을 멀리 둔 채 거리감이 생기기를 기다리기로 했다. 격주로 독서칼럼을 쓰지 않겠느냐는 권유를 받았다. 하기로 했다.

『이데아의 동굴』이란 스페인 소설을 우편으로 받았다. 번역자인 김상유는 대학 다닐 때 서클 후배다. 공부도 잘하지만, 살사 춤 솜씨가 끝내주는 녀석. 청첩장까지 함께 들어 있다. 상유야! 이제 새로 춤판 벌여야겠지? 빙글빙글 돌다가 돌다가 만나서 술 먹고 글 먹고 그러자!

『단원 풍속도첩』을 아침마다 들춘다. 안대회 선생이 곁들인 글이 썩 어울린다. 요즈음 풍속을 그리는 화가는 어디에 있나? 모를 일이다.

2005년 11월 25일 _____ 집필실을 마련했다. 100퍼센트 예술가로 살겠다.

2005년 12월 8일 _____ 김충길 감독님이 드라마 『서러워라, 잊혀진다는 것은』의 편집본을 보내오셨다. 일년 전 원작 계약을 한 후 내내 남해 바다 여기저기를 떠돌며 촬영을 한 것이다. 풍광은 아름답고 내가 만든 인물들은 감독의 지시에 따라 때론 무겁고 때론 날렵하게 움직인다. 일년 동안 소설을 쓰는 것도 힘겹지만, 일년 동안 TV 문학관에 올릴 100분짜리 드라마 하나에 몰입하는 것도 어려운 일이다. 정말 이런 일은 미쳐서, 그저 좋아서 덤벼들어야 가능하다. 어찌 아쉬움이 없으리오마는, 드라마를 보는 내내 평생 드라마만 만들어온 김 감독님의 삶이 겹쳐 아무런 조언도 드릴 수 없었다. 이것이 삶인 걸 어찌하리. 아쉬움은 아쉬움으로 두고 또다시 시작할 수 있음을 다행이라 여길 뿐.

닷새 동안 단편소설 초고를 하나 완성했다. 오래 전부터 쓰고 싶었던 것이라서 술술술 이야기가 흘러나왔다. 정말 그저 손만 빌려준 느낌.

2005년 12월 22일 _____ 작업실을 꾸민 후 12월이 시작되고 나서… 시나리오를 하나 쓰고, 단편소설을 셋 쓰고, 칼럼을 셋 썼다.

정신을 차려보니 22일이다. 남은 9일 동안 아마도 나는… 장편소설 하나를 퇴고하고, 단편들을 모아서 정리 겸 퇴고할 것이다.

초고를 쓰고, 그 초고를 고치는 일. 단순하지만 내 삶에서 가장 중요한 부분이다.

고립을 기꺼이 자초하며. 그렇게.

2005년 12월 27일 _____ 상트페테르부르크 교향악단 연주회를 보았다. 완숙미가 넘쳐흘렀다.

이틀 전에 「킹콩」을 보았다. 웃기고 슬펐다. 인종편견만 빼면 잘 만든 대중영화다.

단편들을 고치기 시작해야 하는데 손이 잘 움직이지 않는다. 복잡한 건 싫다. 단순하게 가고 싶다.

2006년 1월 1일 _____ 오늘부터 「대전일보」에 장편소설 『애이불비-백제인의 사랑』 연재를 시작한다. 월 · 수 · 금 각 17매씩 긴 여행이 시작되는 것이다. 남상현 기자와 의논한 뒤 2005년 여름부터 본격적인 준비를 해왔지만 여전히 부족한 부분이 눈에 띈다. 교감의 글쓰기를 하고 싶다.

12월 29일 「왕의 남자」를 보았다. 뛰어난 영화였다. 몸의 이야기를 좀더 했더라면 하는 아쉬움이 들었지만, 이만큼도 성취하기 어려운 수준이 아닐까. 정진영의 연기는 특히 뛰어났다.

경남 고성에 가서 공룡 발자국을 보고 왔다. 그 움푹 들어간 발가락에 내 발을 집어넣고 바다를 바라보았다. 올해도 쓸 것이 참 많을 듯하다.

2006년 1월 2일 _____ 눈 뜨고 하루 종일 아홉 편의 단편을 만졌다.

누구는 단편을 장편으로 가는 도구 정도로 보고 일년에 많게는 열 편도 짓더라만, 내게는 단편이 꼭 내 삶으로 빚는 도자기 같다. 일년에 하나 좋은 놈을 건지면 그것도 다행이라 여겼으니까. 여섯 편은 발표했고 세 편은 아직 세상에 선보인 적 없다. 1996년에 마친 놈도 있고 2005년에 지은 것도 있으니, 10년 세월이 이 안에 녹아 흐른다. 유행에 상관없이 그 자체로 완결된 이야기를 꿈꾸었으니, 세월의 강이 좀 넓다 해도 괜찮다.

열 시간 넘게 앉아 있었더니, 어깨도 뻐근하고 허리도 아린다. 10년 세월과 씨름 한 판 오지게 한 듯.

2006년 1월 4일 _____ 영화 「왕의 남자」를 한 번 더 보다. 장생과 공길의 마지막 줄타기를 바라보는 연산군의 웃음이 새로웠다. 장생과 공길의 사랑을 인정하고, 그 사랑에 자신도 감정이입하는 것인가. 그러니까 이 영화는 남자 셋의 삼각관계를 다룬 작품인 셈이다.

유길준의 『서유견문』 1편을 읽고 든 생각. 유길준이 미국에서 읽은 지구과학과 지리 교과서는 뭘까? 100년 전에 담긴 몇몇 과학에 대한 사례들은 놀랍게도 내가 국민학교에서 배운 것과 똑같았다. 유길준도 알고 나도 아는 상식이란 셈인데, 이런 걸 좀더 확장해볼 수는 없을까. 가령 세종대왕도 알고 나도 아는 상식이라든가, 원효도 알고 나도 아는 쪽팔림이라든가.

2006년 1월 9일 ____ 7일 밤, 영화 「그린마일」을 보았다. 나는 스티븐 킹이 만드는 이야기의 핵심이 '불안'이라고 생각한다. 불안, 즉 편안하지 않음은 돌출행동이나 돌발적인 상황을 가능하게 만든다. 이야기는 긴장 그 자체고 불안한 인물들은 어디로 튈지 모른다. 영화 「그린마일」은 그런 원작의 불안을 꽤 잘 영상으로 옮겨놓았다.

『고려도경』을 다시 읽었다. 예전 번역보다 이번 황소자리 번역본이 훨씬 읽기 편하고 참고할 자료도 많이 곁들였다. 고려는 정말 파먹을 게 많은 나라인데, 접근하긴 어렵다. 불교 공부부터 차근차근 할 것.

꼭 그 시간에 해야 할 일들을 자꾸 놓친다. 뒤늦은 선물도 그렇고, 글에 대한 느낌을 물어야지 생각하곤 그냥 지나쳤다.

연재는 쉽지 않다. 역시!

2006년 2월 1일 ____ 어제 「홀리데이」를 보았다. 부끄럽지만 처음부터 계속 울면서 영화를 봤다. 영화가 잘 만들어졌느냐 아니냐를 따지기에 앞서, 거기 내 20대의 고민이 고스란히 담겨 있었다. 국가권력이 악이라면, 대통령이 그 악의 수괴라면, 나는 어떻게 살아가야 할까. 감독은 오직 그 하나만을 잡고 늘어졌다. 그 흔한 연애담도 농담 따먹기도 이 영화에는 없었다. 그래서 심심하지만, 거칠지만, 그 시절이 그렇게 심심하고 거칠고 또한 무서웠으니까. 아! 예술은 정말 오래 기억한다. 예술가는 잊을지라도 작품은 인류가 저지른 잘못을, 또 그 잘못을 뉘우치려는 눈물과 그 잘못을 이겨내려는 고뇌를 어느 것 하나 지우지 않은 채 간직하고 있다.

2006년 2월 8일 혹은 2월 9일 ____ 잠이 들었다가 두 시간만에 깼다. 빈둥거린다. 이것도 좀 해보고 저것도 좀 해보고.

폴 오스터가 『*Hand to Mouth*』(소설 『빵 굽는 타자기』의 원제목)에서 했던 말이 자꾸 떠오른다. "내가 하고 싶은 일은 책을 말하는 것이 아니라 책을 쓰는 것이었다."

그래서 나는 책을 연구하는 학자가 아니라 책을 쓰는 작가가 되었나보다. 그러나 책을 쓴다는 것은 책을 말하는 것은 아닐지라도 세상에 대하여 무엇인가를 말하는 것이니, 쓰는 일과 말하는 일은 그렇게 멀리 적대적으로 동떨어져 있는 게 아니다.

1888년에 계속 머물러 있다. 이번 주 혹은 다음 주까지, 나는 이 홍미로운 그리고 웃기면서도 슬픈 '식인종 소동'에 빠져 있을 듯하다.

2006년 2월 12일 ____ 내일이면 『애이불비』 1부 '부들신'이 끝난다. 연재할 분량은 이미 보냈고, 아마 오늘 저녁이면 인터넷판이 나올 것이다. 다음주 수요일부터는 2부 '만만 언덕'이 이어진다. 월 · 수 · 금 주 3회에 매회 17매 정도씩을 올리는 일은 쉽지 않다. 준비를 꽤 한다고 했는데, 결국은 보내기 전에 처음부터 끝까지 문장을 다시 손보고 있다. 그래도 흡족하지 않은 부분이 더러 눈에 띈다. 아쉽다. 2부엔 그 아쉬움을 최대한 줄이도록 노력해야겠다. 한 가지 다행은 백범영 선생과의 작업이 아주 순탄하고 또 내 마음에 쏙 든다는 점이다. 세 번째 같이 작업을 하니, 이제 느낌만 전해도 멋진 삽화가 나올 정도다. 더 큰 대작에 도전해도 좋을 듯싶다.

2006년 2월 25일 ____ 한 시절이 접히고 나면, 많은 것들이 사라진다. 그 사라짐 앞에서 쓸쓸하고 씁쓸하지만, 나중에 보면 그중에 꼭 남는 것이 있어 그 시절을 일깨운다. 3년 동안 많은 일들이 있었다. 많은 이들을 만났고 많은 문장을 썼다. 아직은 무엇이라 말하기 힘들지만 이 시절은 내게 아주 중요하고 또 독특하며, 때론 어떤 한계 속에서 아파하고 때론 어떤 황홀감 속에서 기뻐한 시기인 것만은 확실하다. 그러니, 사라진다 사라진다 되씹지 말자. 사라진 것들 불쑥 내일 먼저 나를 찾아오리.

2006년 3월 19일 ____ 3월 17일 「브로크백 마운틴」을 보았다. 예상대로, 내가 좋아하는 종류의 영화였다. 삶 전체를 놓고, 치명적인 만남과 끊어질 듯 끊어질 듯 이어지는 인연과 결코 포기할 수 없는 마지막 의지들. 쓸쓸하고 쓸쓸하여라 인생이여!

2006년 3월 30일 ____ 카이스트 대학원에서의 삶은 생각보다 훨씬 예술적이다. 어제는 그런 생활의 한 단면이 압축된 날이었다.

오전에는 아주 미술관에 가서 「어머니의 보자기-이렇게 아름다울 수가」를 보았다. 칸딘스키의 그림같은 추상들이 펼쳐져 있었다. 특히 현대 커튼과 같은 용도로 쓰인 방장의 위엄은 대단했다. 관람을 마친 후 집필실에서 장편소설을 정해진 분량만큼 썼다. 그리고 학교에 3시쯤 도착하니, 입구에 로봇들이 전시되어 있었다. 일부러 세련됨을 없애고 기계의 무뚝뚝함과 차가움을 과장스럽게 드러내고 있다. 5시 30분부터 한 시간 동안은 첼로 연주를 들었다. 동료 교수인 첼리스트 김정진의 연주는 깊고 우울했다. 첼로를 특히 좋아하는 나로서는 그렇게 가까이에서, 게다가 친분이 있는 연주자가 자유롭게 악기를 다루는 모습을 처음보았다. 격주로 열린다고 하니 선물은 계속 이어지는 듯. 저녁엔 「조선일보」 책칼럼 초고를 썼다. 그리고 프리머스 극장에서 심야영화를 보았다. 「브이포 벤데타」. 아주 급진적이다. 마지막 마스크를 쓴 군중들의 행진을 위해 만들어진 영화였다.

보자기와 로봇 전시를 보고, 첼로 연주를 듣고, 영화를 보고, 소설을 쓰고, 칼럼을 하나 만들었다. 이 모두를 하루만에 즐겼다. 이것이 요즈음 내 삶이다. 이 삶이 내 이야기들을 어떻게 변화시킬까. 그것이 나도 몹시 궁금하다.

2006년 4월 16일 _____ 시 한 수 읊조리다.

쉬이
피고 지는 인연
흐르는 시간 거슬러
낮에도 밤에도 하늘 보러 간다
아,
그 꽃길 아래,
꽃나무 위
내가 논다
그대가 웃는다

| 카이스트 교정 꽃길을 거닐다가 |

2006년 4월 27일 _____ 쓰고 있는 장편소설이 1,000매를 넘었다. 연재하는 소설도 750매 가까이 이르렀다. 1,750매의 부담 때문일까. 아니면 너무

빨리 너무 멀리 가고 있기 때문일까. 잠정적으로 장편소설 집필은 보류하고 연재소설만 계속 이어갈까 한다. 아직 250매 정도가 남았는데, 퇴고를 두세 번 거치면 한여름이겠지. 연재를 마치고 나면 답사를 좀더 다니고 공부도 좀더 한 후에 장편 집필을 이어갈 예정이다.

다음달 초부터 「루오전」이 대전시립미술관에서 시작된다. 오랫동안 기다려왔던 전시회다. 굵은 선에 묻어나는 비감. 가까이에서 오랫동안 그의 노력들을 읽어내고 싶다.

무엇을 하지 않는다는 것은 무엇을 한다는 뜻이다. 무엇을 한다는 것은 무엇을 하지 않는다는 뜻이다.

2006년 5월 3일 ____ 대전시립미술관에 가서 「루오전」을 보았다.

고갱이나 피카소에게서도 느끼는 것이지만, 기법이 단순해질수록 영혼의 빛깔과 목소리가 더 잘 드러나는 것 같다. 루오의 굵은 선들, 그 투박한 형체에는 성화의 존귀함이나 성스러움 대신 인간의 고통과 슬픔이 담겨 있다. 왜 나는 루오를 고갱만큼이나 좋아하는 것일까. 연민 때문이리라. 내 이 기막한 삶의 꼴이 그의 어두운 그림들 속에 그림자처럼 누워 있기 때문이리라.

다음엔 더 일찍 가서 더 늦게까지 천천히 음미해야겠다.

2006년 5월 14일 _____ 5월 7일부터 14일까지 '2006, SEOUL YOUNG WRITERS' FESTIVAL'에 초청작가로 참여했다. 외국작가 16명과 국내작가 20명이 숙식을 함께 하며 문학에 대해 진지한 논의를 가진 자리였다. 부석사와 병산서원에도 다녀왔다. 개인적으론 시인들의 논의가 좋았다. 소설가들은 한참 자신들의 이야기를 늘어놓아야 하는 반면, 시인들은 선문답처럼 대화했다. 호텔방에서 뒹굴뒹굴하며 밤에는 요시모토 바나나의 소설들을 먹어치웠다. 이 기간 동안 내가 읽은 소설 목록은 아래와 같다.

『키친』『물거품/성역』『티티새』『하얀강 밤배』『N.P』『암리타』『하치의 마지막 연인』『허니문』『하드보일드/하드럭』『몸은 모든 것을 알고 있다』

그리고 다음 주엔 『슬픈 예감』과 『불륜과 남미』를 읽을 예정이다.

바나나의 초기작들이 특히 아름답고 놀랍다. 『하치의 마지막 연인』부터는 반복이 조금 눈에 거슬린다.

2006년 5월 18일 _____ 황당하고 난감한 하루였다. 문학 외적인 일로 흔들리지 말고, 두 작품 모두 저마다의 색깔로 빛나기를! 지금까지 그래왔던 것처럼, 나는 또 내가 만드는 이야기에 헌신할 수밖에 없다.

2006년 5월 25일 ____ 「세계의 문학」 여름호에 연재할 장편소설 『리심』 원고를 넘겼다. 다음주엔 독자들을 찾아가겠지.

오래 품고 있었던지라 세상에 띄워보내려 하니 설렌다. 『나, 황진이』 이후로 이렇듯 아득하고 또 감미로운 영혼을 만난 적이 없다.

내내 나는 리심과 연애하리라. 그녀가 내 소설 속 주인공으로 들어온 것도 그녀와 내가 여러 생에서 여러 번 만나 웃고 울고 만나고 헤어졌기 때문이리라. 그러니, 나는 이 생에서 그녀를 다시 정성껏 만들어 바람처럼 후후 불어 내보낸다. 그녀는 홀로 또 나와 함께 간다. 끝까지, 끝을 넘어 또 다른 끝을 향해.

2006년 6월 11일 ____ 제주에 다녀왔다. 글감옥에 갇혀 지내다보면 제주의 푸른 수평선이 그립다. 이번에는 바다뿐만이 아니라 아프리카 박물관도 뜻밖의 선물이었다.

'태양가면' 앞에 한참을 서 있었다. 열정을 품다보면 스스로 태양이 되고 싶은 순간도 있겠지. 이야기를 열심히 짓다보면 스스로 이야기가 되고픈 순간이 오듯이.

2006년 7월 7일 ____ 파리에 도착했다.

노보텔 몽파르나스에 여장을 풀었다. 들뜬 기분은 거의 없고, 오히려 차분하다. 좋은 문장을 많이 만들어가야겠다.

비행기에서 영화 「국경의 남쪽」과 소설 『감정교육』의 제1부를 보았고 소설 25매 정도를 썼다.

2006년 8월 6일 ____ 「가족의 탄생」을 보았다. DVD로 샅샅이.

김태용 감독의 맑은 눈이 떠올랐다.

아, 참 좋은 영화다! 가족의 탄생 겸 캐릭터의 탄생이구나.

그와 술 마시고 싶다, 소주로!

2006년 8월 21일 ____ 며칠 전, 영화 「피와 뼈」를 보았다. 온몸에 전율이 일었다. 「대부」를 처음 보았을 때처럼, 한동안 멍했다. 이런 이야기를 쓰고 싶다.

베르나르 베르베르의 『뇌』를 읽었다. 아이디어는 좋지만, 너무 할리우드식 틀에 끼워맞추었다. 많은 이의 기대에 부응하기 위해 애쓰다가 결국 어느 하나도 제대로 하지 못한 작품이라고나 할까. 경계할 일이다.

2006년 8월 23일 ____ 어제 「슬링 블레이드(잔디 깎는 칼)」를 보았다. 삶이란 무엇인가에 대한 단순하면서도 깊은 고민으로 가득 찬 영화였다.

영화가 할 수 있는 것과 소설이 할 수 있는 것은 분명 다르지만, 소설이 영화보다 더 인간의 영혼을 잘 다룬다는 말엔 선뜻 동의하기 어려워진다. 혼자 옛 고향 마을을 걷거나 집앞에 우두커니 서 있는 주인공 혹은 그의 독특한 말투 속에서, 영화도 소설만큼이나 영혼의 떨림이나 상처를 잘 표현할 수 있다는 것을 알았다.

이 두 장르 외에도 더 있겠지만 나는 이 둘만 하기에도 평생이 모자랄 듯하다. 헌신할 일이다.

2006년 8월 23일 (2) ____ 소설가 박영한 선생이 돌아가셨다.

암 때문에 고생하신다는 이야기는 전해들었는데!

10년도 훨씬 전에 (그러니까 그때 나는 소설가도 뭣도 아닌 20대 중반 문청이었다) 몇 번 선생을 뵈었다. 런닝셔츠 차림으로 개울가에서 개장국을 먹기도 했고, 북한산 자락에서 소주에 닭발을 씹기도 했다. 그 즈음 나는 선생의 『우묵배미의 사랑』과 『머나먼 쏭바강』을 밑줄을 그어가며 읽고 또 읽는 중이었다. 선생은 소탈하고 진지하셨다. 문학에 대한 열정은 곁에 앉은 사람까지 뜨겁게 만들었다. 그리고 선생은 사람 냄새나는 이웃들을 정말 좋아하셨다.

어느 저녁, 동네 슈퍼에서 홀로 소주를 사가지고 나오는 선생을 뵌 적이 있다. 선생은 가게 앞 의자에 앉는 대신 골목을 돌아서 반쯤 무너진 (혹은 짓다 만) 벽돌담 위에 올라앉아 종이컵에 소주를 따라서 마시셨다. 그러다가 안면이 있는 동네 사람 하나가 인사를 하자 그마저 담벼락에 올라앉히셨다. 주거니 받거니 웃고 찡그리며 마시는 모습을 보며 아, 저건 흉내내지 못할 경지로구나 여겼다.

야전 점퍼 차림에 굵은 뿔테 안경을 쓰고 '취재형 작가'로 전국을, 베트남을, 러시아 어느 자락을 누비시던 선생님! 편안히 잠드시기를. 저승에서도 취재하며 좋은 문장 지으시기를!

2006년 9월 30일 ____ 2003년 어느 봄 방송작가 윤선주 씨가 한남대 내 연구실로 찾아왔다.

일년 전에 출간한 내 소설 『나, 황진이』를 읽고 깊은 감명을 받았노라고, 자문을 얻고 내 소설을 원작으로 드라마 대본을 쓰고 싶다고 했다. 첫인상이 매우 똑똑하고 전투적이며 순발력이 있어 보였다. 나는 흔쾌히 응낙했고, 그녀에게 내가 가진 황진이 관련 자료와 논문 그리고 황진이에 대한 내 관점 등을 알려주었다. 몇 달 후 그녀는 349쪽에 달하는 두툼한 기획안을 가지고 왔다. 윤 작가는 이 기획안을 KBS에 냈는데, 여러 사정 때문에 곧바로 시작하기에는 어렵다는 통고를 받았다.

윤 작가와 함께 일할 행운은 뜻하지 않은 곳에서 왔다. KBS에서 이순신에 대한 사극을 하는데 내 소설을 원작으로, 윤선주 작가를 방송작가로 지목한 것이다. 나는 윤선주, 윤영수 작가와 함께 한 달 남짓 합숙하여 이순신에 대한 전체 구상을 짰다.

그리고 어느덧 3년이 흘렀다. 나와 윤 작가의 인연을 처음 맺어준 황진이에 대한 드라마가 드디어 10월 11일 KBS 2TV로 시작한다. 순서가 바뀌었지만, 그리고 내 소설을 '올리브9'에서 사고 그것을 다시 윤 작가가 대본으로 옮기고 또 그것을 KBS에서 편성하는 과정을 거쳤지만, 맨 처음 계획대로 드라마가 시작되는 것이다. 오늘 감회가 있어 3년 전 윤 작가가 내게 건네준 기획안을 다시 찾아 펼쳐보았다. 지금까지 상식과는 전혀 다른 황진이가 탄생할 것이다. 예술가 황진이, 지식인 황진이를 지향한 내 소설을 윤 작가가 어떻게 영상으로 옮겼는지 궁금하기도 하다.

문득 사람과 사람 사이의 인연 그리고 작품과 사람 사이의 인연에 대해 생각해본다. 이순신과 황진이, 조선에서 가장 멋진 남녀를 윤 작가와 함께 했으니, 윤 작가와 나의 인연도 가볍다 못할 것이다.

「타짜」를 보았다. 올해 본 영화 중에서 최고였다. 최동훈 감독은 힘 있고 섬세하다.

2006년 10월 11일 ____ 『나, 황진이』는 어머니의 회갑을 맞아 집필한 소설이다. 내 작품 중에서 가장 탐미적인 작품이며, 가장 고생을 많이 한 작품이다. 오늘 이 소설을 원작으로 한 드라마가 시작되었다. 그 드라마를 보고 계신 어머니 옆얼굴을 보니, 마음이 짠했다. 내 소설 속 백무와 현금과 황진이에는 어머니의 모습이 많이 담겼다. 백무로 나온 김영애의 눈짓과 목소리에서 언뜻 어머니의 흔적을 읽는다. 아!

추성훈이 드디어 챔피언에 올랐다. 여름에 일본에서 그를 만났을때, 또 그의 훈련 모습을 지켜보았을 때, 나는 그가 꼭 정상에 서리라 확신했다. 너무너무 성실한 훈련 벌레였으니까. 그런데 이렇듯 빨리 챔피언이 될 줄이야. 그에 관한 시나리오도 박차를 가해야겠다. 역시 노력하는 사람을 당할 수는 없다.

2006년 12월 1일 ____ 추성훈 시나리오 3고가 끝났다. 큰 틀은 이제 잡힌 듯하다.

유하 감독의 「비열한 거리」를 시나리오부터 읽고 영화로 보았다. 여자에 대한 막연한 동경(「말죽거리 잔혹사」에서도 그랬지만)만 뺀다면, 수작이다.

김기덕 감독의 「시간」도 보았다. 회귀의 구조는 이해하겠는데, 너무 단순하다는 인상을 지울 수 없었다. 도를 구하는 쪽으로 너무 치우치는 게 아닐까. 차라리 홍상수 감독의 「해변의 여인」이 대비와 회귀의 구조 속에서 생각할 거리를 더 많이 남겨준다.

상암동 디지털 미디어센터에 새로 연구실을 마련했다. 이원태, 감병석과 의논한 끝에 '미디어센터 1001'이라고 이름을 붙였다. 천일야화에서 1001을 따왔다. 미식축구에서 터치다운했을 때의 상징도 1001이라고 한다. 대전과 서울 두 군데 연구실을 운영하며 스토리 기획과 창작에 몰두할 예정이다. 아, 이렇게 또 한 10년이 가려나보다.

2006년 12월 21일 ____ 「조선일보」에 연재중인 문학칼럼에 이렇게 적었었다.

다시 시의 집을 찾아들 용기가 생긴다면, 나는 최승자의 최근작부터 사귀고 싶다. 육체적 나이는 쉰 살을 훌쩍 넘겼지만, 시와 삶을 일치시키는 아슬아슬한 외줄타기를 계속하는 시인은 늙지 않는다. 최승자의 오래된 시집 『즐거운 일기』(문학과지성사)의 마지막 시 마지막 연에서 숨이 턱 막혔다. '이제 그대가 내 적이 아님을 알았으니, / 언제든 그대 원할 때 들어오라.'(「放」) 시인이여, 당신이 가진 슬픔 다 모아 끓인 한 사발의 죽을 함께 들고 싶습니다. 건필하소서!

그리고 「세계의 문학」 2006년 겨울호에 실린 최승자의 최근작 일곱 편을 천천히 읽었다. 기뻤다. 그리고 그 시들이 병원에서 지어졌다는 사실이 슬펐다. 그녀의 시는 여전히 아름답고 지독하다.

병원 안 컴퓨터실
고요한 실내
'책상 앞에서'가 내 인생의
가장 큰 천국이었음을 깨닫는다.

|「책상 앞에서」 1연 |

책상 앞에서 글을 쓰느라 밤을 지샌 사람이면 알지. 책상 앞이 더할 나위 없이 넓고 복잡하며 아득하고 또한 아늑하다는 것을. 한없이 불행하면서도 또한 한없이 행복하다는 것을. 아! 그런데 시인은 지금도, 그 병원 안 컴퓨터실 책상 앞에서도 행복한가.

누군가의 시 구절처럼
가히 아름답다
'책상 앞에서'

|「책상 앞에서」 3연 |

아름다웠다고 적지 않고 아름답다 적는, 그 현재형이 명치를 누른다. 다음에는 부디 병원이 아닌 다른 곳에서, 더 멋진 시 지으시기를.

8월 말 즈음 『리심』을 완전히 탈고하고 넉 달 가까이를 쉬었다. 물론 그 사이에 시나리오를 쓰고 칼럼을 짓고 또 이런저런 학술발표 원고를 쓰긴 했지만, 내 머릿속엔 내가 지금 쉬고 있다는 생각뿐이었다. 연말을 잘 보내고, 나는 다시 아침부터 손을 씻고 이야기를 만드는 나날로 돌입할 것이다. 더러 쉬면서 좋은 사람도 만나고 좋은 시간도 가졌지만, 역시 내가 있어야 할 곳은 이야기를 만드는 책상 앞이다. 팔자소관이라고 했던가. 아침부터 저녁까지 또 그 다음날 아침부터 저녁까지, 이야기를 만드는 사람. 그가 바로 작가다. 더욱 강해지겠다.

2006년 12월 26일 ____ 잠들지 못하고 깨어 있다. 심경호 선생이 편하신 『간찰』 몇 페이지 읽고 생각 몇 자락 하고! 세상에 만만한 일은 없다. 파묵의 인터뷰 중에서 군데군데 눈에 띄는 대목들을 읽어내린다.

■ 나는 32년간 하루 평균 10시간을 글쓰기에 할애해왔다.

■ 소설의 소재에서 가장 중요한 것은 나의 상상력과 내 주변에서 느꼈던 분노다. 나 자신에게 만족하면 소설은 점점 깊어진다.

■ 행복이란 '지금 그리고 현재'를 사는 것이다.

■ 앞으로 이 세상을 마감할 때까지 열 편의 소설을 더 쓸 계획이다.

상상하다

뭔가 작전을 짜고 모의를 하는 건 신나는 일이다. 특히 예술가들끼리 모여 새로운 상상의 나래를 펼 땐.

2009년 9월 25일의 기록

2007년 1월 11일 _____ 대전충남 지역에서 30대의 대부분을 보냈다. 더 좋은 소설을 쓰기 위해서 시간을 아껴 살았던 것 같다. 서른 몇 살에 뭘 했나 떠올려보면, 그때 쓰고 있었던 소설 외엔 기억나는 게 별로 없다. 분량이 전부는 아니지만 내가 꽤 오랜 시간을 홀로 소설이라는 예술 행위에 투자했음은 분명하다. 아, 정말 나는 소설에 '취해' 30대를 휘휘휘리릭 보내버렸나보다. 대전충남의 곳곳이 배경처럼 내 소설의 뒤에 숨어 있다.

내일 서울로 이사한다. 마흔 살 1월, 나는 그곳에서 또 무엇을 쓸까.

2007년 2월 8일 _____ 경장편소설 『노서아가비』를 퇴고하고 있다. 비가 내리고 첼로 소리 그윽한데 내 문장들은 러시아를 중국을 조선을 훑는다. 모처럼 쓰는, 경쾌하면서도 아픈 이야기다. 묘사는 최대한 억제하면서 물수제비처럼 탕탕 튀어오른다. 푸슈킨도 『예브게니 오네긴』에서 말했었지.

나의 이야기여, 빨리 빨리 나아가라!
새로운 인물이 우리를 부른다.

2007년 5월 13일 ____ 백탑파 세 번째 이야기를 쓰고 있다. 첫 번째 이야기 『방각본 살인사건』을 2002년에 쓰기 시작했는데, 훌쩍 5년이 지나가 버렸다. 오늘 유난히 봄볕이 따사로웠다. 지금 쓰는 소설을 마치면 가을바람 불어오리라. 작가의 삶이 별건가. 문득 돌아보면 글과 함께 지나간 나날들이 길처럼 깔려 있구나.

2007년 5월 30일 ____ 「식스핏언더」를 시즌 5까지 전부 보고 이틀 넘게 그 분위기 안에 빠져 있다. 이 드라마는 위대한 대하소설 한 편을 완독했을 때와 같은 감동과 충격을 준다. 문제는 소설이냐 드라마냐 영화냐가 아니라, 그 이야기가 인간의 삶을 얼마나 진솔하면서도 깊게 다루었느냐이다. 다시 처음부터 보고 싶은 드라마다.

2007년 6월 6일 ____ 「과학동아」에 연재 중인 『여인의 초상』 4회 원고를 넘겼다. 과학에 익숙해지려면 최소한 2년 정도는 더 필요할 것 같다. 역사와 친해지는 데도 그 정도 시간이 걸렸었지. 세상에 곧바로 얻어지는 일은 없다.

혜초의 『왕오천축국전』을 읽고 있다. 정수일 선생님 번역본으로 천천히!

혜초가 천축국 여행을 떠났을 때가 겨우 스무 살이다. 호기심 가득한 눈으로 배에 오르는 젊고 잘생긴 스님의 얼굴이 떠오른다. 경경쾌쾌하다.

6월 23일부터 고양 새라새 극장에서 디지털 퍼포먼스 「신타지아」 공연이 시작된다. 나는 이 퍼포먼스의 원작을 동화로 지었다. 원작 제목은 『로봇플라워』인데, 연출을 맡은 구본철 선생이 자신의 스타일에 맡게 제목을 다시 명명했다. 기대가 크다.

백탑파 세 번째 이야기는 이 시리즈 중에서 가장 어둡고 불안한 이야기가 될 듯싶다. 이야기가 진행될수록 주인공도 아프고 나도 아프다. 이왕 아플 바에야 유마처럼 끝까지 가보고 싶다. 병이 깊어 꽃 한 송이 피우고 훨훨 날아가고 싶다.

2007년 6월 11일 _____ 작년 여름, 나는 프랑스를 거쳐 모로코 탕헤르에 머물렀던 적이 있다. 불문학자 정지용과 함께 미로를 헤매며 100년 전 프랑스 외교관의 흔적을 찾아다녔다. 그러다가 그곳 박물관에서 이븐 바투타가 그린 대형 지도를 보았다. 탕헤르는 이븐 바투타의 고향이었다. 정수일 선생의 『이븐 바투타 여행기』를 탕헤르에서부터 프랑스와 서울 그리고 대전에서 읽었다. 그리고 선생님의 다른 저서들 『한국 속의 세계』 『실크로드학』을 읽었다. 『왕오천축국전』도 읽다가 말다가 읽다가 말다가 또 읽고 있다.

겨울엔 서울로 올라와서 심만수, 양귀자 선생님 댁에 갔다. 심 선생님은 이란 여행을 다녀오셨다며, 정수일 선생님 이야기를 꺼내셨다. 실크로드 학교를 만들어 많은 한국인들을 실크로드의 현장으로 이끌고 계신다고 했다.

내가 가진 재주라곤 글 몇 자 또박또박 쓰는 것밖에 없으나 이븐 바투타나 혜초를 보면 가슴이 뛴다. 하루키는 이걸 '먼 북소리'라고 했었지. 아, 저 갈 데까지 정말 가본 사람들의 이야기를, 정수일 선생님 같은 분을 모시고 돌아보기를 얼마나 바랐던가.

기쁘다.

2007년 7월 17일 ____ 이야기에 푹 빠져서 시간을 흘려보내고 있다. 자, 이제 무엇을 만들 것인가. 이미 만든 것들은 내 손을 떠났고, 아직 만들어지지 않은 이야기들은 내 가슴에 흘러넘친다. 집중하자.

2007년 9월 21일 ____ 『열하광인』을 완전히 마치고 허허롭다. 책은 추석연휴 때문에 28일 전후로 나오겠지만, 나는 더이상 할 일이 없다.

보름 남짓 아래 책들을 놀면서 쉬면서 읽었다. 『피츠제럴드 단편선』『백범일지』『공지영의 수도원 기행』『남한산성』.

인도에 대한 여운이 아직 가시지 않은 듯하다. 아니, 내가 그 속에서 나오고 싶지 않은지도 모른다. 정수일 선생님과 산치 대탑 앞에서 찍은 사진을 윤동진 작가가 보내왔다. 혜초의 발바닥이 보고 싶은 밤이다.

2007년 10월 14일 _____ 『열하광인』을 내고 놀았다. 놀고 싶었다. 슬픔과 절망을 최선을 다해 쓴다는 것이, 그리하여 내 슬픔과 절망을 담은 책이 불행을 전염시키는 것이, 아팠다. 나는 이것을 제법 잘 쓸 수 있게 되었지만 잘 쓴다는 사실이 또한, 아팠다.

나는 다른 것을 쓰게 되리라 예감하며 10년을 보냈다. 마흔 살이 되었고 나는 여전히 같은 슬픔을, 절망을, 불행을 만들고 있었다.

먼 여행을 위해 짐을 꾸리며, 나는 뚜벅뚜벅 집으로 돌아오는 걸승의 발걸음을 상상했다. 지금은 그 발바닥의 굳은 살이 내 가슴을 밟고 지나가기만을 기다린다. 그것이 내가 할 일의 전부다.

2007년 11월 11일 _____ 어제 이안 감독의 「색, 계」를 보다. 「와호장룡」 「브로크백 마운틴」을 지나 「색, 계」까지 계속 이안-제임스 샤무스 콤비의 영화를 따라가고 있다. 이번에도 탁월하다. 마지막 처형장으로 끌려온 이들 앞에 펼쳐진 거대한 낭떠러지와 양조위가 앉았다가 일어서서 나간 후 남는 침대의 빈 자리가 아직도 아른거린다. 사랑은 때론 그렇게 모든 것을 걸 만큼 거대하기도 하고 또 주름 몇 개 겨우 흔적으로 남길 만큼 보잘것없기도 하다. 양조위는 역시 현재 아시아 최고의 연기파 배우이고, 탕웨이의 두 얼굴도 멋있었다.

2007년 11월 19일 _____ 이안 감독의 「색, 계」를 다시 보고 쑤퉁의 『눈물』을 연이어 읽다.

인생의 문제를 남녀 육체의 부딪힘으로 풀어내는 방식의 탁월함. 눈물을 눈으로 흘리지 않고 다른 신체 부위로 흘린다는 착상을 끝까지 밀어붙이는 힘.

이안과 쑤퉁의 공통점은 절대로 튀거나 스타일을 강조하지 않는다는 점이다. 물 흐르듯 유연하게 가면서도 이야기하고픈 지점을 정확하게 짚는 솜씨가 놀랍다.

2007년 11월 26일 _____ 영화 「혐오스런 마츠코의 일생」을 보다.

뛰어나다. 그렇고 그런 스토리를 전혀 다른 감각으로 펼쳐보인다. 그 감각들은 철저하게 계산된 것인데, 촌스러운 장면에서 더욱 촌스럽고 세련된 장면에서 더욱 세련되다. 한 인간의 내면을 이렇듯 흥겹고 슬프게 담아내기란 얼마나 어려운가. 나도 더 열심히 해야지……. 이런 생각을 하게 만드는 영화다. 고맙다.

2007년 12월 2일 ____ 데니스 루헤인의 단편 「그웬을 만나기 전」과 이를 각색한 대본 「코로나도」를 읽다.

2인칭 화법으로 과거의 비밀을 파헤쳐 들어가는 방식이 독특하다. 아주 직설적으로 가장 악마적인 인간에 대하여 질문한다. 그 악마적인 인간을 벌주기 위하여 그와 신경전을 벌이는 주인공의 알 듯 모를 듯한 대사도 절묘하다. 소설보다 대본은 좀더 대중적이어서, 데니스 루헤인이 이 소설을 쓰게 된 동기가 더욱 와닿는다.

하루에 소설 한 권, 영화 한 편, 그리고 원고 10매씩 쓰며 사는 삶으로부터 너무 멀어졌다. 다시 돌아가야겠다.

2007년 12월 16일 ____ 이틀 전 「나는 전설이다」 영화를 보고 오늘 『나는 전설이다』 소설을 읽다. 인간의 고독과 절망에 대한 깊은 사색을 담은 소설을 할리우드 영화가 얼마나 망쳐놓았는가를 증명하는 대표적인 예가 되겠다.

2008년 1월 20일 ____ 이상한 일이지. 400매 정도를 쓰면, 그가 늘 내 곁에 있는 것 같아. 글을 쓰지 않아도 그는 내 앞에서 이렇게 말하고 저렇게 움직이지. 내가 질문을 던지면 곧잘 답을 해. 밥을 먹지 않아도 배가 고프지 않고 혼자 텅 빈 빌딩에서 글을 써도 쓸쓸하지 않아. 그가 늘 내 곁에 있으니까. 아, 나만 그런 게 아니라 그도 그렇대. 인터넷이 없어도 나는 그가 헤매는 풍광을 보고 듣고 느껴. 아, 너무 멀지만 멀어서 더 멋져. 그래서 난 400매에서 딱 멈추고 며칠을 그냥 보내곤 해. 더 가면 이런 아슬아슬함은 사라지거든. 지금이야. 바로 그제 어제 그리고 오늘! 난 400매에 간당거리는 소설을 잊고 딴 짓하며 지냈어. 그런데도 그는 내게 401매의 아름다움과 501매의 매혹을 이야기하지. 꼭 이야기가 이렇게 가야 한다며 스스로 연기를 해보이기도 해.

난 평생 소설을 쓸 거야. 내 소설의 주인공들을 아끼고 사랑하니까. 400매에 이르기만 하면 이렇게 맹세해. 그제처럼 어제처럼 오늘처럼.

2008년 3월 6일 ____ 『릴케의 로댕』을 읽다. 흥미로운 구절이 있어 옮겨둔다.

> 대화 중에 누가 영감을 주장하면 그는 너그럽고 반어적인 미소로 따돌리면서, 영감이란 없다, 영감이 아니라 작업이 있을 뿐이라고 말합니다. 그때 우리는 퍼뜩 깨닫게 됩니다. 이 창조자에게는 영감이 지속하는 것이 되었다는 것을, 영감이 그치지 않기 때문에 영감이 더 이상 오지 않는다고 느낀다는 것을 말입니다. | 『릴케의 로댕』 133~134쪽 |

2008년 3월 8일 _____ 오래 전 썼던 소설 파일을 낡은 컴퓨터에서 찾아냈다. 하나는 진해에서 또 하나는 논산에서 썼다. hwp의 발전에 따라서, 글자 모양도 편집 형태도 지금과는 많이 다르다. 진해에서는 간격 없이 빽빽하게 한 바닥에 50줄 가까이 들어차게 소설을 썼고, 논산에서는 책 크기 형태로 편집된 상태에서 소설을 썼다. 잊고 있다가 두 파일을 열어보고 비로소 그때 그랬던 정황들이 떠올랐다. 지금 서울 상암동에서 쓰고 있는 소설은 또 어떤 글자모양과 편집 형태를 지녔나 살펴보다가 아, 시간은 흘러도 소설에 대한 욕망만은 변함 없을 뿐 아니라 더더욱 커지는 것을 느낀다.

『릴케의 로댕』을 다시 읽었다. 이 문장.

> 그에게 말을 건 것은 그의 일뿐이었다. 일은 아침에 깨어날 때 그에게 말을 걸었고, 저녁에는 연주를 마치고 내려놓은 악기처럼 그의 손 안에서 여음을 울렸다. |『릴케의 로댕』 28쪽 |

200년 3월 18일 _____ 집중 집중 또 집중할 것! 삶은 문장 속에 있고 나머지는 모두 사소하다.

2008년 3월 27일 _____ 탈고.

2008년 4월 18일 _____ 어제부터 퇴고에 들어갔다.

한 걸음 한 걸음 길을 가듯, 한 글자 한 글자 보고 또 보고 고치고 또 고치는 것 외에 다른 방법이 없다. 퇴고를 하는 동안, 나는 자책하는 여행자다. 왜 더 나은 길을 보지 못했는가 하는 자책, 왜 더 용기를 내지 못했는가 하는 자책. 그 자책이 나를 고통스럽게 하지만, 내 작품을 키우는 원동력이기도 하다.

작가란 무엇인가. 자책하는 인간이다.

2008년 4월 26일 _____ 일주일 동안 아니 에르노를 다시 읽었다. 무엇을 설명하는 문장이 아니라 환기시키는 문장! 그녀의 일이 곧 내 일이 되는 순간! 아름다웠다.

어떤 일은 처음부터 차근차근 쌓아나가야 하지만 또 어떤 일은 벌써 내 예상 밖으로 저만치 진행된 뒤 그것의 의미를 발견해나가야 한다. '발견'이라는 단어가 적당한 까닭은, 순간의 폭발적인 흐름이 일어날 수밖에 없는 이유를 내 안에서 찬찬히 되짚어나가다가 문득 찾게 되기 때문이다. 그런 글을 쓰고 싶다. 처음부터 끝까지 철저하게 준비해서 나아가는 것도 물론 의미 있지만, 훌쩍 뛰어넘어 나도 너도 독자도 모르는 지점에 닿고, 그 지점을 해석하기 위해 저마다의 동아줄에 매달리는 글. 대롱대롱!

2008년 5월 8일 ____ 영화 「비스티 보이즈」를 5월 5일에 보았는데, 강남의 밤들을 사실적으로 그려내려는 감독의 시선이 자꾸 떠오른다. 자본주의의 거대한 용광로인 서울을 주인공으로 삼아 노골적인 이야기를 만들 필요가 있다. 그때 자본의 희생양뿐만 아니라 그로 인해 부를 누리는 자들에 대한 관찰과 묘사도 병행되어야 한다. 이런 건 소설보다 차라리 논픽션이 낫지 않을까 싶기도 하다. 다치바나 다카시라면 덤벼들지 않았을까. 기획력과 취재의 추진력을 더 배울 일이다.

2008년 5월 14일 ____ 눈이 떨리니 천하가 떨린다.

모처럼 서울대에 가서 5동 앞 벤치에 자판기 커피를 옆에 놓고 앉았다. 대학시절을 떠올리면, 강의실이나 연구실 혹은 도서관이나 운동장보다 이 벤치가 가장 먼저 생각난다. 거기서 만났던 이들, 나눈 이야기들이 지금의 나를 만들었다.

8시, 대학로에서 뮤지컬 「형제는 용감했다」를 보다.

신문서평 때문에 이 뮤지컬 대본을 두 번 정독한 적이 있다. 극작가가 직접 연출까지 맡은 이 작품은 상상보다 더 젊고 활기찼다. 이렇게 분위기를 띄우는 것이 뮤지컬의 특징인가 아니면 장례식장을 일부러 밝게 만들려는 극작·연출의 의도일까. 따뜻한 반전은 약간 상투적이라도 역시 보편적인 정서를 끌어내는 데 최강무기인 듯하다.

2008년 5월 25일 ＿＿＿ 5월 23일 역삼동 한국콘텐츠진흥원에서 '통일신라인 혜초의 왕오천축국전 디지털화 사업' 최종 평가회를 가졌다. 국가지원 프로젝트로 처음 해본 과제였다. 무사히 마쳐 다행이다.

니코스 카잔차키스 전집(열린책들)을 구입했다. 소설은 고려원 판으로도 정독했었지만, 여기저기 흩어졌던 여행기가 깔끔하게 모여 좋다. 내가 카잔차키스를 좋아하는 이유는 문장이 깔끔하고 뜻한 바를 정직하게 쓰며, 항상 예술과 영혼의 문제로 치받아오르기 때문이다. 가령 이런 문장을 쓰는 이를 어찌 사랑하지 않을 수 있나.

창조적인 작업을 하는 사람은 자신을 능가하는, 눈에 보이지 않으나 견고한 본질을 붙잡고 씨름한다. 가장 위대한 승자가 패배자로 등장하는 것은 우리의 가장 깊은 비밀—말할 가치가 있는 유일한 것—이 항상 말로 표현되지 못한 채 남아 있기 때문이다. 그 비밀이 물질적 경계에 굴복하는 법은 결코 없다. 우리는 자구 하나하나에 열광한다. 꽃 피운 나무, 영웅이나 여인, 새벽 별을 보다 "아!" 감탄하지만 우리의 마음은 그 이상의 것을 담아낼 수 없다. 이 "아!"를 타인들에게 전달하고 싶어, 우리 자신의 부패로부터 구하고 싶어, 분석하고 사상과 예술로 바꾸려고 애써 보지만, 텅 빈 허공과 공상으로 가득한 채색된 단어들의 놋그릇 속에서 그것은 얼마나 싸구려로 변해버리는지!

|『지중해 기행』의 프롤로그(암호랑이, 나의 여행친구)에서 |

2008년 5월 30일 _____ 『혜초』를 쓰기 위해 끼적인 답사수첩들을 정리했다. 갠지스 강에서, 돈황에서, 쉬라즈에서 나는 사건을 구상하고 인물들을 짜고 이 소설의 의미를 이러쿵저러쿵 열거했다. 책상 맡에서 쓴 글씨는 알아볼 만했지만, 덜컹대는 버스에서 휘갈긴 글씨는 나로서도 식별하기 어려웠다. 이렇게 또 하나의 이야기가 넘어간다고 생각하니 마음이 먹먹했다. 만남이 있으면 헤어짐이 있게 마련이건만, 하나의 이야기를 매듭지을 때마다 공허의 바람은 무척 거세다. 아직은 퇴고 중이기에 그 바람을 맞진 않았지만, 곧 오겠지. 불어라 초여름 바람!

결국 그런 것이다. 집중하고 또 집중해도 성취가 어려운 것이 예술이다. 잡념을 버리고 문장 하나하나에 뛰어들 것. 이 안에서 행복을 찾을 것.

2008년 5월 31일 _____ 퇴고를 마쳤다. 마무리를 좀더 강하게 고치고 여행의 의미를 다양하게 새겼다. 5년 전에 『삼국유사』와 『삼국사기』를 완독한 후 이 소설을 쓰고 싶었는데, 솔직히 이런 날이 올 줄 몰랐다. 많은 돈과 시간과 노력이 필요한 소재이기 때문이다. 일단, 무사히 원고를 완성해서 기쁘다.

2008년 남은 기간 동안에는 좀더 다양하게 신나고 즐거운 소설을 써야겠다.

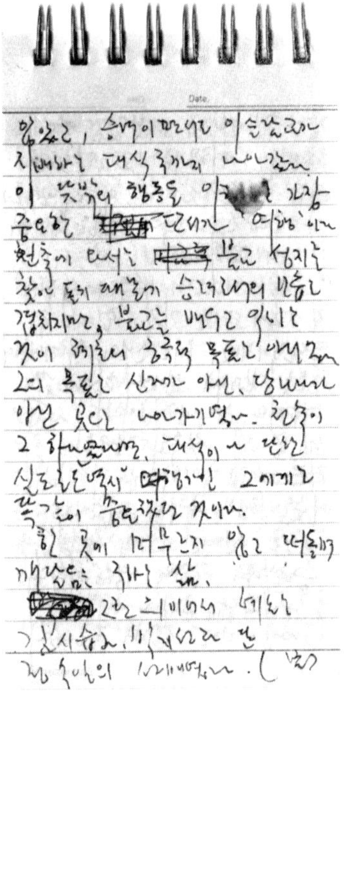
천축에 다서는
불교는 배우고 익히는
한 곳에 머무르지 않고 떠돌며

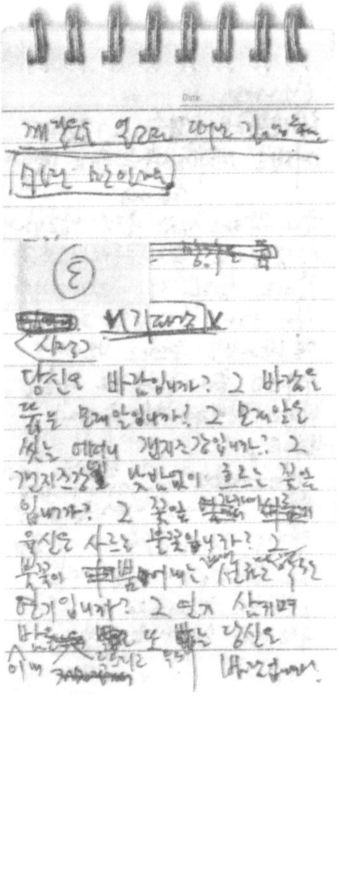
당신은 바람입니까? 그 바람을
품는 모래알입니까? 그 모래알을

2008년 6월 11일 ____ 파묵의 『이스탄불』을 일주일 동안 정독하다.

여행이란 공간적 이동이라고 흔히 여기기 쉽지만, 또한 시간적 이동이기도 하다. 『이스탄불』은 파묵이 이 아름다운 도시에서 보낸 시간들을 감미롭게 묘사한 에세이다. 서구주의자의 시선에 얼마나 경도되었는지, 그 시선으로부터 다시 그만의 시선을 확보하기 위해 얼마나 노력하였는지, 그 혼돈의 시절을 얼마나 그리워하는지, 또 그 그리움들이 이스탄불의 비애와 얼마나 절묘하게 맞물려 있는지…….

2008년 6월 14일 ____ 촛불집회가 연일 이어지고 있다. 시청앞 광장을 가득 메운 촛불들을 바라보노라면, 그곳에 머물렀던 순간들이 때론 또렷하게 때론 흐릿하게 떠오른다. 1987년 백기완 선생의 힘찬 시 낭송, 2002년의 붉은 물결들, 그리고 2008년 촛불들. 그것들이 내 삶에 또한 서울 시민의 삶에 어떤 영향을 주었는지 들여다보아야 한다.

> 도시의 운명도 사람의 성격이 된다.
>
> | 오르한 파묵, 『이스탄불』 |

2008년 7월 14일 ____ 페루에서 일정을 미치고 캐나다 노톤토로 넘어왔다. 내일이면 귀국이다. 7월 8일 출국했는데, 열흘이 훌쩍 지나갔다. 잉카의 길을 따라 고산병을 견뎌가며 걷고 또 걸은 값진 여행이다.

작년에 『열하광인』을 낼 즈음에 나는 타클라마칸 사막에 있었고, 이번에 『혜초』를 낼 때는 마추픽추에 머물렀다. 최종고를 넘기고 나면 찾아드는 방랑벽이 습관으로 자리잡는 걸까.

혜초 스님의 글쓰기가 '잉카의 돌'과 닮았다는 생각을 줄곧 했다. 한 점 허점도 없이 꽉 짜인, 그리하여 지진도 이기고 스페인의 철기 무기도 이겨낸 돌.

다음 작품의 최종고를 마친 후 나는 어디를 떠돌까.

2008년 8월 18일 ____ 영화 「다크 나이트」와 소설 『듀마 키』를 보다.

둘 다 색다르고 탁월한 작품이다.

「다크 나이트」에서는 누구나 죽이는 조커와 아무도 죽이지 않는 배트맨의 대비가 인상적이다. 두 배에 폭파장치를 하고 시간을 정한 후 서로 먼저 폭파시키도록 권하는 조커가 특히 압권이다. 두 배의 탑승객들은 결국 배트맨과 같은 마음을 지녔기에 두 배 모두 무사했고 아무도 죽지 않았다.

『듀마 키』는 상상력에 기반한 창작활동의 현실성에 대한 천착으로 읽힌다. 한 달 아니 일년 동안 하나의 이야기에 몰두한 사람은 알리라. 어느 순간, 등장인물들이 책상 위에 둔 컵의 물을 마시고, 저벅저벅 발소리를 내며 화장실로 들어간다. 그들을 가두어놓기 위해서라도 하루빨리 이야기를 마치고 싶은데, 마음이 급할수록 이야기는 어김없이 꼬인다. 그리하여 이 비현실적인 공간이 현실이 되고, 이 공간 너머 소위 사람들이 현실이라 부르는 것들이 비현실이 된다. 작가는? 현실다운 비현실을 살면서 비현실다운 현실을 붙들고 있는 존재? 어쩜 그 반대? 스티븐 킹은 이런 상황들을 공포의 상상력으로 밀어붙인다. 『듀마 키』는 따라서 『미저리』의 새로운 버전으로 간주될 여지가 충분하다. 『미저리』에서는 작가의 글쓰기를 방해하는 독자(현실의 편집자로 의심되는)가 등장하지만 『듀마 키』에서는 그림 그리기를 방해하기는커녕 오히려 부추기고 축복하며 신비한 능력까지 선물한다. 병들어가고 중독되고 목숨이 위태로울 때까지 속삭인다. 멈추지 마! 계속 가, 그게 네 운명이야! 스티븐 킹의 원색적인 욕설이 가슴을 친다. 망할! 날 그냥 내버려둬. 내게 이것만을 현실이라고 강요하지 말란 말이야. 난 평생 현실과 비현실을 오가며 헤맬 거야. 내 이 방황할 자유를 지우려 들지 말라고. 킹 왕 짱!

2008년 8월 22일 ____ 영화 「님은 먼 곳에」는 여행을 통한 성장 이야기의 흐름을 그대로 따라간다. 시골 새댁 수애가 베트남으로 떠나기 전까지, 그녀가 아는 세상이란 지극히 얇고 좁았다. 헌데 그녀는 베트남에서 그 시절 한 인간이 맞이할 수 있는 극한을 체험한다. 국군은 물론 월맹군과 미군의 선악미추를 관통하는 것이다. 그리하여 수애는 어떻게 달라졌을까. 물론 말 한 마디 없이 떠난 님편의 뺨을 때리고 또 때리는 것에서도 그 차이는 드러나지만, 좀더 차분하게 그녀의 입으로 베트남 이전과 이후를 듣고 싶은 것은 나만의 욕심일까. 무릇 여행이란 이렇게 한 인간의 영혼을 성장시킨다. 『혜초』를 출간한 직후라서 그런지 「님은 먼 곳에」가 더 잘 이해된다. 이준익은 말하고자 하는 바를 정확히 알고 또 쉽게 전하는 좋은 감독이다.

2008년 8월 24일 ____ 스티븐 킹의 『안개』는 탁월하다. 끝나지 않는 공포, 삶을 향한 갈망, 두려움에 대처하는 여러가지 자세들이 부족하지도 넘치지도 않게 담겨 있다. 영화를 한번 구해봐야겠다.

편안하게 시작하겠다. 이야기꾼으로서 내 운명을 시험하는 또 하나의 장이 되겠지.

2008년 10월 5일 ____ 일주일 동안 한국 영화 세 편을 보았다. 「멋진 하루」 「신기전」 「영화는 영화다」. 아! 한국 영화가 참 좋다. 이야기가 뚜렷하고 스타일도 분명하다. 소지섭의 연기는 오랫동안 기억에 남을 듯하다.

동두천 어느 숲에서 하룻밤 자고 왔다. 세상이 어둡고 고요하니 별이 더욱 크고 밝았다. 괴테는 『젊은 베르테르의 슬픔』에 대해 이렇게 고백했다.

"이 작품은 내 자신의 심장의 피로 키워 만든 거라네."

2008년 10월 29일 ____ 「미쓰 홍당무」는 한편으론 유쾌하고 한편으론 '인간이 산다는 게 정말 뭔지' 생각하게 만드는 영화다. 이렇게 막 가는 캐릭터와 상상력을 만나본 적이 얼마만인가.

노희경, 표민수 콤비의 「그들이 사는 세상」 1, 2회를 보다. 노희경의 대사는 리얼하다. 너무 리얼해서 아프다. 그 지독한 아픔의 다른 이름이 사랑이다. 사랑이란 원래 아프다. 그걸 잊고 지내다가 문득 드라마를 보면 노희경의 대사가 내 가슴을 찔러댄다. 너도 아파라. 그리고 사랑해라. 고맙다.

2008년 11월 8일 ____ 마이클 클라이튼이 죽고 또 며칠이 지났다.

나는 존 그리샴과 마이클 클라이튼의 소설을 번갈아 읽으면서, 감탄도 하고 비판도 하면서, 습작 시절을 보냈다. 존 그리샴이 탄탄한 구성과 그로부터 비롯되는 힘을 주무기로 삼는다면, 마이클 클라이튼은 과학적 상상력에 기반한 낯선 상황들을 독자들에게 던짐으로써 자신의 이야기를 매혹적으로 만들어나갔다. 『쥬라기 공원』도 물론 뛰어난 작품이지만, 나는 『먹이』와 『타임라인』을 더 좋아한다. 존 그리샴이 유연한 아웃복서라면, 마이클 클라이튼은 인파이터다. 때론 싸움에서 심하게 얻어맞고 패하기도 하지만, 이길 때는 정말 화끈하고 눈부시다.

2008년 11월 19일 ____ 단순함의 힘.

쓰는 시간 그리고 쓰는 것을 준비하는 시간.

이것 외에 작가에게 필요한 시간이 무엇이 있나.

2008년 12월 7일 ____ 어제 다큐멘터리 영화「로큰롤 인생」을 보았다. 아, 모름지기 영화란 이래야 한다! 계속 눈가에 눈물이 촉촉히 젖었다가 마르고 또 젖기를 반복했다. 인생이란 게 참, 참, 참, 한숨도 나오고, 또 뭘 만들어야 하지, 고민도 되고.

올해 최고의 영화였다.

2008년 12월 15일 ____ 12월 13일 '카니발' 공연을 보다. 김동률과 이적의 상반된 음악성이 묘하게 뒤섞이다. 10년이 지난 후에도 같이 모여 무언가를 한다는 것의 아름다움이랄까. 넉넉함이랄까.

「취중진담」은 훨씬 나이가 들어서 좋아하게 되었고,「달팽이」나「왼손잡이」「내 낡은 서랍 속의 바다」는 처음부터 가슴을 찔러왔었지. 더 잘하자고 더 잘하자고 속삭이는 듯한 노래들. 만취.

2008년 12월 24일 _____ 새로 일을 벌일 때마다 걱정 반 설렘 반이다. 올해도 많은 일들을 겪었는데, 내년엔 상상만 해도 올해보다 딱 다섯 배 정도는 더 많은 일들을 해야 할 것 같다. 그래도 해야지. 내가 어디까지 갈 수 있고 어디까지 쓸 수 있는지, 나 자신도 궁금하니까. 이것저것 따지다보면 제자리걸음만 할 뿐이다. 튀자, 멀리 더 멀리.

2009년 1월 4일 _____ 지난주에 유하 감독의 「쌍화점」을 보았다. 완성도가 높다. 하나의 주제로 집중하는 힘 또한 돋보인다. 밀도를 높이려면 이렇게 잔가지들을 쳐내버리고 선 굵게 나아가야 한다. 조인성의 연기도 뛰어나지만, 주진모와 송지효도 좋은 배우들이다.

2009년 1월 25일 _____ 테네시 윌리엄스의 희곡 『욕망이라는 이름의 전차』를 읽다.

말론 브랜도와 비비언 리 주연의 영화는 두 번 보았지만, 희곡은 처음이다. 영화보다 훨씬 섬세하고 어둡다. 이창동 감독의 소설 『녹천에는 똥이 많다』가 군데군데 떠올랐다.

욕망이란 참 '운명'이나 '천성' 혹은 '콤플렉스' 등과 함께 삶을 그러할 수밖에 없는 것으로 만드는 단어다. 영화도 보저럼 다시 한 번 찾아서 봐야겠다.

새삼 느끼는 것이지만, 나는 유진 오닐이나 테네시 윌리엄스의 희곡들이 다른 반연극이나 표현주의 연극들보다 좋다.

2009년 1월 26일 ____ 영화 「체인질링」을 영화관에서, 영화 「미스트」를 OCN에서 보다.

클린트 이스트우드는 불행을 통해 인생을 되새김질시킨다. 「밀리언달러 베이비」에서도 그랬고, 「미스틱 리버」에서도 그랬고, 「아버지의 깃발」에서도 그랬다. 불행의 극한을 보여주고 이 속에서도 '희망'을 찾는 것이 인간이라고 말하는 그는 비관주의자인가 낙관주의자인가.

「미스트」는 영화가 소설보다 한 걸음 더 나아간다. 마지막 네 발의 총알이 생존자 넷을 죽이는 장면은 섬뜩하다. 이 영화도 마찬가지로 극한까지 가고, 하여 희망없음에 닿는다.

아, 한꺼번에 두 편을 보고 나니 잠이 오지 않는다. 뛰어난 작품을 만날수록 삶이 출렁인다.

2009년 2월 2일 ____ 클린트 이스트우드 생각이 떠나지를 않는다. 서두르지 않고 뚜벅뚜벅 걸어가는 것이 중요함을 새삼 일깨운다. 잔재주로 반짝일 수는 있지만 결국 깊이와 넓이는 강력한 문제제기와 선명한 갈등으로 결정된다. 「그랜 토리노」 역시 그렇다. 어떻게 죽을 것인가에 대한 이스트우드 식 답이다.

2009년 2월 4일 ____ 『허균, 최후의 19일』 개정판이 민음사에서 출간되었다. 1999년 12월 푸른숲에서 첫 출간된 후 꼭 10년 만이다. 10년이란 숫자가 묵직하게 다가온다. 그동안 과연 나는 무엇을 살았을까. 얼마나 달라졌을까.

2009년 2월 7일 ____ 아침에 일어나서 연재소설 원고 넘기고, 서점에 들러 책을 두 권 샀다. 『살인자들과의 인터뷰』 『연쇄살인범 파일』.

단순하다, 지극히 고요하다. 소설이 잘 될 때는 조심조심 외나무다리를 건너듯 무리하지 않고 그냥 가는 거다. 이 느낌 그대로!

2009년 2월 8일 ____ 영화 「벤자민 버튼의 시간은 거꾸로 간다」를 보다.

상실에 관한 이야기다. 무엇인가를 잃어가는 것. 잃을 것이라고 예측하면서 살아가는 것. 피츠제럴드는 역시 때 이른 상실과 그 잃어버린 사랑을 그리워하며 평생을 보낸 작가인가보다. 이렇게라도 만나는 것이 아름다운가, 긴 이별이 놓여 있다고 해도.

2009년 2월 13일 _____ 카이스트 문화행사를 보다. 1986년부터 시작된 문화행사가 오늘로 500회다. 수준 높고 아름답고 홍겨운 연주회. 김대진의 피아노는 정확하고, 김민재의 바이올린은 우아했다. 남자 교수들로만 이뤄진 중창단의 화음엔 세월의 켜가 묻어났다. 사물놀이를 유심히 들으면서, 김용배를 생각했다.

모든 예술은 통한다. 음악에서 춤으로 다시 연극으로 끝내 문학으로!

2009년 2월 20일 _____ 어제 대학로 카페 루에서 여행이란 주제로 편지글을 읽는 모임에 참석했다.

「그대 다시는 되돌아나오지 못하리」라는 타클라마칸에 관한 편지를 읽었다. 동석한 시인 문정희 선생님이 자신도 사막에서 되돌아나오지 못하고 홀로 스러지는 시를 한 편 쓰고 있는데, 이미지와 생각들이 내 편지와 너무 흡사하여 놀랐다고 하셨다. 선생님의 시 「한계령을 위한 연가」를 재클린이란 북밴이 노래했다. 아름다웠다.

2009년 3월 1일 _____ 8주 연재를 마쳤다. 전체의 25퍼센트 정도가 끝난 것이다. 아직 75퍼센트 남았다. 좀더 집중하자. 강의와 연재를 병행하는 일이 쉽지 않다. 아프면 안 되고 잡생각 해도 안 되고 술 너무 많이 마셔도……. 기쁘게 갇히자 기쁘게.

2009년 3월 19일 _____ 「동아일보」 인터넷판으로 오늘(종이신문으로는 내일)부터 『눈먼 시계공』 4부에 돌입한다.

첫 원고를 넘기고, 약간 멍하니 피아노 소나타를 듣고 있다.

봄이다.

2009년 3월 21일 _____ 어제 오늘 진해에 다녀왔다. 벚꽃이 피기 직전, 군항제를 준비하는 이 작은 도시의 설렘이여!

내가 군복무를 하던 10년 전에 비해 많이 달라진 것은 없지만, 그래도 조금씩 바뀌었다. 무엇보다도 365계단 옆으로 모노레일을 깔았고, 로터리의 거북선도 사라졌다. 진해도서관도 곧 다른 곳으로 옮겨갈 예정이라고 한다.

『진해벚꽃』을 내고 나서 생각했었지. 나는 다시 진해에 관해 쓸 수 있을까. 쓸 것은 아직 많은데, 너무 일찍 책을 냈다는 느낌.

아버지와 어머니의 수많은 추억들이 거리거리마다 묻어나는 곳. 내가 서정적인 기억을 향한 소설을 다시 쓴다면… 그곳은 다시 진해이리라.

2009년 3월 28일 _____ 2006년부터 네 번 '스토리 디자인'이란 강좌를 열었다. 이번 봄도 이 제목으로 학생들과 만나고 있다.

강의록을 천천히 정리해보고 있는데, 그 사이 변한 것도 있지만(강독 작

품 등은 많이 달라졌다) 변하지 않는 것이 더 많다는 사실이 놀랍기도 하고 당연하기도 하다. 모아놓고 보니 이 속에 내가 있다. 내가 좋아하는 것, 내가 좋아할 수밖에 없는 것. 하여 기쁘고, 하여 조금 쓸쓸하다.

2009년 3월 30일 _____ 히치콕의 초기 영화를 볼까 말까 볼까 말까 망설이다가 2시가 훌쩍 넘어버렸다. '모럴을 깨는 것보다 지키는 것이 더 용기'라는 대사가 계속 귓전을 맴돈다. 순서의 문제였던가. 약속의 문제였던가. 그도 아니면 휘청거리는 삶의 문제였던가. 김광석의 노래를 듣고 싶은 봄 밤이다.

운동권들은 왜 운동권의 경험에서 벗어나지 못하느냐고 누군가 물었다. 답은 많다. 그러나 나는 답하지 않았다. 세상을 명쾌하게 해석하고 바꿀 하나의 완벽한 틀이 있다고 믿었던 시절이 지났다. 모든 것이 상대적으로 바뀐 지금, 남은 것은 정의롭고자 하는 느낌뿐이다. 저 거창함과 이 초라함이 연결되지 않는다. 사물 하나하나마다 스며들던 시대정신이 사라졌다. 그렇지만 지금과 같은 방식은 아니란 걸 누구보다 잘 안다. 그래서 더욱 서글픈 것이다.

2009년 4월 6일 _____ 최선을 다해도 어쩔 수 없는 일은 어쩔 수 없는 거다. 언제나 베스트만 있다면, 그건 판타지겠지. 조건을 인정하고 그 안에서 또 최선을 다하는 것, 그러다가 또 실망하거나 좌절하고 또 그 아픔들을 조건으로 받아들이는 것. 이럴 때일수록 내가 정녕 하고픈 일이 무엇인지 그것만 바라볼 일이다. 나머지는 그저 한 철 유행이나 하룻밤 화장에 지나지 않으니까.

2009년 4월 17일 ____ 하루종일 두통에 시달렸다. 겨우 74회와 75회 원고를 넘겼다. 집에 와서 조금 쉬니 두통은 사라졌다. 온몸에 힘은 없는데 잠은 오지 않는다.

컴퓨터를 켜고, 목요일 야외수업 사진들을 열어보았다. 1999년 교수가 된 후로 해마다 봄이면 학생들은 야외수업을 가자고 노래를 부른다. 카이스트로 와선 야외수업을 한 기억이 없다(있었던가?).

노천극장에 모여 아니 에르노에 대해 두 학생이 발표하고 토론을 했다. 봄날, 아니 에르노의 『단순한 열정』은 썩 어울린다. 강의를 마치고 사진을 찍었다. 모여서 기념하듯 찍지 말고, 앉은 자리에서 그대로!

사진을 찍고 조교가 미리 준비한 딸기를 먹었다. 두통이 사라졌다.

그냥 헤어지기 아쉬워 마징가탑까지 올라갔다. 이름은 마징가탑인데, 마징가를 본 사람은 아무도 없다. 야외수업과 산책을 마치고 학교 쪽문으로 빠져나가 점심을 먹었다.

꽃을 찍으려고 가져온 사진기였는데, 주초에 비가 내려 하얀 꽃들은 다 떨어지고, 대신 학생들만 찍었다. 아, 어쩌면 저들이 꽃일지도 모른다(그럼 나는?).

2009년 4월 19일 ____ 어제, 올해 처음으로 야구장에 갔다. 우리 히어로즈가 목동 구장을 쓰면서, 집에서도 함성 소리가 들린다. 특히 롯데나 기아가 온 날에는 아파트가 울릴 정도다.

5회가 끝나고, 비닐봉투를 나눠준다. 롯데 팬이라면 누구나 알지만, 봉투에 바람을 한껏 넣어 머리에 쓴다. 젊은 처녀도 중년 사내도 나이든 할아버지도 예외는 없다.

삼미에 관한 소설은 있는데, 롯데에 관한 소설은 아직 없다. 롯데 응원석은 단순히 관람석이 아니라 춤과 노래가 어우러진 공연장이다. 트로트도 여전히 있지만, 최신 댄스곡도 많다. 가령 소녀시대의 「Gee」가 나오면 남자들은 굵은 목소리로 "지, 지, 지, 지" 만 따라 한다.

물론 승리를 확정짓는 순간엔 「부산 갈매기」와 「돌아와요 부산항에」를 목청껏 부른다.

조성환-이대호-가르시아의 홈런으로 5대0, 롯데가 이겼다. 아무래도 올핸 야구장에 자주 올 것 같다.

2009년 4월 20일 ____ 4월 14일 『로봇의 시대가 왔다』 출간 기념 저녁식사 모임을 가졌다. 시인 오은은 교통사고 때문에 불참했고 구신애, 안병욱, 안동근, 김선혁은 무사히 홍대 앞 '어머니가 차려주는 식탁'에 왔다. 출판사에서는 정회엽 살림지식총서 파트장과 심은우 실장이 참석했다.

작년 9월 30일에 계약을 하면서, 4월 15일 전후로 출간을 하자 약속했는데, 그 약속대로 큰 문제없이 책이 나와서 다행이다. 카이스트 문화기술대학원 졸업생 중에서 단독 저서를 내는 건 이 다섯 명이 처음이다. 따로따로 내는 것도 아니고, '로봇과 문화산업'이라는 테두리 안에서 함께 연구하고 각각 혼신의 노력을 다해 집필한 결과물이기에 기쁘다. 교수 노릇하다가, 이렇게 제자들이 책을 낼 때보다 기쁜 일이 있을까. 술이라도 한잔 사주고 싶은데, 직장인들이라서 또 바쁘단다. 3쇄(!!!) 찍을 때 왕창 먹기로 하고 헤어졌다.

4월 20일 오늘 본격적으로 서점에 책이 깔린다고 한다. 부디 많은 이들과 만나 새로운 깨달음 무럭무럭 생겨나기를!

2009년 5월 5일 _____ 토요일부터 감기몸살 때문에 앓고 있다. 연재 시작하고 이렇게 아픈 건 처음이다.

일요일에도 하루 종일 누워 있었고, 월요일 SBS 라디오 '책하고 놀자' 녹음도 겨우 했다. 어린이날인 오늘도 겨우 애들 데리고 나가서 「리틀 비버」 영화 보여주고, 식사하고 돌아왔다.

저녁에 잠깐 눈을 붙였더니, 반짝 정신이 돌아와서 컴퓨터를 켜고 소설을 한 회 분량 썼다. 우스갯소리로, 작가란 배고파도 쓰고 슬퍼도 쓰고 서서도 쓰고 아파도 쓰는 족속이라더니! 빨리 나아야겠다. 내가 낫기만을 기다리는 저 캐릭터들을 어이 할꼬.

2009년 5월 6일 _____ 비관주의자는 실패를 운명으로 받아들이는 자다.

완성된 유토피아는(에덴동산이든, 요순이든) 이미 존재했으며, 지금은 아무리 발버둥을 쳐도 그 유토피아를 현세에 이루지 못하다는 인식. 나는 처음부터 이 인식에 끌렸다. 점점 나아져서 언젠가는 유토피아가 건설되리란 믿음을 지닌 이도 간혹 만나지만, 나는 지금 실패하고 울며 상처받는 이들에게 먼저 눈이 갔다. 그들을 바라보고 어루만지는 이가 이야기꾼 아닐지. 내일 '문화기술론'에서 내가 맡은 마지막 강의를 준비하며, 문득 이 '실패'를 들려주고 싶어졌다.

작은 '성공'에 기뻐하지 말고 큰 '실패'를 갈망하라!

학생들에게 하는 이야기가 아니라, 지금 내게 하는 말이다.

2009년 5월 11일 ____ 일단 큰 그림은 끝냈다. 이런 날은 어디 가서 한잔 해야 하는데, 코감기가 발목을 잡는다. 차근차근 약점들을 다시 짚으면서, 내일부터 업그레이드 시작!

2009년 5월 16일 ____ 저녁 9시부터 김한민 작가 작업실에서 제2차 『눈먼 시계공』 워크숍을 갖다. 정재승, 김한민, 김탁환에 박선희 동아일보 기자가 합류했다.

김한민 작가의 작업실은 옛날 신림동 기숙사 내 방처럼 아늑하고, 약간 산만하다. 여기저기 책들, 그림들, 사진들 어지럽다.

둘러앉아 맥주를 마시며, 연재소설의 안팎에 관해 이것저것 이야기하니, 자정을 훌쩍 넘겼다. 함께 소설을 쓰는 것도 좋지만, 이렇게 함께 모여 궁시렁궁시렁대는 것이 더 좋다. 격식을 갖추고 반듯하며, 또 지나치게 문화를 곧 돈으로 직결시켜 판단하는 세상에서 SF를 쓰면서도(아니, SF를 쓰기 때문에) 다른 삶을 살고 꿈꾸는 것이다.

혼자 놀다 지치면, 함께 작품도 하고 잡지도 만들고. 20세기 초 파리든 21세기 초 서울이든 마찬가지다.

놀랍고 반가운 일이다.

2009년 5월 29일 _____ 서울광장에 머물다 왔다. 1987년에서부터 2009년까지, 1막이 끝나고 2막을 시작하는 느낌이 들었다.

백탑파를 다시 쓰기 시작할 날이 오긴 오려나. 이런 시절에 결국 피배하고 만 개혁 그룹의 참담함을 소설로까지 옮겨 싣고 싶지 않다. 각개약진이 시작될 테고, 또 누군가 작은 희망의 불씨를 살려 큰 봉홧불로 피워올리리라.

그때까진…….

고인의 명복을 빕니다.

2009년 5월 31일 _____ 주말 내내 소설 『노서아가비』를 손보았다.

2006년 겨울부터 쓰기 시작한 작품인데 햇수로 벌써 3년이 흘렀다. 몇 달 겨우 지난 것 같은데, 요샌 이렇게 깜박깜박 어떤 소설을 썼던 시절을 착각하는 일이 잦다. 몇몇 소설은 영영 출간할 기회를 얻지 못했는데, 다행히 이 작품은 3년이 지나도 새로운 구석이 있다.

「오마이뉴스」에서 오연호 기자가 쓴 『인물연구 노무현』를 주욱 읽었다.

한 편의 긴 평전과도 같다. 가감없는 묘사가 돋보이고, 솔직한 답변 너머 고뇌가 읽혔다.

서울광장엔 오늘도 전경차가 빼곡하다.

2009년 6월 4일 _____ 탈고 후유증. 잇몸과 혀와 콧잔등과 이마가 난리다. 쉬엄쉬엄 조심하며 일찍 잠자리에 든다.

영화 「김씨표류기」를 보았다. 이해준 감독의 다음 이야기가 기다려진다.

밤섬에 홀로 남은 사내라니……. 서울에서 멀리 떨어져 있지 않으면서도 서울을 멀리서 바라보게 만드는 설정이 좋다.

2009년 6월 6일 _____ 시간을 흘려보내고 있다. 이 방 저 방 어디에나 책이 있지만, 읽지 않는다. 읽을까 들었다가 다시 내려 놓는다.

읽고 싶지만 아직 구입하지도 않은 책만 늘어난다. 좋은 책들이 많다. 시간을 정해두고 계속 읽어나가야 할까보다.

2009년 6월 9일 _____ KBS 라디오 '책읽는 사람들' 녹음을 하고 왔다. 일년 전 『혜초』 출간 했을 때 출연했던 프로그램인데, 백승주 아나운서가 그대로 진행을 하고 있어 반가웠다. 김진영 작가가 『천년습작』에서 뽑아놓은 구절들을 읽었는데, 내가 쓴 것 같지 않았다.

오늘 깨달은 것인데 그 구절들은 사실 학생이나 독자를 향하기도 하지만, 무엇보다 나 자신을 향한 속삭임이자 뉘우침이자 다짐이다. 문장대로 살기는 참 어렵다. 돈키호테의 처지가 새삼 애틋하다.

상암동 작업실을 슬슬 정리하고 있다.

1995년 이후 내 인생은 하나의 작업실을 만들고, 그 작업실에서 몰두하며 글을 쓰다가 책을 내다가, 그 작업실을 정리하고 새로운 작업실로 옮기는 일의 연속이다. 이사 가지 않고 영원히 붙박이로 두는 작업실을 가져볼까 고민하다가 아직은 흐르는 작업실이 더 낫다는 생각이 들었다. 나중에 각 작업실에서 내가 쓴 작품들을 추억할 날이 오지 않을까도 싶고…….

마찬가지로 새 작업실도 구상 중이다. 이사도 두어 번 해야 하고, 이사비도 물론 좀 많이 들 것 같고, 그 와중에 일일연재와 소설 출간 준비도 해야 한다. 공간이 바뀌면 모든 것이 바뀌는 거라서 신경이 많이 쓰이지만, 되돌아 생각해보니 언제나 오직 이사에만 집중했던 적은 없는 것 같다. 작업실을 옮길 때마다 나는 더 많이 바빴고, 그래도 그럭저럭 운 좋게 이사를 마쳤던 것이다. 이번에도 운이 좋아야 할 텐데.

나의 아름다운 작업실……. 책과 램프 사이를 종횡무진 오가는 곳.

▪ 1999~2002년 건양대학교 자업실에서 장편소설 『누가 내 애인을 사랑했을까』 『허균, 최후의 19일』 『압록강』 『독도평전』 『나, 황진이』 『서러

워라, 잊혀진다는 것은』을 썼다.

▪ 2003~2005년 한남대학교 작업실에서 장편소설 『방각본 살인사건』 『불멸의 이순신』 『부여현감 귀신 체포기』 『열녀문의 비밀』 『백제인의 사랑』을 썼다.

2009년 6월 15일 ____ 주말 내내 유시민의 『후불제 민주주의』를 읽다. 헌법에 대한 분석도 뛰어나지만, 그보다 나는 그의 얼핏얼핏 비치는 내면 풍경이랄까 현재의 처지에 대한 자기정리 방식에 눈이 갔다.

지식소매상, 내적망명!

지금 내 생각과 맞닿은 부분이 많다. 깊이 고민할 일이다.

2009년 6월 16일 ____ 신작 장편의 마지막 퇴고를 오늘 마쳤다. 내가 이제 이 소설에서 할 일은 없다. 이렇게 더 이상 무엇인가 개입할 수 없게 되는 순간이 오면, 블랑쇼가 썼던 글들이 떠오른다. 작가의 고독은 책의 출간에서부터 비롯된다고 했던가. 내 이름으로 나가지만, 내가 끼어들 부분이 남아 있지 않은 책. 그 책을 내 삶의 일부로 받아들이는 것이 또한 작가의 운명이리라.

『혜초』와 신작 장편 사이에 소설 아닌 책들을 세 권 냈다.

하나는 『홍길동전』을 현대어로 풀어 쓴 책(민음사 세계문학전집 200번)인데, 『허균, 최후의 19일』 재출간도 기념할 겸 또 지금처럼 답답한 시절에 의적소설이라도 풀어내서 '정의로움'을 되새길까 싶어 작업을 했다. 또 하나는 『김탁환의 독서열전-뒤적뒤적 끼적끼적』이라는 서평집이다. 일간지와 주간지 등에 실린 서평들을 주욱 모아서 엮은 책이다. 엮다보니 100권 정도를 거론했는데, 5년 정도 내가 관심을 가진 분야를 되짚어볼 수 있어 좋았다. 다만 서평집치고는 책값이 너무 비싸고 디자인이 내 스타일이 아니라서 아직 나도 낯설다. 그리고 『천년습작』은 강의록이다. 4년 동안 카이스트에서 봄마다 '스토리 디자인'이란 과목을 강의했는데, 거기서 핵심만 모은 책이다. 학생들과 함께 책을 읽으면서 문학과 이야기, 글쓰기의 근본 문제들을 논한 책이기 때문에, 작가로서 뿐만이 아니라 교육자로서 내 모습이 가장 많이 담긴 책이기도 하다. 또다시 강의록을 낼 기회나 의지가 생기지 않을 듯싶기에, 오래 추억할 책이 될 것 같다.

각 책마다 사연이 있지만, 역시 소설을 낼 때 가장 신나고 가장 편안하고 가장 걱정되고 가장 설렌다.

아마도 6월 마지막 주와 7월 첫 주면 서점에 이 소설이 깔리지 않을까 싶다. 책을 낼 때마다 그 책이 완성되기까지 도움을 준 이들이 떠오른다. 작가는 언제나 '기대어' 살 수밖에 없는 족속인가보다. 그래서 『천년습작』을 정리하는 내내 나는 많은 책과 사람들에게 '기대어' 한 걸음 한 걸음 나아갔던 걸까.

2009년 6월 19일 _____ 막걸리 반공법……. 개그 소재로나 쓰이는 옛날 옛적 독재시대 일들이 2009년 버젓이 벌어지고 있다.

코미디가 현실이 되는 것만큼 비극은 없다고 했던가. 입 조심 글 조심 하지 않으면 너도 이 꼴 난다는, 국민을 향한 무언의 협박이다.

2009년 6월 21일 _____ 내일부터 『눈먼 시계공』 제7부에 들어간다.

119회에서 122회까지 원고들을 손질하며 일요일 오전을 보냈다.

계획대로라면, 이제 3분의 2 정도 왔다. 아직 남은 3분의 1이 멀게만 느껴진다. 겨울에 시작한 연재가 봄을 지나 여름으로 접어들고 있는데, 가을에 연재를 마치면 아, 결국 연재란 봄여름가을겨울 네 계절을 모두 지나는 시간 기차 같은 것이로구나, 하게 될 것이다.

6부에서부터 7부를 지나가면 공들여 만들었던 인물들이 차례차례 죽어 나가기 때문에 계속 주욱 우울하다(직업병이지만). 일부러라도 신나는 일을 좀 만들어야겠는데 글감옥에서 신날 일이 뭐가 있나…….

이러는데, 오늘 밤 「맘마미아」 초대권이 생겼다고 지인이 같이 가잔다. 일단 아바 노래로라도 우울한 마음을 다스려야겠다. 기다려라. 아바!

2009년 6월 25일 _____ 누구보다도 정의롭고

누구보다도 착하고

누구보다도 약자를 사랑하는,
늘 마음으로 존경해온 친구가
구설수에 휘말렸다.
행여 잡소리에 상처받지 말고,
지금까지 해왔듯이!
많은 이들이 박경신 변호사의 열정과 진심을 알고 있으니까.
힘내소서.

2009년 6월 27일 ____ 어제 『노서아가비』를 출판사로부터 받았다.

이 책이 부디 좋은 인연들을 많이 만들어내기를.

너무 슬퍼 차라리 웃을 수밖에 없는, 웃기는 이야기를 지어낼 수밖에 없는 요즈음이다.

2009년 7월 2일 ____ 『노서아가비』 때문에 바쁘게 여기저기 돌아다녔다. 마침 폭우가 쏟아져, 비를 쫄딱 맞았다. 평소라면 책 내고 한 달 정도는 긴장을 늦추며 쉬는데 이번엔 『눈먼 시계공』 연재 때문에 긴장을 풀지 못한다. 이런 경우는 처음이라서… 그냥 참고 있다.

내일은 대전에서 강연을 두 차례 해야 한다. 하나는 로봇, 하나는 뇌공학! 『눈먼 시계공』을 쓰고 있기 때문에, 이런 일이 생긴 게다(맙소사!). 처음에 과학에 접근하기가 얼마나 어려웠고, 또 과학이 얼마나 매혹적이며, 또 여전히 내게 부족한 부분이 무엇인가를 국어국문학과 출신 소설가로서 그저 담담히 고백할 수밖에 없다. 무지를 고백하는 자리이니, 더욱더 긴장된다.

긴장을 풀 방법을 찾아봐야겠다.

2009년 7월 3일 ____ 대전에서 두 차례 강연을 무사히 마치고 11시 59분 마지막 KTX를 타고 올라왔다. 정재승 교수님과 저녁을 먹고 와인 한잔 하면서 많은 이야기를 나눴다. 답답한 세상에 대한 이야기가 주를 이루었는데 한참 떠들다보니, 오히려 위로받는 느낌이 들었다. 좋았다.

함께 글 쓰고 함께 강연하고 함께 세상 돌아가는 꼴을 한탄하는 우정이라니!

2009년 7월 7일 ____ 지난달에 하려던 상암동 작업실 이사를 2주 정도 늦췄다. 『노서아가비』 마무리 때문에 정신이 없어서 이사까지 할 엄두가 나지 않았던 것이다.

지금도 이런저런 강연회와 행사들 때문에 분주하지만 그래도 더 늦으면 장마를 만날까 걱정도 되고 새로운 환경에서 새 작품에 몰입하고 싶은 욕심에 이번 주 토요일(11일)에 이사를 가기로 했다. 내일은 대전 가서 강연을 해야 하고, 금요일도 선약이 있으니 이사 준비할 시간도 목요일이 전부다.

마음만 바쁘다.

2009년 7월 9일, 작업실 유감 _____ 상암동 서울산학협력센터 3층에 있는 제 작업실입니다. 11일 이사를 하기 때문에 오늘 기념해서 사진을 몇 장 찍었습니다. 이 방은 올 3월에 들어왔고, 같은 층 반대쪽 끝방에서 2년 정도를 지냈습니다. 이 방에 있는 동안에도 『눈먼 시계공』을 연재하며 『천

년습작』과 『노서아가비』를 작업해서 출간했습니다. 옛공간은 사라지고 저는 또 새 공간에서 무엇인가를 쓰겠지요. 기념하여 여기 남깁니다. 내 아름다운 작업실!

『눈먼 시계공』 연재 때문에 책상 위에는 과학 관련 서적들이 많습니다. 맞은편 액자는 작년에 작고하신 두남 선생님이 제 이름 두 글자를 첫머리에 두고 한시를 지어주신 겁니다.

'문기합벽.'

이 네 글자 역시 두남 선생님이 지어주셨습니다. 아흔이 넘으셨는데도 글에 힘이 넘칩니다.

『노서아가비』를 쓰면서는 모차르트 음악을 집중적으로 듣고 있습니다.

카이스트 문화기술대학원 이산희 씨가 절 많이 도와주었습니다. 이 자리를 빌어 감사드립니다.

2009년 7월 10일 ____ 김한민 선생 작업실 'WAY' 오픈파티에 다녀왔다. 그곳에서 김 선생의 가족들, 친구들을 만났다. 김 선생의 형 김산하 씨가 '이야기 생태계'에 관해 설명했다. 백번 만번 공감한다. 우린 결국 새로운 이야기를 탄생시키고, 죽어가는 이야기를 회생시키고, 또 이미 숨이 끊어진 이야기를 부활시키는 족속이니까. 그곳에서 악! 소리나는 작업 많이 하소서.

2009년 7월 11일 _____ 상암에서 파주 출판단지로 작업실 이사를 마쳤다. 비가 오면 어쩌나 걱정했는데, 하늘이 하루종일 흐렸지만 이사를 마친 후에야 비가 내려 그나마 다행이었다.

2009년 7월 15일 _____ 어제 마신 술이 과하여, 끙끙 앓으며 오전을 보냈다. 왜 하필 『눈먼 시계공』의 핵심인물인 손미주를 죽인 날 비가 퍼부어 작업실을 옮기고 책장 정리를 포기한 소설가의 마음을 흔드는지.

2시부터 3시까지 KBS 라디오 '사랑의 책방'에 나가 인터뷰 녹음을 하고 4시부터 6시까지 SBS 라디오 '책하고 놀자'에 나가 고정 프로그램 녹음을 마쳤다(오늘은 '라듸오 데이'인가).

집에 와선 빈둥빈둥 롯데 야구를 보고(감정야구의 진수. 4연승이다. 기분 좋으면 계속 이기고 기분 잡치면 계속 진다. 승리투수 손민한 왈 "문제는 구속이 아니라 타자와의 타이밍 싸움에서 이기는 겁니다.") 또 빈둥빈둥.

근데 왜 꼭 빈둥거리면, 새로 쓸 이야깃감이 불쑥불쑥 떠오르는 걸까. 놀 땐 그냥 놀고 싶어라. 아무 생각 없이. 아무 스토리 없이.

2009년 7월 21일 _____ 관심을 둔 이야기와 관련된 책들이 도착했다. 오늘 10만 원 정도, 사흘 후엔 또 10만 원 정도. 읽지 않은 책들을 보니 힘이 난다. 여름 내내 이 책들과 뒹굴고 다투고 또 사랑해야 하리라.

2009년 8월 4일 _____ 지리산과 남해바다를 서성거리다가 어제 올라왔다. 레마르크의 『서부전선 이상없다』를 두 번 읽었는데, 20년 전 그냥 읽고 넘어갔을 때와는 다르게 다가왔다. 특히 전쟁을 다루는 다른 작가들의 소설보다 훨씬 진실하다. 이 진실의 힘은 어디서 오는가?

내일 저녁 독자와의 만남 자료 준비를 했다. 매번 다른 자료를 가지고 독자들과 만나겠다고 개인적으로 결심한 터라 저녁시간을 꼬박 보냈다. 내 작업들을 다양한 시선으로 정리하는 기회이기도 해서, 힘들지만 재미있다. 지난번 발표자료 제목은 「몰라! 알 수가 없어」 였고, 이번 발표 제목은 「한 길 사람 속」이다. 둘을 거꾸로 이으면 「한 길 사람 속」은 「몰라! 알 수가 없어」가 되네. 흠!!!

2009년 8월 6일 _____ 내일 새벽 대전에 간다. 모레 아침부터 대전 연구실 책들을 파주 새 작업실로 이사할 예정이다.

'제대로' 한 판 미쳐보리라……. 말만 했었는데, 이제 기회가 왔다. 판이 벌어졌으니, 뒹굴어야지. 발광! 나의 꿈.

2009년 8월 8일 _____ 이사를 마쳤다. 압구정, 상암, 대전으로 나눠 쓰던 집필실을, 한 달 동안 세 번 이사를 거쳐 파주로 몽땅 모았다. 작업실은 흐르고, 나는 또 새로운 곳에서 새로운 소설을 쓴다. 소설가의 운명일지도?

카이스트. N8동 3233호. 이 작업실에서 나는 『진해벚꽃』 『파리의 조선 궁녀, 리심』 『열하광인』 『노서아가비』 『홍길동전』 『뒤적뒤적 끼적끼적』 『천년습작』을 펴냈다.

3년 반 동안 이야기로 넘실넘실 어지러웠던 곳이… 텅 비었다. 단정하지만 적막하다.

책장은 모두 두고 책만 쏙 빠져나왔다. 육체를 빠져나온 영혼처럼! 술 한잔 마시러 가야겠다!

2009년 8월 14일 _____ 하루 종일 쉬다. 열흘 정도 너무 심하게 달렸기 때문일까.

양천도서관에 가서, 법정 스님의 『일기일회』를 읽다.

가슴 치는 구절.

누구나 자기 삶에 개성이 있어야 합니다. 일상의 삶은 무료합니다. 무엇인가 변화가 있어야 합니다. 자기 삶을 보다 심화시키기 위해서 비본질적인 것과 불필요한 것으로부터 거듭거듭 털고 일어서야 합니다. 그래야 자신의 진정한 내면이 활짝 꽃피어 날 수 있습니다.

그리고 야보 선사의 이런 시들을 종일 생각했다.

대 그림자 뜰을 쓸어도 먼지 일지 않고
달이 연못에 들어도 뜰에는 흔적이 없네.

2009년 8월 18일 ____ 내일 라디오 녹음을 위해 책들을 다시 읽고 정리하였다. 『일기일회』에서 가슴을 치는 구절.

우리가 누군가를 용서하면 신도 우리를 용서한다.

그리고 법정 스님의 하루.

새벽 4시에 일어나 예불, 좌선하고 6시엔 차를 마십니다. 다기를 매

만지며 하루 생각의 실마리를 푸는 시간입니다. 오전 중에는 채소밭을 돌보고 좀 어정거리다가 좌선하고 글을 씁니다. 12시에 점심공양 하고 2시까지 산길 여기저기를 대지팡이 짚고 산책합니다. 오후엔 좌선하고 나뭇가지나 쌓인 낙엽을 치웁니다. 저녁이 되면 어둡기 전에 밥 먹고 7시부터 9시까지는 촛불이나 등잔 밑에서 책을 읽거나, 나가서 낙엽 지는 소리, 시냇물 흐르는 소리에 귀 기울입니다. 무엇엔가 귀 기울이는 것이 중요합니다. 홀로 있으면 내면의 소리도 들을 수 있습니다.

마지막으로 티벳 속담 하나.

서둘러 걸으면 라싸에 도착할 수 없다. 천천히 걸어야 목적지에 도착한다.

2009년 8월 20일 ____ 강영호 작가 작업실에서 놀다 왔다. 강 작가의 최근 작업들을 보면서, 김한민 작가와 함께 수다… 수다… 수다.

강 작가의 상상력이 놀랍다. 특히 나는 '반딧불이 인간'이 좋다.

2009년 8월 25일 ____ 어느 대화 중에 내가 20대 시절 '3B'를 권했다는 이야기를 들었다.

바르트, 바슐라트, 블랑쇼!

아, 그들을 읽던 시절이 있었다.

지금은 드문드문 책꽂이에 꽂힌 책들을 흘끔거릴 뿐이지만, 돌이켜 생각해보니 내 취향은 그들을 읽던 시절로부터 그리 멀리 떨어진 것 같지 않다. 아니, 그들을 읽으며 내 취향이 만들어졌다는 것이 옳은 표현이겠다.

세상에서 가장 힘든 이별은, 손때 묻은 사물들과의 이별이 아닐까. 톱이나 망치, 책이나 연필 같은 아날로그 도구들은 비록 아니더라도 특히 노트북과 사진기를 쳐다보며 끙끙 냉가슴을 앓는 중이다. 돈을 많이 주더라도, 새 것보다 차라리 저걸 다시 가질까. 아니다. 이별할 때 이별하지 않으면, 그마저도 추해지리라. 돌아서자. 이번 주엔 꼭!

2009년 8월 28일 _____ 다음주부터 마지막 9부를 시작한다. 9부 제목을 「나의 키스는 닻을 내리고」로 정했다. 네루다의 시 「스무 편의 사랑의 시와 한 편의 절망의 노래」의 시구에서 따왔다. 8부 능선을 넘었다.

새로 집필 중인 장편을 위해 수첩과 노트를 각각 한 권씩 목동 교보에서 고르고 한 시간 남짓 안양천을 산책했다. 5시 30분에서 6시 30분까지. 혼자 쓰는 일이야 익숙하지만, 이제 혼자 걷는 일도 자주 해야겠다. 떠오른 생각들을 수첩에 빼곡히 적었다.

아침에 상암동에 가서 정든 노트북, 사진기 등등을 반납하고 왔다.

이제 다 끝났다.

2009년 8월 29일 ____ 2년 동안 키우던 햄스터가 죽었다. 두 딸은 아침 밥상 앞에서 눈물을 뚝뚝 흘리다가 학교에 갔다. 정을 준 것과의 이별은 아프다. 노트북이든, 사진기든, 햄스터든!

나는 아이들이 햄스터 생각을 못하도록 계획을 짜다가, 급히 하이마트 오목교 지점으로 가서 노트북과 사진기를 구입했다. 오늘 꼭 사버릴 거야! 마음속에서 어떤 뜨거움이 일었다. 둘 다 소니. 3년 반 동안 소니를 썼는데, 특히 답사를 다닐 때 호환이 편하고 기동성이 뛰어났다. 적어도 40대가 끝날 때까진 이것들과 함께 알콩달콩 지내야지.

노트북은 카이스트에서 쓰던 것보다 예쁘다. 더 작고, 검은 빛깔 대신 진분홍 로즈마리색이다. 사진기는 1,200만 화소. 빠르게 많이 찍히는 제품을 택했다.

부디 이 사진기에 많은 인물 풍광 느낌을 담고, 이 노트북에 그것들을 멋지게 섞고 정리하여 끝나지 않는 이야기 술술술술 쏟아냈으면 한다.

2009년 9월 1일 ____ 혜초 답사를 다닐 때 쓰던 수첩 둘을 찾았다.

이사를 하면 꼭 없어지는 게 한둘은 생기는데 이번에는 이것들이 사라져 애를 태웠다. 상암동에서 함께 근무했던 이산희 씨가 상암동 사무실 책장 밑에서 발견하여 보관하다가 내게 돌려준 것이다. 수첩들을 보니 혜초 답사를 위해 다클라마칸으로, 사마르칸트로, 테헤란으로, 쿠시나가라로 돌아다니던 날들이 새롭다.

남영호 씨가 타클라마칸 단독 도보 종단의 장도에 오르는 기사가 신문에 실렸다. 최선을 다해 걷는 것도 중요하지만 기록도 또한 중요하다. 실크로드로 많은 신라의 수도승들이 오갔지만 우리는 『왕오천축국전』이 있기에 그들의 거룩한 발걸음을 그려볼 수 있는 것이다.

스티븐 킹의 단편 「그들이 남긴 것들」을 읽었다. 『세계 서스펜스 걸작선 2』의 첫머리에 실려 있다. 뉴욕 9·11 때 희생된 이들의 유품들이 불쑥불쑥 생존자를 찾아오는 이야기!

일찍이 왕가위의 「중경삼림」에서 실연당한 사내가 비누나 통조림과 대화를 나누는 것처럼 사람이 아닌 사물이 무엇인가를 주장하고 무엇인가를 느끼게 만든다.

「서부전선 이상없다」에서 그 유명한 뮐러의 부츠처럼 병사는 죽지만, 그가 지닌 유품은 전쟁터에 그대로 남아 이 병사 저 병사를 떠도는 이야기. 이보다 더한 공포는 없다.

2009년 9월 5일 _____ '사이'엔 항상 변화가 있는 걸까.

『눈먼 시계공』 연재 마무리(이제 3주 남았다)와 새로 쓰기 시작한 소설 그리고 새로 구입한 장난감들 때문에 지난주 약간 더 신나게 많이 나갔더니 내 영혼이 너무 가벼워져서 풍선처럼 아무런 힘도 쓰지 못하게 되었고, 그냥 24시간 자다 깨다 밥 먹고 또 자다 깼다.

다시 깨서, 소설의 새로운 장면 하나 앞부분만 끼적였다. 썩 나쁘진 않다. 다음주엔 이 장면부터 이어서 주욱 가보면 되겠다.

그린비에서 '블랑쇼 선집'이 출간되고 있다. 시간을 내서, 그의 사유들에 찬찬히 다시 젖어보고 싶다. 능내라도 가서 물안개 바라보며 그의 책들을 읽고 싶다.

2009년 9월 6일 ____ 가령 이런 것이다.

지난 주 목요일, 오후에 서둘러 작업실을 정리하고 일층으로 내려왔다. 건물을 빠져나가려고 출입문으로 향하다가, 왼쪽 유리들이 눈에 들어왔다. 평소라면 그쪽을 쳐다보지도 않았겠지만 버스 시간이 아슬아슬했기 때문일까. 아니면 그쪽 잔디들이 밟아보고 싶을 만큼 자랐기 때문일까. 오늘은 유리문으로 나가보자 마음먹고 그쪽으로 향했다.

큰 직사각형 유리가 셋이다. 그중 하나만 열려 있음을 나는 안다. 맨 오른쪽 유리를 쳐다본다. 유리인가 허공인가. 아! 허공이다. 저기가 문이다. 확신하고, 그쪽으로 힘차게 걸어가다가 꽝!

이마가 유리와 정통으로 부딪힌다.

문은 그 옆이고 그 문 저편으로 모르는 여자 둘이 수다를 떨고 있었다. 나는 서둘러 일어나서 뒤돌아섰다. 이마가 아팠지만 문지르지도 못한 채 늘 다니던 출입문으로 뛰듯이 빠져나왔다.

그리고 주말 내내 이마를 문지르며 왜 그 유리를 허공이 분명하다고 확신했을까, 곱씹고 또 곱씹었다. 유리가 아닐까 유심히 반복해서 살폈음에도 불구하고 그것이 분명 허공이라는 믿음이 생겼기에 내 발과 내 머리는 주저없이 빠르게 나아갔던 것이다. 예상된 충돌은 아무것도 아니다. 이런 충돌이 당황스럽고 난처하고 부끄럽고 자꾸 기억난다. 혹이 사라진 후에도 오래오래! 때론 아무리 노려봐도 모르겠다. 어디가 유리고 어디가 허공인지. 또 왜 나는 느긋하게 손을 뻗을 여유도 없이 라이언 일병을 구하듯 그리 빨리 나아갔는지. 가령 이런 것이다.

2009년 9월 8일 _____ 오늘은 너무 많이 썼다.

새벽 6신 줄 알고 눈을 떴는데, 4시였다. 그냥 자기도 뭣해서 책상에 앉아 장면을 따라가다가 시계를 보니 7시. 일단 아침부터 너무 힘을 빼긴 싫어서 접고 목욕이나 할까 싶어 동네 목욕탕에 갔는데 일년에 단 하루 있는 정기휴일이 오늘이란다. 돌아와서 폴 오스터의 소설들을 이것저것 앞부분만 조금씩 읽었다. 요샌 이렇게 이 책 저 책 기웃대기만 한다. (『브루클린 풍자극』이었나? 전쟁통에 살아남은 어머니와 아들의 너무나 안타까운 해후 아닌 해후 장면. 맞다. 그 소설 첫 부분에 실린 에피소드다. 왜 이게 자꾸 떠오를까? 너무 독해서? 아님 너무 작위적이라서?) 독파하고 싶은 작품을 만나도 선뜻 시간을 쏟지 않고 꼭 이걸 지금 이 순간부터 읽어야 하나 주저주저. 작업실에 가서도 계속 썼다. 4시까지 쓰고 나니, 그제야 졸음이 밀려왔다. 낮잠 자기도 어중간해서 그냥 귀가. 근데 저녁 먹고 바로 자면 또 자정쯤 깨서 빈둥댈까 걱정스러워

잠들지 않은 채, 쓰지 않고 읽지도 않고 깨어 있다.

모처럼 스토리보드 아티스트 강숙 씨 홈피도 들어가보고(함께 찍은 사진은 어디로 가버렸나?), 먼지 님 홈피도 들어가보고. 김한민 씨랑 있으면 드는 생각이지만 아, 그림 잘 그리는 사람은 좋-겠다!

2009년 9월 10일 ＿＿ 내일 저녁 덕수궁 정관헌 강연이 있다. 강연 준비를 위해 세 시간 동안 프레젠테이션 자료를 만들었다.

13년 만에 강의가 없는 나날을 보내고 있다. 생활은 단조롭다. 쓰거나 쓰지 않거나. 수업 시간에 들어가서 말하기 위해 준비하는 시간이 사라지니 작은 여유들이 새롭다.

오늘은 헌책방에서 전쟁을 다룬 라이프 사진집을 15,000원 주고 샀다. 일주일에 한두 번 헌책방에 들르던 1980년대 말 학창시절이 문득 익숙한 책먼지 냄새와 함께 다가선다. 책에 있는 내용들을 가르치며 13년을 보냈지만 이렇게 책과 나란히 서서 그 책의 팔자를 떠올리긴 오랜만이다.

내일은 용기를 내서(집필실을 옮기고 벌써 며칠이나 흘러갔나?) 맞은편 건물 라이브러리에 가봐야겠다. 예술을 좋아해서, 예술 관련 서적을 독보적으로 많이 출간한 그 출판사 사장님을 우연히 오늘 「라이프」 지를 사들고 오다가 뵈었다. 라이브러리에 꼭 놀러오라신다. 내일도 가고 다음주에 김한민 씨 오면 같이 한 번 더 가야겠다.

내일 강연 제목은 '나는 왜 역사에 매혹되는가' 이다. 따지듯 들어가지 말고 이미 지나가버린 사건과 대부분 죽어 없어진 사람들에 내가 왜 집착하는가를 내 안을 들여다보면서 그 안의, 무덤 속의 목소리를 전하는 데 주력할 것이다. 이제 지식이나 테크닉 따윈 가르치지 않겠다. 나는 내 자세를 보여주고 또 내가 좋아하는 작가들의 자세를 보여주고 그리하여 내 이야기를 듣는 이들의 자세를 살필 예정이다. 이것이면 족하다.

2009년 9월 16일 ____ 일단 오늘 손을 털었다. 부족한 2퍼센트를 발견하고 채우기 위한 지독한 퇴고가 남아 있긴 하지만 오늘 하루는… 그냥 즐겁게 쉬어야겠다. 아, 푸른 하늘이라도 쳐다보면서! 이제 빠져나가자, 쑤욱!

2009년 9월 19일 ____ 사진 갤러리를 겸하고 있는 대학로 예술가들의 사랑방 '공간 루'에서 정재승 교수님과 단행본 퇴고 관련 회의를 했다. 공간 루는 지난번 '편지쓰는 작가들의 모임' 행사 때 처음 갔었는데, 그때 느꼈던 것보다 훨씬 아늑하다. 조인숙 관장님이 주신 커피도 맛있었고 정재승 교수님을 기다리며 소설을 한 장면 끼적일 만큼 작업하기 딱 알맞은 분위기! 즐거운 연재의 나날은 끝이 보이고, 이제 힘든 퇴고의 나날이 코앞이다. 사건 위주의 연재용 문체에 철학적이고 미학적인 사유가 담긴 문체를 더할 것.

신이여!

이번에도 약점을 발견할 눈과

빈틈을 메울 손을 허락하소서.

2009년 9월 24일 ____ 미드 「제너레이션 킬」 일곱 편을 21일에 세 개, 22일에 세 개, 그리고 오늘 마지막으로 하나를 더 보았다.

이라크 전쟁을 리얼하게 다룬 드라마로, 「밴드 오브 브라더스」 팀이 만들었다. 신세대 군인의 모습들이 곳곳에 담겨 있어 흥미롭다. 이데올로기를 위하여, 조국을 위하여 싸우는 것이 아니라 그들은 어떤 체면 혹은 모종의 영웅심리로 참전한다. 그렇지만 전쟁은 돌을 들고 싸우든 디지털 무기를 들고 싸우든 처참하다. 삶과 죽음의 경계에서 겁쟁이는 더 겁쟁이가 되어가고 킬러는 더 킬러가 되어간다. 마지막에, 그동안 이라크에서 겪은 일들을 마치 '배낭 여행' 자료화면처럼(뮤직비디오처럼) 보여주면서 드라마 전체가 끝난다. 한때 추억이라는 듯이. 집으로 돌아가면 다 잊힐 거라는 듯이.

2009년 9월 25일 ____ 어제 범인이 밝혀졌고, 그 범인의 뇌에 대한 에세이가 오늘 나갔다. 9부 「나의 키스는 닻을 내리고」가 끝난 것이다. 다음 주에 나갈 에필로그가 남아 있지만, 미리 찾아온 후유증일까? 온종일 일이

일러스트 © 김한민

손에 잡히지 않고 글자도 눈에 잘 들어오지 않았다. 마지막 근처에 오면 꼭 이렇게 약간 우울 모드! 이제 퇴고의 시간이다.

2009년 10월 3일 _____ 추석 아침, 어제 쓰다의 만 소설을 이어 쓰고 있다. 어제는 강영호 작가의 드라큘라의 성에 가서 환담. 정말정말 맛있는 아이스커피와 와인을 마시다. 뭔가 작전을 짜고 모의를 하는 건 신나는 일이다. 특히 예술가들끼리 모여 새로운 상상의 나래를 펼 땐.

2009년 10월 8일 _____ 퇴고 한 호흡 끝내다. 예전엔 두세 호흡도 한 번에 갔었는데, 이제 한 호흡 끝내니 잠시 쉴 생각뿐이다.

밀어놓고, 딴짓 좀 하다가 다시 올 예정.

2009년 10월 12일 _____ 짧은 이야기들을 몇 가지 쓰고 있다. 어둡다.

밤에 어울리는 글들이라서… 며칠 예외적으로 새벽까지 작업했다. 오늘은 드라큘라의 성이라고 불리는 곳에서 이야기 하나를 끝맺고 왔다. 검은 피, 커피를 마시고 있자니 카프카 생각도 나고 헤세의 『황야의 이리』도 어슬렁거리고. 이런 이야기들이 신기하게도 나 자신을 위로하며, 버티는 힘이 된다.

2009년 10월 18일 _____ 짧은 이야기 쓰기 계속.

아무래도 일주일 정도는 더 가야 휴게소가 나올 듯하다. 내 안에 이런 게 있었나? 쓰면서 신기하고, 또 약간 두렵기도 하고. 새벽 3~4시까지 달리고, 9시 전후로 일어나는 리듬. 머리보다 몸이 먼저 이런 이야기를 갈망한 것처럼 알리바이를 세우다.

2009년 10월 26일 _____ 짧은 소설 쓰기를 일단 마치다. 내 안을 집중적으로 들여다볼 수 있는 좋은 기회였다.

2009년 10월 27일 _____ 유평근 선생님을 뵈었다.

1987년 대학에 입학했을 때 지식의 거인들이 인문대 5동 앞을 오갔고 신입생인 나는 그저 신기한 눈으로 훔쳐보곤 했다. 김현, 백낙청, 김윤식, 조동일, 정진홍, 민두기 그리고 유평근 선생님도 계셨다.

시간이 많이 흘렀다. 22년. 그 사이 대학 신입생은 소설가가 되었고 지식의 거인들은 대부분 은퇴하시거나 때론 다른 생으로 가시기도 했다.

유 선생님은 지금 내가 벌이는 일들에 대해 "고맙다."고 하셨다. 고맙다란 무엇일까? 오늘 하루 종일 그 말의 의미를 새기고 또 새기며 보냈다.

진형준 선생님이 번역하신 책으로 『질베르 뒤랑』을 읽었다. 유 선생님은 오늘도 뒤랑에 얽힌 일화를 말씀해주셨다. 사르트르와 카뮈가 판을 치던 프랑스에서 홀로 우뚝하셨던 분이라고. 실존 앞에 상상력으로 인간의 모든 활동을 포괄한 분이라고. 다시, 책을 읽는다는 것에 대해 생각하게 되었다. 정보가 아니라 삶을 바라보는 법, 삶을 사는 법을 익히기 위한 공부. 여전히 나는 어리석고 어리석은 신입생이다.

2009년 11월 3일 ____ 작업하다보니, 새벽 4시를 넘어가고 있다. 자기는 틀렸고, 그냥 계속 써야겠다.

낮에 강영호 작가와 젊은 날의 콤플렉스들에 관해 이야기하다. 예술가가 된다는 것은 많은 이를 질투하고 미워하면서도 닮아가는 것이다. 그도 나도, 정말 여러 가지 우연과 콤플렉스들이 겹쳐 그 보잘것없는 비겁함과 투지와 뉘우침들 때문에 어쩔 수 없이 예술가가 되었다. 이 확인은 우리를 기쁘게도 하고 안타깝게도 하고 또 체념시키기도 했다(불면의 이유가 이 세 시간 남짓한 대화 탓일지도?).

석모도 부둣가를 날아다니는 갈매기 떼. 내 마음도, 저 갈매기들처럼 가벼운가. 기형도의 『짧은 여행의 기록』을 읽던 밤에도 갈매기처럼 가벼운 영혼에 대해 생각했었다. 사소함들이 누군가를 절망시키기도 하고 누군가를 일으켜 세우기도 한다.

나는 돌아가고 있는 것이다. 나를 기다리고 있는 일상들을 향해 기차는 전속력으로 달린다. 물 밑에 가라앉아 있던 것들이 다시 너절하게 떠오르리라. 그렇다면 너 지친 탐미주의자여, 희망이 보이던가. 귀로에서 희망을 품고 걷는 자 있었던가? 그것은 관념이다. 따라서 미묘한 흐름이다. 변화다. 스스로 변화하기. 얼마나 통속적인 의지인가. 그러나 통속의 힘에서 출발하지 않는 자기구원이란 없다. 나는 신神이 아니다. 차창 밖 국도에 붉은 꼬리등을 켠 화물트럭들이 달린다. 멀리 보이는 작은 불빛 하나하나마다 일생一生의 일가一家를 이루고 있다. 흘러가버린 나날들에게 전하리라. 내 뿌리없는 믿음들이 지금 어느곳에서 떠다니고 있는가를.

| 기형도, 『짧은 여행의 기록』에서 |

2009년 11월 8일 ____ 11월 6일 소설 심사할 일이 있어 갔다가, 맛있는 맥주에 취하다.

즐겁게 자리를 마치고, 지하철을 타기 위해 역으로 소설가 구효서 선생님과 함께 가다. 그때 구 선생님의 말씀이 주말 내내 귓전을 맴돈다. "잘 쓰고 못 쓰는 게 중요한 것이 아니라 소설을 쓰지 않고는 배길 수 없는 그것이 문젭니다." 정말 그렇다. 여러 가지 변명이 따라붙기도 하겠지만 쓰지 않고는 견딜 수 없기 때문에… 소설가가 되는 것이다.

『롤리타』를 민음사 판으로 계속 읽는 중이다. 감각이 대단하다.

짧지만 중요한 글 하나를 낑낑대며 일단 마쳤다. 원고지로 겨우 10매 정도인데… 짧은 게 더 힘들다.

2009년 11월 19일 _____ 사랑니를 뽑다.

양치를 해도, 입안에 아직 피맛이 남아 있다. 내일 저녁 당겨 나온다는 신작 소설 『99』의 앞풀이인가? '드라큘라 사진관으로의 초대'란 부제를 붙였으니, 피맛을 보는 게 맞는 듯도 하고. 무엇인가 하나가 마무리되면 또 다른 하나가 시작되게 마련이다. 올핸 이상하게 이어달리기를 하듯 이 이야기와 저 이야기, 또 저 이야기와 그 이야기가 겹치며 이어진다.

주말에는 청탁받은 단편 하나 쓸 예정.

오늘 제목을 정했다, 우선!

2009년 11월 20일 _____ 오늘 신작 『99-드라큘라 사진관으로의 초대』가 나왔다. 따끈따끈한 책을 들고 성곡미술관으로 가서, 공동 저자인 강영호 씨와 함께 수육과 냉면으로 자축! 다음주 화요일부터 시작되는 개인전 때문에 강 작가는 무척 바쁘다. 이 소설에 실린 사진 몇 장도 그 개인전에 전시된다.

미친(!) 짓 계속 몇 편 더 하기로 의기투합! 아, 때마침 내리는 눈……. 서설이기를!

2009년 11월 22일 _____ 집중해서 단편 초고를 하나 마쳤다.

때론 계속 같은 지점을 찔러볼 필요도 있는 듯하다. 구멍에서 피가 나올지 물이 나올지 아니면 똥이나 그냥 바람 한 줄기 흐를지, 그건 끝까지 찌른 후에 맞을 일이다. 약간 탈진. 그러나 잠들지 않은 채 이 지친 상태를 즐기고 싶은 밤! 내일부터는 다시 10월 말부터 쓰기 시작한 이야기 속으로 빠져들어가야 한다. 오늘 읽은 책에서 인상적인 부분을 기억에 의존하여 거칠게 풀어보자면 '결혼 반지를 왜 하필 그 손가락에 끼는가 하면, 그 손가락이 바로 심장과 연결되어 있기 때문이다. 따라서 그 손가락을 쥐는 것은 곧 사랑하는 이의 심장을 가지는 것과 같다.' 조금 비약하면 '따라서 연인끼리 손을 잡는 것은 상대의 심장을 만지는 것과 같다. 이보다 더 비밀스럽고 직접적인 애무는 없다.'

2009년 12월 12일 _____ "고향이 어디에요?"

질문을 받으면, 세 도시가 혀끝에서 뒤섞였다.

진해에서 났지만, 곧 창원으로 옮겨 초등학교 5학년까지 다녔고, 초등학교 6학년부터 고등학교를 마칠 때까지는 마산에서 줄곧 살았지만, 고등학교는 창원고등학교를 나온 탓이다. 즉 내게 고향에 어울리는 도시는 마산과 창원과 진해 셋 다였던 것이다.

그런데, 이 세 도시가 통합을 한단다. 흠……. 그럼 다음부턴 세 도시 사이에서 헤맬 필요는 없겠군. 그런데 새로운 도시의 이름이 무엇이 되어야 할까?

그 이름이 무엇이든, 내 고향으로 받아들이기엔 낯설 것이 분명하다.

다음주 월요일부터 『잔혹하고 애틋한 사랑의 여왕』 인터넷 교보 연재를 시작한다. 『눈먼 시계공』 때도 그랬지만, 시작 전엔 약간 긴장 상태!

긴 호흡으로 하루하루를 채워가야 한다.

2009년 12월 16일 _____ 깨어 있다.

연재와 함께 자정 전에 잠들기로 다짐했지만 자꾸 뭔가를 써야 할 필요가 생기고, 또 하필 이 무렵에 잘 써진다.

남들은 올해를 정리한다며 부산한데 나는 하루하루 일이 자꾸 늘어간다. 더 악착같이 달려들어야만 겨우 풀리는 일들! 하나를 끝내면 어느새 또 하나가 내 앞에 놓여 있다.

2009년 12월 26일 _____ 인터넷 일일 연재 때문에, 성탄절이나 연말 분위기를 느끼지 못한 채 하루하루가 휙휙 간다. 해마다 그렇지만, 2009년 쓰고 싶은 만큼 제대로 잘 쓰지 못한 것 같아 아쉽다. 한 해를 정리해보자면… 올핸 네 권의 책을 냈다.

민음사 세계문학전집 200번 『홍길동전』을 1월에 출간했다. 기회가 되면 앞으로도, 우리 고전을 현대인이 읽기 좋도록 편하거나 번역하는 작업을 하고 싶다.

『천년습작』을 5월에 냈다. '스토리 디자인'이란 과목을 카이스트에서 4년 동안 가르친 결과물이다. 카이스트의 성과를 정리하고, 새로운 길 혹은 옛길로의 전환을 모색한 책이다.

『노서아가비』를 7월에 냈다. 박상희(먼지) 씨의 일러스트와 함께. 지금까지 내가 낸 책 중에서 가장 귀여운(!) 책이다.

『99-드라큘라 사진관으로의 초대』를 12월에 냈다. 사진작가 강영호 님과의 공동작업. 예술가로 사는 것의 의미를 되새기는 계기가 되었다.

그리고 「동아일보」에 1월부터 9월까지 『눈먼 시계공』이라는 과학소설을 정재승 교수와 함께 일일연재했다. 과학적 사실과 사건의 개연성을 좀 더 보완해서 내년 상반기 출간할 예정이다.

역사 로맨스소설 『잔혹하고 애틋한 사랑의 여왕』을 인터넷 교보에 12월 14일부터 연재하기 시작했다.

문화잡지 「1/n」을 12월에 창간했다. 6개월 남짓 편집회의를 거쳐 창간호를 펴냈다. 내년 3월 초 2호 준비 중이다.

단편소설 「실 인간」을 네이버 오늘의 문학에 12월 발표했다.

내년에는……?

다시! 쓰고 고치다

포기하지 않고, 스스로를 곤혹스럽게 만드는 욕심을 품고, 그 욕심을 완성하기 위해 정말 성실하면서도 순발력 있게 움직여야 한다. 온몸의 감각이란 감각은 모두 총동원해서 단어를 만지고 문장과 사귀고 문단을 향해 윽박질러야 한다.

2010년 6월 29일의 기록

2010년 1월 3일 _____ 1월 1일 진주에 내려왔다.

어제는 합천 해인사에 다녀왔다. 8만 대장경을 모아놓은 건물을 한 바퀴 돌았다. 호국의 염원과 불경 새기기의 관계. 나라에 닥친 큰 재앙을 해결하기 위해 새로운 텍스트를 만드는 것. 여기엔 깊은 사실과 또 다양한 비유들이 숨어 있다. 하지만 너무 어마어마하고 지독한 이야기들이라 쉽게 덤벼들지 못하고 세월만 가고 있다.

내일 상경한다. 서울은 춥다고 한다. 진주는 따듯하다.

2010년 1월 4일 _____ 다시, 돌아왔다. 다시, 쓰는 수밖에 없다.

2010년 1월 14일 _____ 모처럼 저녁 9시까지 작업실에서 글을 썼다(지난주에는 폭설 때문에 작업실 출근을 못해 내내 그리웠던 탓인가).

낮에는 나무로 만든 단열판을 모두 닫아서 바깥 풍경을 일부러 차단하는데 밤이 되자 단열판을 열고, 밤 풍경에 휩싸여 글을 쓰다가 풍경 보다가 글을 쓰다가 풍경 보다가 그랬다.

쓰고 있는 글감들이 본 궤도에 올랐다는 걸 알려면 내가 얼마나 자주, 또 많이 책을 사고 있는가를 살펴보면 된다. 그제, 어제, 오늘 계속 인터넷 서점을 통해 구입한 책들이 도착했다. 내일은 바다 건너에서도 몇 권 올 예정이다. 비록 아직 읽진 않았지만 글감과 관련된 책을 많이 사는 건, 그 책들을 주위에 쌓아두고, 방패막이 삼아 어딘가로 신나게 몽상의 질주를 하고 싶어서이다. 그 질주는… 파주 내 아득한 작업실이 최고다. 바닥에도 열선을 깔아서, 오늘은 신발 벗고 양말 벗고 맨발로, 발바닥의 열기를 손가락의 열기로 끌어올려가며 글을 썼다. 매일 이랬으면 좋겠다.

2010년 1월 20일 _____ 파주 작업실, 안개 자욱하다.

박찬옥의 영화 「파주」의 첫 장면처럼… 창문을 활짝 열어도 바로 옆 건물이 보이지 않는다. 안개 속에서 소설을 쓰다가… 눈안개… 라는 단어가 떠오른다.

눈안개: 눈이 자욱하게 내려 안개처럼 부연 상태.

내 마음 같고, 내 소설 주인공 마음 같다. 오늘은 진도를 나가지 않고, 20

일 동안 쓴 문장들을 다듬는다. 이 단어, 이 문장, 이 문단이야말로 안개다. 그나저나 겨울비 그만 그치고 눈 내리면 안 될까. 그래서 눈안개라도 피어오르면, 그 속을 걸으며 '눈안개, 눈안개' 뱉어보련만.

2010년 1월 24일 _____ 2004년에 방영한 MBC 다큐멘터리 「푸른 늑대」 1부와 2부를 보다.

몽골 초원의 지배자 늑대가 사계절 살아가는 모습 그리고 유목민과의 갈등 등이 섬세하게 담겼다. 늑대를 직접 사냥하는 광경이 담겨 있기도 하다. 푸른 늑대. 칭기즈칸 군대의 별칭으로 불릴 만큼, 늑대는 몽골 초원에서 군림해왔다. 그러나 지금은 유목민들의 증오(배고픈 늑대들이 결국 덮치는 것은 유목민들의 전재산인 가축들이다)의 대상이 되었다. 늑대굴이 발견되면 지체없이 가서 새끼 늑대들을 죽이는 유목민. 죽은 어미 늑대의 턱을 후려치며 욕을 해대는 유목민 소년! 100년 전만 해도 늑대들은 떼로 다니며 사냥에 열중했는데, 지금은 겨우 한두 마리 외롭게 초원을 헤맨다.

총기류의 발명은 인간끼리의 전쟁뿐만 아니라 생태계 자체의 급격한 변화와 파괴를 낳았다.

돌이킬 수 없을 만큼.

2010년 1월 30일 _____ 2월에 『허균, 최후의 19일』 민음사 판, 2판을 내게 되었다. 하루종일 마지막 교정, 교열을 보았다. 이 책을 푸른숲에서 낸 것이 1999년. 어느새 11년이 지나갔다. 그 11년의 간극이 주는 여러가지 생각과 느낌 때문에 더디게 더디게 읽어나가다 보니, 하루가 다 갔다.

나는 이 소설을 노을이 아름다운 뫼, 논산에서 썼다. 집에서 학교까지 걸어가는 길에 묘지들이 꽤 여럿 있었는데, 그 묘지 사이를 지나가며 허균과 그 동조자들의 이상과 좌절, 그리고 최후를 상상했었다. 후일담 소설이 판치는 시절이었는데, 난 화염병이나 돌 몇 개 던지고 이념 서적 몇 권 읽은 이들의 때이른 후일담보다 진짜 혁명을 꿈꾸다가 대역죄인으로 죽은 이들을 그리고 싶었다. 진짜 후일담 말이다. 내 눈에 당장 띈 것이 허균이었다. 허균의 『성소부부고』를 시간 순으로 나눠 정리하고, 『광해군일기』도 완독했다. 그리고 소설을 썼다. 세기말을 견디는 나만의 방식이었는지도 모른다. 소설을 다시 읽으면서 새삼 확인한 두 가지.

1. 11년이 지났지만 그때나 지금이나 내가 그리는 좋아하는 인물이나 사건은 달라진 것이 없다.

2. 그리고 허균의 문제의식 역시 유효하다. 아니 MB정부 아래 더더욱 곱씹어보아야 할 대목이 많은 것 같다.

2010년 2월 12일 _____ 공간 루에 들러 「패러디의 신화-중국현대사진 2인전: 리우 진과 청 웨이취」을 보았다. 그리고 커피 한 잔 마시며, 눈 내리는 창밖과 마주앉아 책을 읽었다. 누구에게나 폭 안기는 듯하여 편안한 공간이 있게 마련인데, 내게는 루가 그렇다. 대학로라서 자주 가진 못하는데 가면 생각이 많아지고, 메모가 많아진다. 오늘도 한 바닥 가득 무엇인가를 끼적거렸다.

끼적거린 것들이 하얀 날개를 달았으면……. 날개를 달고도 대롱대롱 매달렸으면.

2010년 2월 17일 ____ 하루 종일 퇴고하다. 연재할 때는 그럭저럭 읽을 만하다고 여겼는데, 손을 대기 시작하니 이틀이 금방 갔다. 그 사이, 금메달을 두 개나 땄네. 보름 쯤 쉬었다가 다시 봐야겠다.

2010년 2월 27일 ____ 유니버셜발레단 2010 오프닝 갈라 「발레, 디지털 영상과 만나다」를 보다. 몸으로 하는 이야기. 규칙을 지키면서도 자유로운 순간들. 심청과 춘향을 방각본으로 읽었었는데 아, 발레로 바뀐 심청과 춘향은 얼마나 세련되던지! 이 간극에 관한 긴 글을 써보고 싶은 욕망이 생길 정도이다. 백조와 흑조에 관한 생각도 많아졌다. 의외로 즐겁고 신나는, 그러면서 공부도 많이 된 자리였다.

2010년 3월 16일 ____ 내일 방송 녹음을 위해 페터 한트케의 『소망 없는 불행』을 다시 읽고 정리하였다. 독일 문학이 으레 그러하듯이, 거친 듯하면서도 삶의 폐부를 깊이 찌르는 문장들이 군데군데 숨어 있다. 페터 한트케는 왜 자기 자신에 관한 소설만을 쓰는가(아니 에르노처럼). 『소망 없는 불행』에서 찾은 답은 이것이다.

> 완전히 말문이 막혀버렸던 짧은 순간들과 그런 순간들을 표현하고자 하는 욕구가 있었고 옛날부터 내게는 이런 욕망들이 글을 쓰게 하는 동기였다. | 『소망 없는 불행』 12쪽 |

페터 한트케의 어머니가 자살했다. 자살한 어머니의 주검 앞에서, 아들은 그 어머니의 삶에 대해 써야겠다는 욕망을 느낀다. 그러나, 신파나 무조건적인 애정이나 슬픔이 아닌 어머니의 삶을 쓰고 싶은 아들. 그가 택한 것은 당대 유럽 여성들의 삶에 어머니의 삶을 얹는 방식이다.

헌데 그 삶은 우리네 어머니의 삶과 다르지 않다.

> 그 마을의 여자 아이들이 많이들 하고 노는 말 잇기 놀이도 '피곤하고/기진하고/병들고/죽어가고/죽고'라는 식으로 여자의 삶을 나타냈다. | 『소망 없는 불행』 17쪽 |

그에게 '어머니에 대한 이야기'는 공포다.

이런저런 이야기에서 우리는 '이름 붙일 수 없는 어떤 것' 혹은 '묘사될 수 없는 어떤 것'이란 말을 흔히 읽는다. 대개의 경우 나는 그런 것을 말도 안 되는 변명으로 간주한다. 그런데 이 이야기는 정말이지 명명할 수 없는 것, 말로 형언할 수 없는 공포의 순간들에 대한 이야기이다. 이 이야기는 공포로 의식이 멈칫하는 순간들에 관한 것이고, 너무도 찰나적이어서 언제나 늦게야 말이 나오고야 마는 경악스런 상황들에 관한 것이며, 너무도 끔찍해서 사람들이 마치 벌레처럼 자연발생적으로 의식 속에서 감지하게 되는 꿈 속의 사건들에 관한 것이다. 숨이 멎고, 온몸이 경직되고, '얼음같이 찬 기운이 내 등짝을 기어오르고, 머리칼이 곤두서는' 이야기, 가령 귀신 이야기를 듣거나 수도꼭지를 틀었다가 곧 다시 잠글 때, 혹은 저녁에 맥주병을 한 손에 들고 거리에 있을 때 경험했던 상태에 대한 이야기다. 이런저런 해피엔딩이 있는 완전한 이야기가 아닌, 그저 상태들의 기록일 뿐이다. |『소망 없는 불행』 42쪽 |

어머니는 책을 많이 읽었다. 특히 소설. 그러나 아들이 소설을 읽고 쓰는 것과 어머니가 소설을 읽는 것은 달랐다.

문학은 그녀에게 자신에 대해 생각하도록 가르쳐준 것이 아니라 그런 생각을 하기에는 이제 너무 늦었다는 것을 보여주었다. |『소망 없는 불행』 58쪽 |

아들에게 공포는 이런 것이다. 아득하다.

공포라는 것은 자연의 법칙에 부합하는 것이다. 즉 의식 속에 있는 진공과 같은 공포. 생각은 막 형성되어가는데 생각할 것이 이제 아무것도 없다는 것을 갑자기 깨닫는다. 그리고 나면 그 생각은, 허공 속을 걷고 있다는 것을 갑자기 깨닫게 된 만화영화의 인물처럼 땅 위로 추락해버린다. |『소망 없는 불행』 87쪽 |

2010년 3월 28일 _____ 퇴고를 마쳤다. 피곤하다.

2010년 4월 5일 _____ 오늘은 글을 너무 빨리 많이 써서 오후 3시부터 계속 놀았다. 계속 놀다가 여기가 어디쯤일까 궁금하여 지도에 눈이 가다가, 지도 들여다보면 글 쓰고 싶어질까봐 사진만 찍고 놀았다, 봄날 혼자서!

2010년 4월 6일 _____ 2009년 12월 31일에 떠올렸던 장면을 드디어 내일부터 쓸 예정이다. 이 장면까지 오려고 석 달하고도 엿새나 썼다. 일명 벽돌쌓기. 벌써 설렌다.

2010년 4월 14일 ____ **임혜경 선생의 창작발레극 「For a while」을 대학로 아르코에서 보았다.** 은퇴 공연을 앞둔 발레리나의 마지막 연습 풍광을 담았다. 2인무를 연습하는 발레리노 이현준도 또 연습 장면을 지켜보는 네프 코치도 내일의 의미를 애써 외면한다. 다 알지만 아무것도 말하지 않는 분위기가 주는 긴장 그리고 따듯함. 지난 공연들의 모습과 연습장에서의 고된 연습 장면이 강영호 씨의 사진으로 무용 앞뒤에 깔린다. 그리고 발레리나는 말한다. 계속 꿈을 꾼다고…….

은퇴공연은 내일이지만, 발레리나가 은퇴를 기념하는 순간은 바로 마지막 연습을 하는 지금이다. 연습을 마치고 발레리나에게 걸려온 전화. 그 전화를 걸어온 이도 '임혜경'이다. 당연하다. 무엇인가를 기념한다는 것은 무엇인가를 기억한다는 것.

그 기억의 순간은 마음을 내려놓는 나만의 순간이리라.

문득 헤밍웨이가 떠올랐다. 자살의 가족력이나 우울증 등을 논외로 치자면, 나는 헤밍웨이가 엽총을 턱에 대고 방아쇠를 당긴 순간보다 죽기로 결심하고서도, 그 전날 책상 앞에 앉아서 마지막 원고를 쓰는 소설가의 지독한 일상이 슬프다. 이 거대한 단절. 죽음으로 덮어버리고 싶은 욕망까지 생기는 그 단절 뒤엔 무엇이 예술가를 기다리고 있을까. 예술가가 더 이상 예술을 하지 않을 때 그는 예술가일까. 무대에서 춤추지 않는 발레리나의 인생 2막은 어떻게 시작되어야 할까.

다행히, 실존인물 임혜경은 조용히 그 '짧은 순간'을 통과한 뒤에도 간간이 무대에 오르고 있다. 얼마 전 끝난 「백조의 호수」에선 여전히 고혹적이다. 춤을 추는 것과 춤을 기획하고 안무하는 일은 다르다. 꿈꾸는 나와 사진 속에서 열정적으로 춤추는 나가 다르듯. 그러나 또한 이것도 예술가의 삶인 것이다.

몽상이란 내 몸으로도 하고 네 몸으로도 하는 것이니!

2010년 4월 20일 ____ 2010년 1월 4일부터 쓰기 시작한 소설 『밀림무정』을 일단 마무리했다.

시작이 있으면 끝이 있는 법. 지독한 퇴고의 시간이 날 기다리고 있다. 일단 열흘 정도 쉬면서, 내가 쓴 것들로부터 거리두기를 한 후 다시 들러붙어 고칠 예정이다. 피곤하다.

2010년 4월 25일 ____ 탈고 후유증으로 몸 여기저기가 아프다. 그래서 금요일부턴 그냥 쉬었다. 스티브 맥커리 사진전도 보러 가고, 종로와 을지로를 홀로 거닐기도 하고, 자전거 타고 선유도 아래도 가고……. 오늘은 인천문학구장에 야구도 보러 가고. 일을 잘 하는 것도 중요하지만, 잘 쉬는 것도 중요하다.

트위터를 여니, 벌써 5년 째 이런저런 이야기를 함께 만들고 있는 친구 이원태가 글을 올렸다.

> 주말 동안 노무현 대통령의 자서전 『운명이다』를 읽었다. 생전에 쓴 글과 자료들을 모아 유시민 씨가 대필했다. 마음이 아팠다. 금욜 저녁 술자리에서 고등학교 동창이 내게 말했다. 천안함 사고도 노무현과 노사모때문에 생긴거라고. 마음이 심하게 쓰라렸다.

노무현 대통령의 자서전이 나왔다길래 사볼 작정을 했는데, 친구는 주말에 벌써 다 읽었는가보다. 헌데 금요일 그의 고등학교 동창(이 녀석도 내가 아는 이다. 열심히 살고 착한 녀석이다)이 한 말이 가슴을 찌른다. 경상도 사람이면 롯데 자이언츠를 사랑하듯(오늘도 롯데와 SK의 경기를 보고 왔다. 롯데가 대패했다), 이상하게도 중고등학교나 고향 친구들을 만나면, 열 중 아홉은 노무현 전 대통령을 미워한다. 나도 비슷한 경험이 몇 번 있다. 어떨 때는 그런 자리가 싫어서 피한 적도 있고, 그런 식으로 분위기를 몰아가는 듯하면 "너희들은 노무현 대통령과 유시민 씨 싫어하는구나. 나도 그들에게 비판적이긴 해. 왜냐하면 난 노회찬 씨와 심상정 씨가 만든 진보신당 당원이거든." 하고 말해버린다. 그럼 분위기가 더 어색해진다. 어느 지역 출신이냐 하는 것과 보수/진보의 선택을 연관짓는 것은 우스운 일이다. 그러나 나이를 먹어가고, 또 소위 중산층 이상으로 진입하면서, 참 어색한 순간들이 더 많이 생기는 듯하다. 원태가 겪었을 일이 눈에 선하다. 그래서 아래와 같은 글을 트위터에 이어서 적었겠지.

아무리 보수와 진보라는 이름으로 이 사회가 양분되어 있다고 하지만 이런 식의 감정적이고 무지성적인 삶의 태도는, 몰가치적이고 몰상식한 사고방식은 스스로의 인생을 허섭쓰레기로 만든다고 나는 믿는다. 항상 깨어 있어야 한다. 죽기 전까지 내내.

나는 보수라고 무조건 배척하거나 진보라고 무조건 옹호하진 않는다. 오히려 지극히 개인적인 자유주의자에 가깝다. 다만 같은 동네에서 어린 시절을 보냈으니까 또 이 지역은 대대로 이러하니까… 이딴 식으로 패거리를 지어버리는 상황이 싫을 뿐이다. 노무현 전 대통령이 떨어질 줄 알면서도 부산시장에 출마했던 이유도 바로 그 '지역감정'을 깨고 싶어서였다. '지역감정'과 이로부터 비롯된 무의식적인 '원한'의 벽은 대화 자체를 불가능하게 만들어버릴 만큼 단단하고 높다.

말 나온 김에 한마디만 더 보태자면, 나는 진해에서 태어나서 창원과 마산에서 자랐지만, 내 할아버지와 아버지의 고향은 평안북도 영변이다. 친가 쪽 친척들은 6·25 전쟁 직전에 월남했고, 평생 고향을 그리워하다 지금은 대부분 돌아가셨다. 대학생 시절 친가 쪽 모임에 가면, 가장 웃어른이신 외할머니의 동생(우린 그 할아버지를 길동에 사신다 하여 길동 할아버지라고 불렀다)인 길동 할아버지가 확신에 찬 눈으로 말씀하셨다. "김대중은 빨갱이다.

그러니 그쪽 말은 하나도 믿지 마라."

물론 나는 월남한 친가 쪽 친척들이 죽을 고비를 숱하게 넘기며 얼마나 힘겹게 타향살이를 했는지 잘 알고 있다. 그들은 성실하게 새벽부터 밤 늦게까지 일했고, 그 자식들은 열심히 공부해서 좋은 대학을 졸업하고 집안을 일으켰다. 그들의 피땀 덕분에 나 역시 대학을 마치고 사회로 나올 수 있었다. 그러나 나는 그 친척들의 이야기 속에서 이야기하면 할수록 쌓이는 깊은 '원한'을 보았다. 그것은 참으로 아득한 원한이었다. 내 부모가 죽고 형제가 죽고 자식이 죽는 상황에서 비롯된 원한이었다. 새로 정권이 바뀔 때마다 이런저런 통일 정책이 제시되지만, 사실 나는 그때마다 한 가지 질문만 던지게 된다. 과연 그 정책이 억울하게 가족을 잃은 이들의 '원한'을 풀어줄 수 있겠는가.

지역감정이라는 것도 몇몇 이들의 부추김에 의해 만들어진 게 아니다. 그것은 내 고향 내가 사랑하겠다는 수준의 감정도 아니다. 내 지역을 아끼는 것 이상으로 다른 지역에 칼날을 들이대는 모습들을 보며, 나는 어떤 원한을 읽는다. 월남한 내 친척들처럼 직접적인 것이든, 아니면 근대 이전의 어느 순간부터 시작된 것이든, 이 원한의 골은 깊다. 나는 솔직히 그 원한을 어떻게 풀어야 하는지 모르겠다. 하지만 이 원한을 풀어야 동서의 감정도 남북의 감정도 해소되어, 진정 '통일'을 논의할 장이 마련될 수 있으리라고 본다. 가까이 있고 자주 겪지만 풀기 힘든 화두다.

원태야! 따로 한잔 하자.

2010년 4월 26일 ____ 『방각본 살인사건』 프랑스어판을 오늘 민음사에 가서 받아왔다. 필립 피키에Philippe Picquier 출판사에서 임영희 선생의 번역으로 출간되었다. 한글판은 두 권이지만, 불어판은 단권으로 503페이지다. 묵직하다. 정가는 21유로. 환산하면 약 3만 원 정도다. 도입부에 등장인물 소개를 꼼꼼하게 챙겨넣었다. 소설 첫장은 역시 우리의 주인공 '김진KIM JIN'이란 소제목으로부터 시작한다. 임 선생께 감사의 메일부터 보내야겠다. 프랑스 독자들은 우리의 18세기를 배경으로 한 소설을 어떻게 받아들일까?

2010년 4월 30일 ____ 이런 시간들이 있다. 원고는 인쇄에 들어갔고 책은 아직 나오지 않은, 짧게는 나흘 길게는 열흘 정도의 시간. 무엇을 시작해도 어색하고 아무것도 하지 않기엔 너무 더디 흐르는 시간.

『눈먼 시계공』의 최종고를 넘기고 작가의 말까지 마치고, 이제 기다리는 일만 남았다. 일부러 그 시간을 더 바삐 보내기 위해 작전을 짠다. 대신 불면이 찾아든다. 책도 처음부터 끝까지 읽지 못하고 이 책 저 책 뒤적인다. 어제 도착한 『모비딕』(김석희 번역)은 과연 소문대로 두껍고 자세하다. 『안나 카레니나』를 다시 처음부터 읽기엔… 역시 어색하고 『헤밍웨이의 글쓰기』라도 책상 위를 이리저리 뒹굴고 있어 다행이다. 글쓰기에 관한 헤밍웨이의 글들을 발췌한 책이니 아무 페이지나 읽다가 말아도 그만이다.

나는 헤밍웨이가 말하는 방식이 좋다. 글을 이야기할 땐 글에 관해서만 이야기해야 한다는 것. 가령 이런 식.

> 글이 형편없고 어찌할 수 없을 정도로 엉망일 때도 그냥 계속해서 써나가야 하네. 소설을 다루는 방법은 오로지 한 가지뿐일세. 빌어먹을 이야기를 끝까지 밀어붙이는 거지.

황소처럼! 그리고 이런 대목에선 빵 웃음이 터지지 않을 수 없다.

> (작가는) 의식적으로 노력하지 않더라도 다른 사람보다 적은 시간에 많은 지식을 익힐 수 있는 학습 능력을 타고 났을 뿐이다. 또한 지식이라고 정의된 것들을 거부할 것인지 받아들일 것인지 식별하는 지능을 가졌을 뿐이다.

적은 시간에 많은 지식을 익히려고 노력하는 것 정말 중요하다. 『눈먼 시계공』을 위해 뇌과학, 로봇공학, 미래학까지 공부하느라 정말 고3 이후 제일 열심히 읽고 정리했다. 그런데 참, 돌아서면 잊어먹으니, 문제긴 문제다. 또한 글이 잘 안 될 때 스스로에게 다짐하는 충고는 얼마나 사랑스러운가.

> 걱정하지 마. 항상 글을 써왔으니 지금도 쓰게 될 거야. 그냥 진실한

문장 하나를 써내려가기만 하면 돼. 내가 알고 있는 가장 진실한 문장이면 돼.

아! 내가 알고 있는 가장 진실한 문장 하나는 뭘까? 퇴고하기 전에 원고를 두고 잠시 딴짓을 하라는 충고도 마음에 쏙 들어온다. 초고를 쓰느라 맹렬히 달렸던 열을 정말 '식힐' 필요가 있는 것이다.

원고를 넘기기 전에 원고에서 손을 떼고 있을 수 있는 기간이 얼마나 되는지 알려주십시오. 그 기간이 길수록 글은 더 좋아질 겁니다. 제 글을 냉정하게 보고 필요한 부분을 보태고 빠진 곳은 메울 수 있는 완전히 새로운 기회가 될 테니까요.

손톱을 물어뜯는 습관이 있는 나로서는 다음 문장을 발견하고는 손톱을 물어뜯으며 히히거리지 않을 수 없었다.

보통 아침 집필을 시작하기 전에는 아무것도 읽지 않습니다. 그 어떤 도움이나 영향도 받지 않고—멋진 예를 알려 주거나 내 어깨 너머로 쳐다보며 앉아 있는 사람 없이—길어진 손톱을 물어뜯으며 글을 써보기 위해서입니다.

손톱을 물어뜯는 작가의 앞에는 이런 것들이 있다.

파란색 공책, 연필 두 자루, 연필깎이, 대리석 테이블, 이른 아침의 냄새, 빗질과 걸레질, 필요한 것은 그게 전부였다.

이른 아침의 냄새라니! 빨리 자야겠다. 이른 아침의 냄새라니!

2010년 4월 26일 _____ 인터넷 교보에 연재한 장편소설 『잔혹하고 애틋한 사랑의 여왕』 100회 마지막 원고를 올렸다. 매일 원고를 마감하는 압박에서부터 벗어났다. 『99』에 이어 강영호 작가와 두 번째 작업한 작품이다. 『99』가 호러와 스릴러에 치중했다면 『잔혹하고 애틋한 사랑의 여왕』은 로맨스가 더 강하다. 강 작가를 만나서 몽상을 키워나가는 일은 즐거운 경험이다. 잠시 쉬었다가, 세 번째 역적모의(!)를 해야겠다. 우선은 그동안 매일 아침 10시에 계속 한 걸음씩 나아갔던 내 작품 『잔혹하고 애틋한 사랑의 여왕』에게 작별을 고하고 싶다. 안녕! 내 사랑의 흔적들이여!

2010년 6월 6일 _____ 10년 동안 대학에서 학생들을 가르쳤다. 모르는 이야기도 참 많이 했다. 인터넷 세상이니 불쑥불쑥 녀석들이 말을 걸어온다. 인사에서부터 고민상담까지. 이제 선생도 아닌 난 묵묵히 듣고 그저 한마디 할 뿐이다.

"우리… 잘 살자!"

2010년 6월 29일 ____ 전작 장편을 쓰다보면, 매번 서너 차례 고비를 맞는다.

한두 번은 예상이 가능한데, 꼭 전혀 상상하지 못한 어려움이 닥치고, 그것을 극복하기 위해 꽤 많은 노력을 하고 실수도 하고 좌절도 한다. 철저히 준비하려 해도, 항상 문제는 생긴다. 대부분의 어려움은 욕심으로부터 온다. 구상과 초고 단계에서 만족했던 것들이 퇴고를 하면서 상당 부분 흡족하지 않은 상황이 오는 것이다. 그땐 시간에 쫓긴다거나 등등 핑곗거리를 찾지만 전작 장편은 사실 핑계를 댈 것이 없다. 출판사에서 계약 시기를 거론하는 경우도 있지만, 사실 작가가 작품을 끝마치지 않았다는데 출판사가 어찌 하겠는가. 그러니까 승부는 퇴고를 할 때 비로소 시작된다. 포기하지 않고, 스스로를 곤혹스럽게 만드는 욕심을 품고, 그 욕심을 완성하기 위해 정말 성실하면서도 순발력 있게 움직여야 한다. 온몸의 감각이란 감각은 모두 총동원해서 단어를 만지고 문장과 사귀고 문단을 향해 윽박질러야 한다.

템포를 단순화시킨다. 2010년 6월과 7월의 템포는 이것이다. 퇴고 그리고 월드컵. 하여튼 이 둘을 왔다갔다 하며 힘도 모으고 스트레스도 푼다. 기상과 취침 시간도 내 마음대로 정한다. 중요한 건 퇴고에 집중할 시간과 분위기를 만드는 것이다. 하루에 두 경기씩 시간을 투자하지만, 그만큼 퇴고에 집중할 수 있으면 결코 아까운 시간이 아니다.

8월부터는 모르겠다. 그건 그때가서 고민할 문제고… 우선은 달려야 한다. 부부젤라가 아무리 시끄러워도, 테베스의 중거리슛처럼 쭈~욱.

2010년 7월 2일 ____ 이틀 꼬박 김호 대표가 진행한 '설득의 심리학' 워크숍에 참가했다. '설득'이란 하나의 개념을 놓고 16시간 내내 집중적으로 강의, 토론, 필기를 통해 고민하는 경험은 신선했다.

퇴고하던 소설을 이틀 동안 꺼내보지 못했다. 자려다가, 자려다가, 그만 깨서 지금 소설 꺼내놓고, 퇴고는 못하고 그냥 더듬다가, 이 글을 쓴다. 퇴고는 굉장히 섬세한 작업이다. 하루라도 쉬면 표시가 난다. 빨리 정상궤도로 돌아가야 한다. 오늘 밤을 새우며 호흡을 되찾아야겠다. 천천히. 그래 천천히.

2010년 7월 22일 ____ 땅을 훑으며 스러지던 어느 바람이 마지막 안간힘을 쏟아 미처 굳지 못한 눈을 흩어 올리자, 그 눈을 안고 내달린 어느 바람은 길게 뻗은 줄기에 부딪혀 서럽게 울고 날카롭게 울고 무겁게 울고 싸늘하게 울고 마침내 몸서리를 치면서 울었으며, 줄기와 줄기 사이를 빠져나간 어느 바람은 갈라지고 흩어지고 부서진 순간들이 못내 아쉬운 듯 회오리를 돌며 뒤에 남은 바람들이 구사일생 생환한 병사처럼 합류하기를 기다렸고, 숲과 숲 사이 고갯마루에 닿은 어느 바람은 울음을 지우듯 내리막에서 더욱 속도를 높였고, 숲으로만 밤낮없이 달려가기에 지친 어느 바람은 선바위에 이마를 스스로 찧고 하늘을 향해 솟구쳐 별과 달과 해를 우러렀고, 그마저 귀찮은 어느 바람은 얼어죽고 말라죽은 풀들을 쓰다듬다가 두더지굴이나 뱀굴을 들락거리며 잔기침을 쏟다가 대지에 스며 바람이라는 눈부신 기억의 허물마저 벗어버렸다.

2010년 7월 23일 ____ 비로소 쏟아질 듯 총총한 별들이 눈에 들어왔다. 외따로 크고 또렷하게 반짝이는 별, 줄지어 사이좋게 소풍가는 별, 이야기 마당이라도 벌인 듯 이마를 맞대고 뭉친 별, 별이 되고 싶지만 아직 홀로 빛나지 못해 희뿌연 빛만 겨우 만드는 그래서 그냥 별이라고 불러주기로 마음먹은 별, 실개천 같은 별, 길고 큰 강줄기 같은 별, 화살이 날아가듯 밤하늘을 가로지르는 별, 세로지르는 별, 움직이지 않고 감시하듯 우뚝한 별, 마주보며 함께 도는 별, 야금야금 스러지는 별, 빵처럼 부푸는 별, 가오리연처럼 긴 꼬리를 휘저으며 다음 세상으로 떠나가는 별.

2010년 7월 28일 ____ 퇴고와 퇴고 사이 잠깐의 휴식! 초고를 마친 5월 제주도를 떠돌았고, 퇴고를 한 차례 마치고 내일 강원도로 떠난다. 돌아오면 다시 퇴고를 시작하겠지.

잡생각 말고, 어깨와 등과 허리나 충분히 풀어야겠다. 이상하게 이번엔 퇴고하는 내내 몸 여기저기가 아프다.

2010년 8월 6일 ____ 퇴고 중단! 8월 15일까지 쉬기로 했다. 컴퓨터 앞에 앉는 것만으로도 어깨와 목과 등이 아프다. 찔끔찔끔 퇴고하며 앓느니, 그냥 푸욱 쉬어보기로 한다. 15일이 되어도 낫지 않으면 어쩌나, 걱정이다. 이렇게 길게 어깨와 등이 아픈 적은 없었는데……. 오늘도 두 시간 동안 한의원에서 지냈다. 찜질하고, 침 맞고, 부황 뜨고, 추나 요법까지… 괜히 몸에게 미안했다.

2010년 8월 24일 ____ 이번 주까지 달리면 또 한 고비를 넘는다. 한보라, 하미연, 권두리가 정리해준 지적들을 꼼꼼히 살피고 고민하는 중이다. 고비를 넘고 고비를 넘고 고비를 넘고 또 고비를 넘고 싶지만 더 이상 시간이 허락하지 않을 때, 내 원고는 책이 된다. 그리고 나는 그 많은 고비들을 잊어버린다. 이상하게도 책이 나오고 나면, 정말 그 고비의 분위기만 어렴풋이 남을 뿐 구체적인 내용들은 전혀 떠오르지 않는다. 망각……. 축복!

2010년 8월 27일 ____ 퇴고 중일수록 책을 더 사게 된다.

퇴고를 위한 책도 있지만, 그냥 사버리게 되는 책들! 어제 도착한 이동진의 『부메랑 인터뷰』나 며칠 전 구입한 정성일 평론집 두 권, 그리고 강의모 작가에게 받은 『춘추전국 이야기』 두 권, 『글로 세상을 호령하다』까지. 퇴고하는 내용에서 한참 멀리 떨어져 있는 책들! 그러나 내 퇴고의 스트레스와 틈을 메워주는 책들!

2010년 8월 28일 _____ 원고 정리를 마칠 즈음 이윤기 선생님의 부고를 들었다. 하루종일 서성이고 서성이고 또 서성거렸다. 그리고 해가 진 뒤 서울삼성병원에 조문을 다녀왔다.

무엇인가는 완성되고 무엇인가는 끝나고 무엇인가는 사라진다.

2010년 9월 18일 _____ 적이 너무나 거대해서 맞서 싸울 엄두가 나지 않을 때, 인간은 새로워지기를 포기하고 멈춘다. 한계다, 더 이상은 무리다, 할 만큼 했다, 이만큼도 대단한 거다! 그리고 이어지는 변명들이 내가 가진 것들 위에 얹힌다. 내게는 가족이 있고, 수업이 있고, 연구실이 있고, 그 연구실에 깔리는 음악이 있고, 연구실 차창으로 찾아드는 따스한 햇살이 있고, 안온한 월급이 있고……. 무엇보다도 소설가 김탁환이라는 이름이 있었다. 이름 없는 곳에서 가장 높은 봉우리까지 올라갔다가 다시 천길 낭떠러지로 추락하는 이야기여야 했다. 나머지는 쓰고 싶지 않았고 씌어지지도 않았다.

시시한 적은 오히려 독임을 알 나이가 되었던가. 인생의 거대한 적과 맞서는 것이 바로 소설임을 비로소 깨달았는가. 생의 비밀? 간단한 이야기다. 촌각을 아껴 전심전력을 다해 싸워야 적다운 적이 찾아드는 법이다. 그 적을 죽여 영웅이 되든지, 그 적을 써서 예술가가 되든지.

2010년 10월 2일 ____ 러시아 연해주로 답사 다녀오다. 그곳에서 우디 앨런의 영화를 두 편 보았다. 「맨해튼」 그리고 「멜린다 앤 멜린다」.

「멜린다 앤 멜린다」의 구성이 흥미로웠다. 처음에는 「오, 수정」처럼 전반부 비극, 후반부 희극으로 가거나 좀더 용기를 내어 비극과 희극을 이야기 전개 속도를 맞춰 병치시킬 줄 알았다. 그런데 우디 앨런은 더 대담하게 갔다. 희극-비극-희극-비극. 이런 식으로 주인공 외에 등장인물들을 모두 바꾸면서도, 상황과 갈등과 대사가 교묘하게 이어지도록 만든 것이다. 희극 다음에 비극이 오고 또 그 다음에 희극이 오는 게 우리네 인생이라는 듯. 혹은 희극에는 비극적 요소가 비극에는 희극적 요소가 내재되어 있어서, 상반된 방식으로 이야기를 풀어도 이미 그 속에 그 차이를 받아들일 준비가 되어 있다는 듯. 그러니까 이 영화의 주제는 희극과 비극 중 어느 것이 뛰어난가가 아니라, 희극이든 비극이든 (혹은 삶이든) 가지고 있는 '아이러니'를 향한 것이다. 가장 진지한 것이 가장 웃기고, 가장 웃긴 것이 가장 진지하다는 역설 아닌 역설. 상상은 한두 번 가능하지만 정말 시나리오로 쓰고 영화로 만들기는 쉽지 않다.

2010년 10월 8일 ____ 퇴고를 마치다.

허전함… 그리고 편안함.

2010년 10월 31일 ____ 18개월 동안 『밀림무정』을 구상하고 초고를 쓰고 퇴고를 반복하는 동안, 파주 내 작업실 컴퓨터의 메인화면은 늘 이 그림으로 스산했다.

그림의 제목은 단연코 「겨울」이고, 그린 이는 러시아 화가 이반 이바노비치 쉬스킨이다. 1890년에 그려진 이 겨울숲을 보는 순간, 호랑이가 등장하는 밀림이 바로 이와 같을 것이라는 확신이 들었다. 매일 아침 집필실에 와서, 창문을 열었다가 닫고 첼로곡을 틀고 커피물을 끓인 다음, 집필을 시작할 때마다 이 그림을 15분가량 노려보았다. 지금 계절이 봄이든 여름이든 가을이든, 내가 있는 곳이 울창한 숲과는 거리가 있는 파주 출판단지든

어디든, 15분만 지나면 나는 개마고원의 지배자인 백호 흰 머리가 어슬렁거리는 겨울숲으로 들어와 있었다. 이 그림은 세상과 소설을 이어주는 비밀의 문이었다.

블로그 이웃 '레스까페'님의 블로그★에서 처음 이 그림을 보았다.

레스까페님의 상세한 설명 덕분에 쉬스킨의 그림세계를 풍부하게 알 수 있었는데, 그가 그린 러시아의 풍경 중에서도 특히 나는 겨울 그림들에 마음이 움직였다. 출간을 앞둔 지금도 내 컴퓨터 화면은 바꾸지 않고 여전히 이 겨울숲이다. 나는 『밀림무정』의 독자들이 추위와 두려움에 사로잡혀, 그렇지만 희망을 잃지 않고 이 겨울숲을 누볐으면 한다. 거기에는 맞서야 할 적도 있고 사랑하며 지켜야 할 연인도 있다. 소설의 결말과 무관하게, 이 겨울숲에서 저마다 마지막 풍경을 하나씩 얻어가시길!

10월의 마지막 밤, 그 숲에는 벌써 눈이 소복이 쌓였을까.

월요일 새벽이 아니라 일요일 밤 구태여 낯선 그림 한 장을 소개하는 까닭도, 그 숲 어딘가에 독자들을 기다리는 이야기를, 유년의 '보물'처럼 묻어두었기 때문이 아닐지.

2010년 11월 2일 _____ 『밀림무정』의 중요한 공간적 배경은 개마고원과 경성이다. 두 공간을 이해하기 위해, 실제 답사와 상상 답사를 병행했다. 먼저, 1940년대 지도를 들고 서울을 돌아다녔다. 특히 창경원이 있었던 창경궁에서부터 종로통을 지나 서울역까지 열 번도 넘게 오가며 장소를 확

★ http://blog.naver.com/dkseon00/140055725990

인하고 거리를 재고 사건을 만들어넣었다.

개마고원도 꼭 가고 싶었지만 기회를 잡지 못했다. 대신 국회도서관에 있는 관련 서적과 논문들을 많이 찾아 복사해서 읽었다. 2009년 국회도서관 홍보대사를 맡은 이후로 더욱 국회도서관과 친해졌다. 개마고원에 관한 자료 중에는 대한민국 자료뿐만 아니라 북한에서 낸 자료도 꽤 많이 있었다. 특히 그곳에서 살고 있는 동물과 식물에 대한 조사가 예상보다 훨씬 광범위하고 꼼꼼했다. 그들이 작성한 지도들 덕분에 상상으로나마 답사가 가능했다. 그 지도들 중에서 내가 가장 아끼는 지도는 바로 이것이다.

개마고원의 동물과 식물들이 살고 있는 서식지를 직접 그림으로 그려넣은 지도인 것이다. 왼쪽 위에 백두산이 우뚝한데, 거기서 오른쪽으로 조금만 시선을 돌리면 '백두산 조선범'이란 여섯 글자가 호랑이 그림과 함께 선명하다(한국 호랑이의 명칭에 대해서는 '한국범', '고려범', '조선범' 등 다양하다. 이 명칭을 하나로 통일시키는 노력도 해나가야 할 것이다). 한국 호랑이의 존재를 북한 지도에서 확인하는 순간엔 가슴이 뭉클하기까지 했다. 하루 빨리 통일이 되어, 상상 답사가 아닌 실제로 개마고원을 답사하고 한국 호랑이를 만날 날을, 이 새벽에 간절히 기도한다.

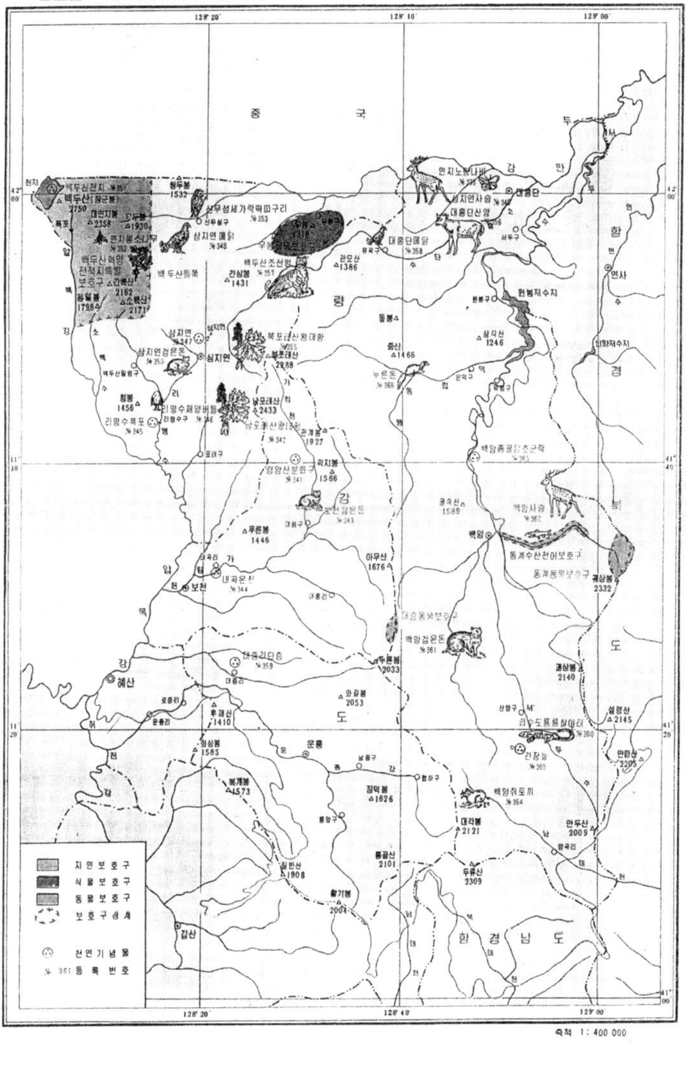
중국
량강도
함경북도
함경남도
백두산(장군봉) 2750
혜산
삼지연
보천
갑산
대홍단
연사
백암
운흥
삼지연메닭
백두산조선범
백두산혁명전적지특별보호구
동계수산천어보호구
동계동물보호구
백암사슴
백암검은돈
자연보호구
식물보호구
동물보호구
보호구경계
천연기념물
№ 351 등록번호

축척 1: 400 000

2010년 11월 3일 ____ 유니버셜발레단의 「라 바야데르」를 어젯밤 보았다. 무희란 뜻이다.

새벽 퇴고를 시작해야 하는데, 자꾸 제3막 '망령의 왕국'의 희고 고운 무희들이 떠올라, 몇 줄 먼저 쓰지 않을 수 없게 만든다. 제목부터 입술 밖으로 튀어나온다. 「For a while 임혜경 그리고 예술가의 운명」.

1.

묘사가 막힐 때면 춤을 떠올린다. 이 장면을 춤에 비긴다면 독무인지 2인무인지 군무인지를 따지고, 살풀이인지 왈츠인지 아니면 발레인지를 가늠한다. 다른 작가들은 어떤지 모르겠지만, 대화를 끊고 묘사를 시작하면 나는 꼭 내가 춤을 추고 있는 듯하다. 하늘로 뻗은 문장은 팔이 되고 땅으로 곤두박질치는 문장은 다리로 바뀐다. 소리에 민감해진다. 그 시간 그곳에서 나는 소리와 함께 글을 쓰고 있는 내 자신의 숨소리도 문장과 함께 흘러나오고 멈추고 다시 흘러나오기를 반복한다.

2.

춤추는 여인은 강하고 아름답다. 무대에서 그녀들은, 자신이 이 순간을 위해 얼마나 노력했는가를 보여준다. 수십 번 수백 번 놀린 팔이고 다리지만, 지나간 순간이 아니라 바로 이 순간의 느낌을 춤사위에 싣는다. 관객의 시선은 언제나 불처럼 뜨겁고 칼날처럼 예리하다. 춤추는 여인은 결코 물러서지 않고 계속 앞으로 나오고 또 나온다. 단숨에 관객들의 턱밑까지 닿는다. 눈을 떼지 못하게 한다. 『나, 황진이』에서도 『파리의 조선 궁녀, 리심』에서도 그녀들은 무희였고, 무대만 열리면 고혹적인 춤을 선보였다. 그 힘으로 세상의 편견과 맞섰고 그 힘으로 이 세상 너머의 세상까지 나아갔다. 그렇다. 관객은 무대 위의 무희만을 바라보지만, 소설가인 나는 그 무희가 숱하게 서온 무대들은 물론이고 그 무대들을 관통하며 세월의 탑을 쌓아온 무희의 삶을 어루만진다.

3.

고별무대라고 했다. 이별을 알리는 무대. 무희들이 끝내 서고 싶지 않은 무대이리라. 이별을 알린 후 무희는 어찌 되는가. 무엇으로 일상을 채우는가. 춤과 이별한 무희가 진정 무희인가.

몇 가지 인연으로 발레리나 임혜경 선생과 벗으로 만나 즐거운 대화를 나눌 기회가 있었다. 내게 임 선생은 황진이, 리심 그리고 임혜경으로 각인되었다. 황진이와 리심은 이미 죽었기에 여러 자료로 겨우 그 내면을 더듬지만, 임 선생은 내 질문에 친절히 답하며 발레리나로서의 삶을 들려주었다.

임 선생은 고별무대에 임하는 자신의 자세를 작은 발레극으로 이미 보여주었다. 2010년 4월 14일의 일이다.

'무희는 고별무대 전날에도 연습을 한다'는 지극히 당연하면서도 놀라운 깨달음이 이 발레극 속엔 담겨 있었다. 마지막 밤에도 무희는 춤 연습을 하고 소설가는 글을 쓰고 화가는 그림을 그린다. 그뿐이다. 마지막 날까지 이 일을 하는 것 외에 무엇이 더 있겠는가. 그런데 제목이 'For a while'이었다. 예술가로 살아온 지난 날들이 잠시 잠깐이란 뜻일까? 고별무대니 뭐니 의미부여를 하는 이 순간이 잠시 잠깐이란 뜻일까? 아니면 무희로 살아온 시절을 회상하는 이 순간이 잠시 잠깐이란 뜻일까? 나는 임 선생에게 이 물음을 던지지 않았다. 어찌 이 물음들이 셋으로 나뉠 수 있겠는가.

4.

「라 바야데르」.

제목답게 다양한 춤이 등장한다. 신을 위한 춤, 예식을 위한 춤, 연인을 위한 춤. 무희는 어떤 경우에도 춤을 춰야 한다. 사랑하는 남자 솔로르가 다른 여자와 결혼하는 식장에서도 축하의 춤을 선보이는 무희 니키아. 생의 행복과 즐거움은 물론이고 고통과 슬픔까지도 무대에서 흘려보내야 하는 이가, 마음은 지옥을 헤매는데도 천당의 몸짓을 담아야 하는 이가 바로 무희인 것이다. 임 선생은 정확하고 우아하게 그 무희의 운명을 춤춘다. 이 끝에서 저 끝까지, 생각과 감정의 폭이 너무 아득하여 무섭기까지 하다.

5.

고별무대에 올랐다고 물론 끝이 아니다. 임 선생은 다른 무대를 꿈꾸고 만들고 그 위에서 다시 춤을 출 것이다. 다만 그것은 그녀가 17년을 하루

같이 무희로 지내온 나날을 축하하는 자리다. 「라 바야데르」를 보고 나오다가 문득 임 선생과 몇 달 전에 나눈 대화가 떠올랐다.

"소설가가 부러워요."

"소설가가 부럽다고요. 이유가 뭡니까?"

"발레리나는 마흔 살만 되어도 고별무대니 뭐니 시끄러운데, 소설가는 늙어서도 계속 이야기를 만들 수 있잖아요?"

"늙어서까지 진짜 이야기를 만드는 소설가는 아주아주 드물답니다. 오히려 마흔 살도 되기 전에 이야기와 이별을 고하는 소설가도 적지 않습니다."

"그럼 김 작가님은 아직 괜찮은 거네? 마흔 살을 넘겼는데도, 계속 소설 쓰시니까."

"……."

나는 답을 하지 못했다. 마흔 살을 넘겨서도 책을 출간하고는 있지만, 내가 만드는 이야기가 '진짜' 이야기일까. 그리고 이런 생각도 꼬리를 물었다. 예술가란 '진짜'에 매혹된 영혼들이라고. 진짜 작품 하나를 만들기 위해, 발레리나는 춤을 연습하고, 소설가는 이야기를 연습하고, 화가는 그림을 연습하는 것이라고. 그 진짜에 닿기 위해, 잠시 잠깐도 허투루 보내지 않으려고 아등바등 이기적으로 단순하게 사는 것이라고. 그래도 진짜에 닿는 순간은 몇 번 되지 않는다고. 진짜에 닿지 않았으니까 계속 연습하고 연습하는 것인지도 모른다고.

새벽 퇴고를 시작해야겠다. 벌써 6시 45분이다.

2010년 11월 5월 _____ 대부 그리고 밀림무정

1.

해질 무렵이면 애완견 뚱이(마르티스 수컷, 16개월)를 데리고 동네 한 바퀴를 돈다. 신나게 앞서 걷는 뚱이는 나무마다 기둥마다 멈춰서서 냄새를 맡는다. 그리고 가끔은 뒷다리를 들고 오줌도 눈다. 영역 표시를 위한 수컷들의 본능이다.

2.

5년쯤 전이다.

등단한 지도 10년이 지났고, 이제 제대로 대작들에 도전하고픈 욕심이 꿈틀대던 그 겨울, 나는 40대에 쓰고 싶은 이야깃감을 서너 개 정리해본 적이 있다(그중에서 가장 먼저 떠오른 이야기가 바로 『밀림무정』의 원형이 되는 '포수와 백호의 대결담'이었다). 그 이야깃감들은 하나같이 파란만장한 인생을 다루었다. 영화로 비기자면, 단연 「대부」!

물론 나는 아니 에르노의 단정한 침묵도 좋아하고, 카프카의 우울하지만 정직한 상징도 즐기고, 생텍쥐베리의 시선으로 밤하늘을 날며 인간의 대지를 내려다보는 이런 우화 저런 우화를 상상한 적도 여러 번이다. 지치

고 힘들 때면, 이 작가들의 손때 묻은 소설들(20년도 더 넘은 1980년대에 선을 뵌 1쇄들! 그땐 왜 소설책이나 시집이 나오면 꼭 1쇄를 사고 싶었을까. 학부생 때 산 작품들은 대부분 1쇄고, 1쇄를 못산 경우는 그 아쉬움을 판권란에 끼적여두기도 했다)을 지금도 꺼내 읽는다. 세상에는 두 종류의 소설책이 있다. 한 번 보고 잊는 책과 여러 번 다른 시간 다른 장소에서 반복하여 꺼내 읽는 책.

그럼에도 불구하고, 내가 쓰고 싶은 소설은 소설 그 자체를 해체하거나 지식인의 복잡다단한 분열증적인 내면을 드러내는 소설이 아니라 「대부」와 같은 소설, 「지옥의 묵시록」과 같은 소설, 그리하여 「밀리언달러 베이비」와 같은 소설이었다. 좋아하는 소설과 쓰고 싶은 소설이 다르고, 쓰고 싶은 소설과 쓸 수 있는 소설이 다르고, 쓸 수 있는 소설과 정말 써버린 소설이 다른 것일까.

30대에서 지금까지 나도 예술가의 자의식을 공공연하게 드러내는 소설을 꽤 썼다. 단편집 『진해벚꽃』을 통해서는 글 쓰는 나 자신을 담았고, 『서러워라, 잊혀진다는 것은』이나 『방각본 살인사건』은 소설의 생성과 유통과 소멸 자체를 문제 삼았다. 『누가 내 애인을 사랑했을까』는 하이퍼텍스트 형식을 취했고, 『부여현감 귀신체포기』 역시 책과 현실, 과거와 현재의 소통을 문제삼았다. 『99』에서는 이미지텔링과 스토리디자이너의 관계를, 『눈먼 시계공』을 통해서는 '미래' 역사소설의 가능성을 가늠해보았다. 굴곡이 심한 삶을 유장하게 그리는 것과는 거리가 있는, 나름대로 실험적인 작품들이다.

그 형식 실험들을 통해 배운 것까지 포함해서, 40대에는 대작에 도전하고 싶었다. 내가 상상하는 이야기들을 발빠르게 취재하고 자료를 모아서 집중적으로 써낼 시기가 바로 40대라는 생각이 들었기 때문이다. 발자크도 졸라도 헤밍웨이도 톨스토이도, 40대에 자신의 진짜 목소리들을 뿜어내지 않았던가(소설가들이 흔히 쓰는 말로 '힘 빠지기 전에' 달리자!).

나이가 들면서, 그러니까 결혼을 하고 아이를 낳고, 존경하고 사랑하는 앞세대 어른들이 돌아가시는 것을 보면서, 점점 더 「대부」와 같은 이야기에 끌리는 듯하다. 「대부」와 같은 이야기란 무엇인가. '갱스터'를 주인공으로 이야기를 만들겠다는 것은 당연히 아니다. 「대부」 시리즈는 명장면들이 많지만, 내가 가장 아끼는 장면은 「대부」 3에서 늙은 알 파치노가 홀로 쓸쓸하게 앉아 있다가 쓰러져 죽는 대목이다. 「대부」 1에서 말론 브랜도 역시 자기가 아끼는 정원에서 홀로 쓰러져 목숨을 잃었다. 「대부」의 핵심은 가족이고, 그 가족을 지키기 위해 물불 가리지 않는 가장이다. 가족을 위해 모든 것을 다 바친 가장이 결국 혼자 죽어간다는 것. 그 무정함이 내내 가슴을 쳤던 것이다.

가족 없이, 자유롭게 홀로 사는 이들도 물론 많이 있다. 그러나 대부분의 남자들은 일상에 묶여 힘든 세월을 보내게 마련이다. 말단 직원부터 최고 경영자까지, 가장으로서의 책무를 성실히 수행하려고 애쓰는 남자들인 것이다. 그 남자들의 눈물, 기쁨, 욕망, 후회, 낭만, 분노를 그려보고 싶었다. 그것은 곧 40대를 살아내는 나 자신의 모습이기도 했다. 「대부」 시리즈는 그 일상을 지탱하는 남자의 '고독'을 가감없이 적나라하게 드러냈다. 그 고독은 외롭고 깊고 춥다.

왜 나는 『밀림무정』의 계절을 겨울로 삼았을까. 여러가지 이유가 있겠지만 나는 남자들의 고독을, 그 겨울 순백의 절절함을 담고 싶었다. 그 겨울에서 이 겨울로 이어지는 삶. 이 남자들은 과연 어디서 희망을 찾을 것인가.

2010년 11월 15일 _____ 김탁환의 취중호담을 마치고

1.

바쁜 주말이었다. 『밀림무정』 출간 사인회가 이어졌고, 밤에는 '김탁환의 취중호담' 트위터 번개가 열렸다. 트위터를 시작한 뒤 처음하는 번개였다.

나름대로 알차게 번개를 해보려고 했다. 그냥 모여서 술만 먹고 헤어지는 모임이 아니라, 지금 이 순간에 함께 모인 의미를 찾아갈 수 있도록 만들어보고 싶었다. 물론 번개의 특성상, 모인 사람이 누구냐에 따라 그 방향은 천차만별 달라지겠지만 말이다. '30대 준비운동'이라는 팟캐스트를 운영 중인 이남희 씨에게 연락을 해서 도와달라고 한 것은 이 때문이었다. 김광석의 「서른 즈음에」란 노래도 있지만, 대학을 졸업하고 서른 살이 된다는 것, 사회에 처음 나간다는 것은 보통 일이 아니다. 이남희 씨는 자신의 문제이기도 한 이 '상황'을 벌써 그 시기를 지나버린 이들과의 대화를 통해 풀고자 했다. 나도 그 대화에 응한 적이 있었고, 그때 이남희 씨의 진지하고 솔직한 태도가 인상적이었다. 이 친구라면, 내가 겁도 없이 날린 번개

를 잘 다독여 제 자리에 앉힐 듯싶었다.

홍대 앞 1/n의 아지트 '살롱 드 팩토리'에서 번개 예비모임을 가졌다. 이남희 씨 외에 트친 네 분이 더 와주셨다. 반갑고 고마웠다. 그들에게 슬쩍 이 번개의 진행과 사회를 맡아달라 부탁했다. 그리고 주말이 되었다.

2.

『밀림무정』을 쓰는 내내 단독자의 삶에 매혹되어 있었다. 짝짓기 시기를 제외하곤 평생을 혼자 떠돌며 사냥하고 잠자고 쉬고 달리는 포식자. 그처럼 맹렬하게 이야기를 만들고 싶었다. 그래서 많은 부분을 끊고 파주 집필실에 파묻혀 소설을 쓰고 쓰고 또 쓰며 18개월을 흘려보냈다.

책이 나온 뒤, 이런저런 행사가 잡혔다. 물론 독자들을 만나는 소중한 자리들이었다. 그 자리에 성실히 임하겠지만, 그외에도 나는 약간 다른 모임을 가져보고 싶었다. 『밀림무정』을 쓰는 내내, 세상과 소통했던 또 하나의 통로가 바로 트위터였던 것이다. 소설을 쓰면서 갖게 되는 감정들, 깨달음들, 또 몇몇 소설 속 구절들을 트위터에 올렸다. 새벽에 올리는 『논어』는 스스로 작업의 시작을 알리는 신호이기도 했다. 그리고 멘션이 날아들었다. 내 책을 단 한 권도 읽지 않은 이들부터 내 첫 장편의 구절구절들을(나도 기억하지 못하는) 언급하며 즐거워하는 이들, 그리고 이어지는 격려와 위로와 기대들! 알게 모르게 그 멘션들에서 힘을 얻어 『밀림무정』을 한 문장 한 문장 전진시켰는지도 모른다.

트위터 친구들과 만나 '놀고 싶었다.' 140자의 매력은 매력대로 두고, 얼굴 맞대고 앉아서 '너는 감동이었어!'라고 말해보고 싶었다. 책과 영화와 음악에서 서로의 체취를 깊이 느껴보고 싶었다. 그 직접성에 대한 갈망이 나를 '취중호담'으로 이끌었으리라.

3.

번개가 끝이 났고, 지금은 월요일 새벽 5시다.

토요일 번개는 요란하게 신났고, 일요일 번개는 상대적으로 차분하면서도 따스했다. 둘 다 나름대로 좋고 좋았다.

집으로 돌아온 후 두 시간 남짓 눈을 붙였는데, 저절로 깨어났다. 새벽에 SBS '내 안의 쉼표' 촬영을 위해 KTX를 타고 창원으로 가야 한다. 잠이 다시 오지 않았다. 번개에서 만난 이들의 얼굴이 하나하나 새롭게 떠올랐다. 지난 두 번의 번개가 꿈만 같았다. 이제 새로운 한 주일이 시작되고, 지난 밤 나눈 많은 것들을 가슴에 품은 채 우리는 다시 일상으로 돌아가야 한다. 당연한 일이다.

많은 이야기를 번개를 하며 쏟아냈다. 기억나지 않는다. 다만 내 이야기를 들어주던 트친들의 표정만 또렷하다. 그들은 하나같이 웃고 있었다. 그 미소가 새로운 이야기를 만들 힘을 준다. 여기서부터 우리는 다시 시작해야 한다.

2010년 11월 19일 ____ 오늘은 오후 4시부터 서울대 수의학과에서 강연을 해야 한다. 어제 준비를 마치고 자정을 넘겨 잠자리에 들었지만, 새벽 5시에 눈이 번쩍 뜨였다. 내 소설을 감수해주시고 또 러시아 라조브스키 자연보호지역까지 동행해주신 분들 앞에서 『밀림무정』의 창작과정을 설명하는 자리인 탓에, 발표 내용에 부족한 부분이 없는지 다시 살피게 된다.

11월 15일과 16일 통합 창원시에 내려갔다 왔다. 감성여행 '내 안의 쉼표' 촬영을 위해서이다(방송은 11월 29일에 나갈 예정이다).

진해였다. 이제는 진해시가 아니라 창원시 진해구로 바뀌었지만, 내게는 언제나 '진해시'였다. 평안북도에서 피난 내려온 할아버지와 할머니가 정착한 도시, 아버지와 어머니가 함께 자라 사랑을 나누고 결혼에 이른 도시, 내가 태어난 도시, 내가 대학원 박사과정을 수료하고 해군사관학교 국어과 교관이자 해군 중위로 40개월을 보낸 도시, 내가 첫 장편소설 『열두 마리 고래의 사랑이야기』와 『불멸의 이순신』의 초고를 쓴 도시, 언제나 시작을 이야기할 때마다 떠올릴 수밖에 없는 도시.

이제는 차들의 출입이 거의 없는, 꽃 진 마진터널 주변의 우수도 좋았고, 해군사관학교에서 옛 상관이었던 최영호 중령님과 사관생도들과의 만남도 벅찼지만, 내 마음을 온통 뒤흔든 곳은 '흑백다방'이었다. 흑백다방이 어딘가. 내 조부모님이 타향살이의 설움을 달래고, 내 부모님의 사랑을 속이고, 또 내가 습작의 어려움을 위로받던 전통음악감상실이 아닌가. 얼마 전, 그곳이 폐업을 했다는 소식을 듣고 못내 아쉬웠었다.

그러나 흑백다방은 사라진 것이 아니었다. 예전처럼 차를 팔지는 않지만, 음악감상실로서의 면모는 그대로였다. 주인이었던 화가 부부는 두 분 다 돌아가셨고, 지금은 그 둘째 딸인 피아니스트 유경아 선생님이 작은 공연장으로 이곳을 지키고 계셨다. 너무나 이 공간을 좋아하시는 유 선생님이기에 흑백다방의 향취는 그대로였다. 물론 다방을 위해 놓여 있던 재떨이라든가 골동품 돌탁자, 벽 한쪽에 겹겹이 놓였던 그림들은 유 선생님의 단정하고 꼼꼼한 성격에 따라 따로 정리되었지만, 음악박스와 LP 판과 피아노 곁에서 나는 계속 떨고 있었다.

내 소설의 시작점에 닿아 있었던 것이다. 장편소설이 막힐 때마다 나는 이 자리에 앉아서 음악을 들었다. 그 음악이 베토벤인지 모차르트인지 하이든인지 바흐인지는 중요하지 않았다. 온종일 앉아서 음악을 듣고 또 들으며 다시 스스로의 마음을 다독일, 그래서 한 번만 더 용기를 내어 글을 써보자고 결심하는 시간과 공간이 허락되었다는 사실 자체가 소중한 것이다. 세월과 함께 많은 것들이 사라지거나 변했다. 백장미제과점도 문을 닫았고 흑백다방도 더 이상 차를 팔지 않는다. 그 시절 내가 가르친 생도들은 훌쩍 자라 이제 고속정 정장이 되었고 곧 함장이 될 터였다. 나 역시 장편을 갈망하던 문학청년에서 마흔 살을 넘긴, 장편을 그래도 몇 편은 쓴 작가가 되었다. 조부모님과 아버지도 돌아가셨다. 이렇게 많은 것들이 변하였지만 내 소설의 시작점, 내 소설의 심장이 '흑백다방'이란 사실은 영원히 바뀌지 않을 것이다. 그곳이 사라지지 않고 남아 있어서 고맙다. 이제 진해에 오면 꼭 들를 곳이, 만나뵐 분이 생겼다. 고맙고 고마운 일이다. 느낌이 사라지기 전에 그날의 행복을 옮겨적어둔다.

2010년 12월 13일 _____ 인생을 지나가는데, 많은 책이 필요하지 않다.

몇 권이면 된다.

햇살처럼, 어둠처럼, 나를 감쌀 그 책들.

추천사

『김탁환의 원고지』, 고통과 황홀과 고독의 노트

정혜윤(작가, CBS 라디오 프로듀서)

누가 나에게 김탁환을 알고 있냐고 한다면 나는 마음속으로 몇 가지를 꼽아볼 수 있을 것 같다.

첫째, 내가 아는 한 그는 모든 것을 이야기로 만들어보고 싶어하는 사람이다. 고종이 먹던 커피, 그 커피를 타주던 여자. 죽기 며칠 전의 허균, 조선시대 불을 다루던 마술사. 조선시대 저잣거리에서 소설 읽어주던 사람, 원균의 부하였다가 이순신에게 마음이 기울어 이순신의 부하가 된 장수, 그 모든 이들의 마음의 경로. 노량해전에서 이순신과 함께 전사한 장수, 무대에 올라 춤을 추는 순간 잠시 호흡을 멈추고 세상과 대결하는 황진이, 파리와 모로코 탕헤르의 공기를 마셨던 조선의 궁녀, 백범 김구를 만난 윤봉

길, 겨울 숲에서 호랑이의 숨소리를 쫓는 사내, 호랑이와 사내의 사랑, 사랑하고 존경할 만한 적만 만드는 강인한 사나이들, 백석의 말 맛을 아는 사내, 큰 나무 밑에서 홀로 죽는 노인, 파산한 사나이들. 결코 상황을 돌이키지 못하고 쓸쓸하게 죽는 사람들, 몇 번이고 다시 태어나 만날 때마다 번번히 사랑에 빠지는 연인, 결국은 실패로 끝날 것을 예감하면서도 묵묵히 제 길을 가는 사람들, 가족들과 친구들이 거닐던 거리, 그 거리에 깃들인 비애와 우수, 그 거리에 피고 지는 꽃들, 변하는 것과 변하지 않는 것들, 혹은 변해야 할 것들, 그리고 구제역으로 매몰된 소와 돼지가 내뿜는 공포…….

나는 가끔 그의 무수한 이야기를 들으면서 이야기에 매혹된 영혼, 이야기꾼이란 과연 누구인가를 생각해보곤 했다. 그의 말을 넋을 잃고 듣다보면 이야기는 이 세상에 널려 있는 것 같았고 그런 이야기 하나 하나는 저마다의 묘한 진실을 갖고 있는 것 같았고 흥미롭지 않은 세상사가 없는 듯했다. 김탁환과 그런 이야기를 나눈 날이면 생각이 많아졌다. 이 세계에 던져진 그의 가슴 속에 있는 영원한 고정점, '소설'이란 과연 무엇인가. 결국 김탁환이란 이는 영리한 사람이구나. 그는 세상에서 자신이 알려지고 드높아지는 방식으로 이야기를 택한 것이 아니라 세상에서 사라지는 방식으로 이야기를 택한 것처럼 보였다. 그러므로 내게 김탁환은 영리한 사람이었다. 그는 덧없을 정도로 열렬히, 그러나 변함없이 세상을 사랑하는 자신만의 방식을 갖고 있는 듯했다.

둘째, 내가 아는 한 김탁환은 무척 성실한 사람이다. 이런저런 소설을 쓰고 싶다고 말한 뒤 얼마쯤 시간이 흐르면 그는 반드시 소설을 써냈다. 정말로 그랬다. 내겐 이것이 가장 불가사의한 사실이었다. 지금은 아니지만 그에겐 교수란 직업도 있지 않았던가? 이 성실성은 어디서 나오는 것일까?

우선은 이렇게 생각해볼 수 있다. 그는 단지 소설을 쓰기만 한 것이 아니었다. 누군가 '인간은 자신을 선택하면서 글쓰기를 선택하는 것이다.'라고 했던가! 그는 자신을 만들어가면서 글을 썼다. 그 역시 낙관과 비관 사이에서 아슬아슬하게 줄타기 했고 자신을 다그쳤고 글을 쓰다 지쳐 잠들기도 했고 자신에게 관대한 날도 있었지만 자신에게 만족하지 못한 날도 있었다. 자신감이 넘치는 날도 있었지만 다른 작가를 흠모하고 배우고 싶어 한숨을 쉰 날도 있었다. 그 가운데 빛나는 것은 의지였다. 이 창작일기 속에서 그는 수도 없이 결심을 한다. 더 써야 한다. 더 집중해야 한다. 더 고독해져야 한다. 버텨야 한다. 그는 그렇게 10년의 시간을 보내면서 많은 것을 배웠다. 무엇보다 자신과 대화하는 법을 배웠고 실망과 더 큰 실망도 하나의 조건으로 받아들여야 함을 배웠으며 대하소설 같은 거창한 이야기도 사소한 것에 충실해야 한다는 사실과 작은 성공이 아닌 큰 패배에 대한 갈망도 배웠다.

이 놀라운 성실성이 가능했던 또 하나의 중요한 이유가 있다. 그는 결국 쓰지 않고는 배기지 못한다는 사실. 나는 그의 모습을 보면서 스피노자의 거미 우화를 떠올렸다. 거미에겐 거미줄을 만드는 일보다 거미줄을 만들지 않는 일이 더 어려웠으리라는 우화 말이다. 우리는 어떤 것이 내게 좋은 것이라고 판단한 뒤에 노력한다고 생각하지만 사실은 그렇지 않다. 우리가 간절하게 노력하기 때문에 그것이 내게 좋은 것이다. 뭔가에 사로잡힌다는 건 그런 것일 테고, 그것이 바로 내적 필연성일 터이다.

내적 필연성을 따른 그에겐 고통만큼 내밀한 기쁨이 있었을 거라고, 감히 짐작해본다. 아마도 그때의 기쁨은 세상을 조금씩 조금씩 더 내 힘으로 알게 된다는 기쁨, 조금씩 조금씩 더 표현하게 되었다는 기쁨일 것이다. 한 사회 구성원으로 살면서 동시에 한 명의 작가(내적 필연성을 따르는 사람)가 된다는 것은 아주 평범한 날에도 어떤 영원한 것을 볼 수 있다는 의미인지도 모르겠다. 그래서 홀로 글을 마치고 그가 역시 홀로 느꼈을 희열, 안도감 같은 것들을 마치 내가 보낸 어느 밤처럼 그리움 속에 떠올려보게 된다.

우리는 종종 작가들을 오해하곤 한다. 작가란 타고난 재능과 빛나는 영감으로 감탄할 만한 상상력 속에서 글을 써나가는 사람들이라고. 하지만 이 창작일기에 담긴 김탁환의 진솔한 고백은, 그러한 오해들을 다소 녹여낸다. 그는 이 글 속에서 셀 수도 없이 많이 아팠고(교정을 보느라 허리와 목이 뻐근했고 창작일기에 나오진 않지만 머리 탈색도 진행 중이다), 교정 볼 시간이 더 많다면 처음부터 싹 고치고 싶어 안달하기도 했고, 발자크 헤세 도스토예프스키 카프카 등을 수도 없이 읽고 보고 걷고 배운다.

이 글은 한 작가가 소설을 쓰는 동안 겪은 고통과 황홀과 고독의 기록인 동시에 독자들의 어깨에 따뜻하게 손 얹으며 다가서는 글이다. 우린 뒤돌아보면 그 손이 반갑다. 고통과 황홀은 내적 필연성을 따르는 모든 이들이 함께 앓는 질병이기에. 하지만 우린 또 그가 부럽기도 하다. 그 고통과 황홀은 무한한 축복이라는 것 또한 알고 있으므로.

김탁환의 원고지

첫판 1쇄 펴낸날 2011년 11월 5일

지은이 | 김탁환
펴낸이 | 지평님
기획 · 마케팅 | 김재균
기획 · 편집 | 김정희 정기연
본문 조판 | 성인기획 (070)8747-9616
필름 출력 | 스크린그래픽센터 (02)322-4467
종이 공급 | 화인페이퍼 (031)955-0135
인쇄 | 중앙P&L (031)904-3600
제본 | 서정바인텍 (031)942-6006

펴낸곳 | 황소자리 출판사
출판등록 | 2003년 7월 4일 제2003-123호
주소 | 서울시 종로구 통인동 135-2번지 2층 (110-043)
대표전화 | (02)720-7542 팩시밀리 (02)723-5467
E-mail : candide1968@hanmail.net

ISBN 978-89-91508-84-2 03800

*잘못된 책은 바꾸어드립니다.
*이 책의 반품 기한은 2016년 11월 4일까지입니다.